山居筆記

余秋雨著

爾雅出版社印行

小引

余秋雨

一九九二年深秋，我在香港沙田的一個山坡上閒住。推窗出去，一半是綠樹織成的山壁，一半是迷迷濛濛的海灣，於是日夜只與鳥鳴和濤聲相伴，想找個住得最近的朋友也得翻山越嶺。

我的出生之地也依山傍水，與這兒非常相像，因此就我的本性而言十分厭倦喧囂。但是，人生的道路也就是從出生地出發，越走越遠，一出生便是自己，由此開始的人生就是要讓自己與種種異己的一切打交道。打交道的結果可能喪失自己，也可能在一個更高的層面上把自己找回。在熙熙攘攘的鬧市中，要實現後一種可能極不容易。為此，我常常離開城市，長途跋涉，借山水風物與歷史精魂默默對話，尋找自己在遼闊的時間和空間中的生命座標，把自己抓住。

如有神助，我竟來到了這個與自己的出生地非常相像的地方，而且要居住相當長的時日。我相信這是一種莫名的力量對我的提醒。我有一些正事要做，但在清晨薄暮，可以隨意拿一枝筆塗塗畫畫的時候，四周的一切又驅使我去尋找遠年的靈魂。我以往旅行中留下的一些筆記，又引誘我把已經開始的對話進行下去。這兒有一種曠古的寧靜，這便是對話的最好環境，就像哈姆雷特在午夜的城頭面對他已經死去的父親。父親有話沒有說完，因此冤魂盤旋；兒子一旦經歷了這番對話，也就明白了自己的使命。

一九九五年六月八日於上海

山居筆記

余秋雨

一個王朝的背影

1

我們這些人，對清代總有一種複雜的情感阻隔。記得很小的時候，歷史老師講到「揚州十日」、「嘉定三屠」時，眼含淚花，這是清代的開始；而講到「火燒圓明園」、「戊戌變法」時又有淚花了，這是清代的尾聲。年邁的老師一哭，孩子們也跟著哭。清代歷史，是小學中唯一用眼淚浸潤的課程。從小種下的怨恨，很難化解得開。

老人的眼淚和孩子們的眼淚拌和在一起，使這種歷史情緒有了一種最世俗的力量。

我小學的同學全是漢族，沒有滿族，因此很容易在課堂裏獲得一種共同語言。好像漢族理所當然是中國的主宰，你滿族爲什麼要來搶奪呢？搶奪去了能夠弄好倒也罷了，偏偏越弄越糟，最後幾乎讓外國人給瓜分了。於是，在閃閃淚光中，我們懂得了什麼是漢奸、什麼是賣國賊、什麼是民族大義、什麼是氣節。我們似乎也知道了中國之所以落後於世界列強，關鍵就在於清代，而辛亥革命的啓蒙者們重新點燃漢人對滿清的仇恨，提出「驅除韃虜，恢復中華」的口號，又是多麼有必要，多麼讓人解氣。清朝終於被推翻了，但至今在很多中國人心裏，它仍然是一種寃孽般的存在。

年長以後，我開始對這種情緒產生警惕。因爲無數事實證明，在我們中國，許多情緒化的社會評判規範，雖然堂而皇之地傳之久遠，卻包含著極大的不公正。我們缺少人類普遍意義上的價值啓蒙，因此這些情緒化的社會評判規範大多是從封建正統觀念逐漸引伸出來的，帶有很多盲目性。先是姓氏正統論，劉漢、李唐、趙宋、朱明……，在同一姓氏的傳代系列中所出現的繼承人，那怕是昏君、懦夫、色鬼、守財奴、精神失常者，都是合法而合理的，而外姓人氏若有覬覦，卽便有一千條一萬條道理，也站不住腳，眞僞、正邪、忠奸全由此畫分。由姓氏正統論擴而大之，就是民族正統論。這種觀念要比姓氏正統論複雜得多，你看辛亥革命的闖將們與封建主義的姓氏正統論勢不兩立，卻也需要大聲宣揚民族正統論，便是例證。民族正統論涉及到幾乎一切中國人都耳熟能詳的許多著名人物和著名事件，是一個在今後仍然要不斷爭論的麻煩問題，在這兒請允許我稍稍回避一下，我需要肯定的僅僅是這樣一點：滿族是中國的滿族，清朝的歷史是中國歷史的一部分；統觀全部中國古代史，清朝的皇帝在總體上還算比較好的，而其中的康熙皇帝甚至可說是中國歷史上最好的皇帝之一，他與唐太宗李世民一樣使我這個現代漢族中國人感到驕傲。

既然說到了唐太宗，我們又不能不指出，據現代歷史學家考證，他更可能是鮮卑族而不是漢族之後。

如果說先後在巨大的社會災難中迅速開創了「貞觀之治」和「康雍乾盛世」的兩位中國歷史上最傑出帝王都不是漢族，如果我們還願意想一想那位至今還在被全世界歷史學家驚嘆的建立了赫赫武功的元太祖成吉思汗，那麼我們的中華歷史觀一定會比小學裏的歷史課開闊得多，放達得多。

漢族當然非常偉大，漢族當然沒有理由要受到外族的屠殺和欺凌，當自己的民族遭受危難時當然要挺身而出進行無畏的抗爭，爲了個人的私利不惜出賣民族利益的無恥之徒當然要受到永久的唾棄，這些都是沒有異議的。問題是，不能由此而把漢族等同於中華，把中華歷史的正義、光亮、希望，全部押在漢族一邊。與其他民族一樣，漢族也有大量的汚濁、昏聵和醜惡，它的統治者常常一再地把整個中國歷史推入死胡同。在這種情況下，歷史有可能作出超越漢族正統論的選擇，而這種選擇又未必是倒退。

《桃花扇》中那位秦淮名妓李香君，身分低賤而品格高潔，在清兵浩蕩南下、大明江山風雨飄搖時節保持著多大的民族氣節！但是，她萬萬沒有想到，就在她和她的戀人侯朝宗爲抗清扶明不惜赴湯蹈火、奔命呼號的時候，恰恰正是苟延殘喘而仍然荒淫無度的南明小朝廷，作踐了他們。那個在當時當地看來既是明朝也是漢族的最後代表的弘光政權，根本不要她和她的姊妹們的忠君淚、報國心，而只要她們作爲一個女人最可憐的色相。李香君眞想與戀人一起爲大明捐軀流血，但叫她噁心的是，竟然是大明的官僚來強逼她成婚而使她血濺紙扇，染成「桃花」。「桃花扇底送南朝」，這樣的朝廷就讓它去了吧，長嘆一聲，氣節、操守、抗爭、奔走，全都成了荒誕和自嘲。《桃花扇》的作者孔尚任是孔老夫子的後裔，連他，也對歷史轉捩時期那種盲目的正統觀念產生了深深的懷疑。他把這種懷疑，轉化成了筆底的滅寂和蒼涼。

對李香君和侯朝宗來說，明末的一切，看夠了，清代會怎麼樣呢，不想看了。文學作品總要結束，但歷史還在往前走，事實上，清代還是很可看看的。

爲此，我要寫寫承德的避暑山莊。清代的史料成捆成紮，把這些留給歷史學家吧，我們，只要輕手輕腳地繞到這個消夏的別墅裏去偷看幾眼也就夠了。這種偷看其實也是偷看自己，偷看自己心底從小埋下的歷史情緒和民族情緒，有多少可以留存，有多少需要校正。

2

承德的避暑山莊是清代皇家園林，又稱熱河行宮、承德離宮，雖然聞名史册，但久爲禁苑，又地處塞外，歷來光顧的人不多，直到這幾年才被旅遊者攪得有點熱鬧。我原先並不知道能在那裏獲得一點什麼，只是今年夏天中央電視台在承德組織了一次國內優秀電視編劇和導演的聚會，要我給他們講點課，就被他們接去了。住所正在避暑山莊的背後，剛到那天的薄暮時分，我獨個兒走出住所大門，對著眼前黑黝黝的山嶺發呆。查過地圖，這山嶺便是避暑山莊北部的最後屏障，就像一張羅圈椅的椅背。在這張羅圈椅上，休息過一個疲憊的王朝。奇怪的是，整個中華版圖都已歸屬了這個王朝，爲什麼還要把這張休息的羅圈椅放到長城之外呢？清代的帝王們在這張椅子上面南而坐的時候都在想一些什麼呢？月亮升起來了，眼前的山壁顯得更加巍然愴然。北京的故宮把幾個不同的朝代混雜在一起，誰的形象也看不眞切，而在這裏，遠遠的、靜靜的、純純的、悄悄的，躲開了中原王氣，藏下了一個不羼雜的清代。它實在對我產生了一種巨大的誘惑，於是匆匆講完幾次課，便一頭埋到了山莊裏邊。

山莊很大，本來覺得北京的頤和園已經大得令人咋舌了，它竟比頤和園還大整整一倍，據說裝下八、九個北海公園是沒有問題的。我想不出國內還有那個古典園林能望其項背。山莊外面還有一圈被稱之爲「外八廟」的寺廟羣，這暫不去說它，光說山莊裏面，除了前半部有層層疊疊的宮殿外，主要是開闊的湖區、平原區和山區。尤其是山區，幾乎佔了整個山莊的八成左右，這讓遊慣了別的園林的人很不習慣。園林是用來休閒的，何況是皇家園林，大多追求方便平適，有的也會堆幾座小山裝點一下，那有像這兒的，硬是圈進莽莽蒼蒼一大片眞正的山嶺來消遣？這個格局，包含著一種需要我們抬頭仰望、低頭思索的審美觀念和人生觀念。

山莊裏有很多楹聯和石碑，上面的文字大多由皇帝們親自撰寫，他們當然想不到多少年後會有我們這些陌生人闖入他們的私家園林，來讀這些文字，這些文字是寫給他們後輩繼承人看的。朝廷給別人看的東西很多，有大量刻印廣頒的官樣文章，而寫在這裏的文字，儘管有時也咬文嚼字，但總的說來是說給兒孫們聽的體己話，比較眞實可信。我踏著靑苔和蔓草，辨識和解讀著一切能找到的文字，連藏在山間樹林中的石碑都不放過，讀完一篇，便舒鬆開筋骨四周看看。一路走去，終於可以有把握地說，山莊的營造，完全出自一代政治家在精神上的強健。

首先是康熙，山莊正宮午門上懸掛著的「避暑山莊」四個字就是他寫的，這四個漢字寫得很好，撇捺間透露出一個勝利者的從容和安詳，可以想見他首次踏進山莊時的步履也是這樣的。他一定會這樣，因爲他是走了一條艱難而又成功的長途才走進山莊的，到這裏來喘口氣，應該。

他一生的艱難都是自找的。他的父輩本來已經給他打下了一個很完整的華夏江山，他八歲卽位，十四歲親政，年輕輕一個孩子，坐享其成就是了，能在如此遼闊的疆土、如此興盛的運勢前做些什麼呢？他稚氣未脫的眼睛，竟然疑惑地盯上了兩個龐然大物，一個是朝廷中最有權勢的輔政大臣鰲拜，一個是自恃當初做漢奸領清兵入關有功、擁兵自重於南方的吳三桂。平心而論，對於這樣與自己的祖輩、父輩都有密切關係的重要政治勢力，卽便是德高望重的一代雄主也未免下得了決心去動手，但康熙卻向他們，也向自己挑戰了，十六歲上乾脆俐落地除了鰲拜集團，二十歲開始向吳三桂開戰，花八年時間的征戰取得徹底勝利。他等於把到手的江山重新打理了一遍，使自己從一個繼承者變成了創業者。他成熟了，眼前幾乎已經找不到什麼對手，但他還是經常騎著馬，在中國北方的山林草澤間徘徊，這是他祖輩崛起的所在，他在尋找著自己的生命和事業的依托點。

他每次都要經過長城，長城多年失修，已經破敗。對著這堵受到歷代帝王切切關心的城牆，他想了很多。他的祖輩是破長城進來的，沒有吳三桂也絕對進得了，那麼長城究竟有什麼用呢？堂堂一個朝廷，難道就靠這些磚塊去保衞？但是如果沒有長城，我們的防線又在那裏呢？他思考的結果，可以從一六九一年他的一份上諭中看出個大概。那年五月，古北口總兵官蔡元向朝廷提出，他所管轄的那一帶長城「傾塌甚多，請行修築」，康熙竟然完全不同意，他的上諭是：

秦築長城以來，漢、唐、宋亦常修理，其時豈無邊患？明末我太祖統大兵長驅直入，諸路瓦解，皆莫能當。可見守國之道，惟在修德安民。民心悅則邦本得，而邊境自固，所謂「衆志成城」者是也。如古北、喜峯口一帶，朕皆巡閱，概多損壞，今欲修之，興工勞役，豈能無害百姓？且長城延袤數千里，養兵幾何方能分守？

說得實在是很有道理。我對埋在我們民族心底的「長城情結」一直不敢恭維，讀了康熙這樣說，清代成了中國古代基本上不修長城的一個朝，對此我也覺得不無痛快。當然，我們今天從保護文物的意義上去修理長城完全是另外一回事了，只要不把長城永遠作爲中華文明的最高象徵就好。

康熙希望能築起一座無形的長城。「修德安民」云云說得過於堂皇而蹈空，實際上他有硬的一手和軟的一手。硬的一手是在長城外設立「木蘭圍場」，每年秋天，由皇帝親自率領王公大臣、各級官兵一萬餘人去進行大規模的「圍獵」，實際上是一種聲勢浩大的軍事演習，這既可以使王公大臣們保持住勇猛、強悍的人生風範，又可順便對北方邊境起一個威懾作用。「木蘭圍場」既然設在長城之外的邊遠地帶，離北京就很有一點距離，如此衆多的朝廷要員前去秋獵，當然要建造一些大大小小的行宮，而熱河行宮，就是其中最大的一座；軟的一手是與北方邊疆的各少數民族建立起一種常來常往的友好關係，他們的首領不必長途進京也有與清廷彼此交誼的機會和場所，而且還爲他們準備下各自的宗教場所，這也就需要有熱河行宮和它周圍的寺廟羣了。總之，軟硬兩手最後都匯集到這一座行宮、這一個山莊裏來了，說是避暑，說是休息，意義卻又遠遠不止於此。把複雜的政治目的和軍事意義轉化爲一片幽靜閒適的園林，一圈香火繚繞的寺廟，這不能不說是康熙的大本事。然而，眼前又是道道地地的園林和寺廟，道道地地的休息和祈禱，軍事和政治，消解得那樣煙水葱蘢、慈眉善目，如果不是那些石碑提醒，我們甚至連可以疑惑的痕跡都找不到。

避暑山莊是康熙的「長城」，與蜿蜒千里的秦始皇長城相比，那個更高明些呢？

康熙幾乎每年立秋之後都要到「木蘭圍場」參加一次爲期二十天的秋獵，一生參加了四十八次。每次圍獵，情景都極爲壯觀，先由康熙選定逐年輪換的狩獵區域（逐年輪換是爲了生態保護），然後就搭建一百七十多座大帳篷爲「內城」，二百五十多座大帳篷爲「外城」，城外再設警衞。第二天拂曉，八旗官兵在皇帝的統一督導下集結圍攏，在上萬官兵的齊聲吶喊下，康熙首先一馬當前，引弓射獵，每有所中便引來一片歡呼，然後扈從大臣和各級將士也緊隨康熙射獵。康熙身強力壯，騎術高明，圍獵時智勇雙全，弓箭上的功夫更讓王公大臣由衷驚服，因而他本人的獵獲就很多。晚上，營地上篝火處處，肉香飄蕩，人笑馬嘶，而康熙還必須回到帳篷裏批閱每天疾馳送來的奏章文書。康熙一生身先士卒打過許多著名的仗，但在晚年，他最得意的還是自己打獵的成績，因爲這純粹是他個人生命力的驗證。一七一九年康熙自「木蘭圍場」行獵後返回避暑山莊時曾興致勃勃地告諭御前侍衛：

> 朕自幼至今已用鳥槍弓矢獲虎一百五十三隻、熊十二隻、豹二十五隻、猞二十隻、麋鹿十四隻、狼九十六隻、野豬一百三十三口，哨獲之鹿已數百，其餘圍場內隨便射獲諸獸不勝記矣。朕於一日內射兔三百一十八隻，若庸常人畢世亦不能及此一日之數也。

這筆流水帳，他說得很得意，我們讀得也很高興。身體的強健和精神的強健往往是連在一起的，須知中國歷史上多的是有氣無力病懨懨的皇帝，他們卽便再「內秀」，也何以面對如此龐大的國家。

由於強健，他有足夠的精力處理挺複雜的西藏事務和蒙古事務，解決治理黃河、淮河和疏通漕運等大問題，而且大多很有成效，功澤後世。由於強健，他還願意勤奮地學習，結果不僅武功一流，「內秀」也十分了得，成爲中國歷代皇帝中特別有學問，也特別重視學問的一位，這一點一直很使我震動，而且我可以肯定，當時也把一大羣冷眼旁觀的漢族知識分子震動了。

誰能想得到呢，這位滿清帝王竟然比明代歷朝皇帝更熱愛和精通漢族傳統文化！大凡經、史、子、集、詩、書、音律，他都下過一番功夫，其中對朱熹哲學鑽研最深。他親自批點《資治通鑑綱目大全》，與一批著名的理學家進行水平不低的學術探討，並命他們編纂了《朱子大全》、《性理精義》等著作。他下令訪求遺散在民間的善本珍籍加以整理，並且大規模地組織人力編輯出版了卷帙浩繁的《古今圖書集成》、《康熙字典》、《佩文韻府》、《大清會典》，文化氣魄鋪地蓋天，直到今天，我們研究中國古代文化還離不開這些極其重要的工具書。他派人通過對全國土地的實際測量，編成了全國地圖《皇輿全覽圖》。在他倡導的文化氣氛下，湧現了一大批在整個中國文化史上都可以稱得上第一流大師的人文科學家，在這一點上，幾乎很少有朝代能與康熙朝相比肩。

以上講的還只是我們所說的「國學」，可能更讓現代讀者驚異的是他的「西學」。因爲卽使到了現代，在我們印象中，國學和西學雖然可以溝通但在同一個人身上深潛兩邊的畢竟不多，尤其對一些官員來說更是如此。然而早在三百年前，康熙皇帝竟然在北京故宮和承德避暑山莊認眞研究了歐幾里德幾何學，經常演算習題，又學習了法國數學家巴蒂的《實用和理論幾何學》，並比較它與歐幾里德幾何學的差別。他的老師是當時來中國的一批西方傳教士，但後來他的演算比傳教士還快，他親自審校譯成漢文和滿文的西方數學著作，而且一有機會就向大臣們講授西方數學。以數學爲基礎，康熙又進而學習了西方的天文、曆法、物理、醫學，與中國原有的這方面知識比較，取長補短。在自然科學問題上，中國官僚和外國傳教士經常發生矛盾，康熙不袒護中國官僚，也不主觀臆斷，而是靠自己發憤學習，眞正弄通西方學說，幾乎每次都作出了公正的裁斷。他任命一名外國人擔任欽天監監副，並命令禮部挑選一批學生去欽天監學習自然科學，學好了就選拔爲博士官。西方的自然科學著作《驗氣圖說》、《儀象志》、《赤道南北星圖》、《窮理學》、《坤輿圖說》等等被一一翻譯過來，有的已經譯成漢文的西方自然科學著作如《幾何原理》前六卷他又命人譯成滿文。

這一切，居然與他所醉心的「國學」互不排斥，居然與他一天射獵三百十八隻野兔互不排斥，居然與他一連串重大的政治行爲、軍事行爲、經濟行爲互不排斥！我並不認爲康熙給中國帶來了根本性的希望，他的政權也做過不少壞事，如臭名昭著的「文字獄」之類，我想說的只是，在中國歷代帝王中，這位少數民族出身的帝王具有超乎尋常的生命力，他的人格比較健全。有時，個人的生命力和人格，會給歷史留下重重的印記。與他相比，明代的許多皇帝都活得太不像樣了，魯迅說他們是「無賴兒郎」，確有點像。尤其讓人生氣的是明代萬曆皇帝（神宗）朱翊鈞，在位四十八年，親政三十八年，竟有二十五年時間躲在深宮之內不見外人的面，完全不理國事，連內閣首輔也見不到他，不知在幹什麼。沒見他玩過什麼，似乎也沒有好色的嫌疑，歷史學家們只能推斷他躺在煙榻上抽了二十多年的鴉片煙！他聚斂的金銀如山似海，但當清軍起事，朝廷束手無策時問他要錢，他也死不肯拿出來，最後拿出一個無濟於事的小零頭，竟然都是因窖藏太久變黑發霉、腐蝕得不能見天日的銀子！這完全是一個失去任何人格支撐的心理變態者，但他又集權於一身，明朝怎能不垮？他死後還有兒子朱常洛（光宗）、孫子朱由校（熹宗）和朱由檢（思宗）先後繼位，但明朝已在他的手裏敗定了，他的兒孫們非常可憐；康熙與他正相反，把生命從深宮裏釋放出來，在曠野、獵場和各個知識領域揮灑，避暑山莊就是他這種生命方式的一個重要吐納口站，因此也是當時中國歷史命運的一所「吉宅」。

3

康熙與晚明帝王的對比，避暑山莊與萬曆深宮的對比，當時的漢族知識分子當然也感受到了，心情比較複雜。

開始大多數漢族知識分子都是抗清復明，甚至在赳赳武夫們紛紛掉頭轉向之後，一羣柔弱的文人還寧死不折。文人中也有一些著名的變節者，但他們往往也承受著深刻的心理矛盾和精神痛苦。我想這便是文化的力量。一切軍事爭逐都是浮面的，而事情到了要搖撼某個文化生態系統的時候才會眞正變得嚴重起來。一個民族、一個國家、一個人種，其最終意義不是軍事的、地域的、政治的，而是文化的。當時江南地區好幾次重大的抗清事件，都起之於「削髮」之爭，即漢人歷來束髮而清人強令削髮，甚至到了「留頭不留髮，留髮不留頭」的地步。頭髮的樣式看來事小卻關及文化生態，結果，是否「毀我衣冠」的問題成了「夷夏抗爭」的最高爆發點。這中間，最能把事情與整個文化系統聯繫起來的是文化人，最懂得文明和野蠻的差別，並把「韃虜」與野蠻連在一起的也是文化人。老百姓的頭髮終於被削掉了，而不少文人還在拚死堅持。著名大學者劉宗周住在杭州，自清兵進杭州後便絕食，二十天後死亡；他的門生，另一位著名大學者黃宗羲投身於武裝抗清行列，失敗後回餘姚家鄉事母著述；又一位著名大學者顧炎武比黃宗羲更進一步，武裝抗清失敗後還走遍全國許多地方圖謀復明，最後終老陝西……這些一代宗師如此強硬，他們的門生和崇拜者們當然也多有追隨。

但是，事情到了康熙那兒卻發生了一些微妙的變化。文人們依然像朱耷筆下的禿鷹，以「天地爲之一寒」的冷眼看著朝廷，而朝廷卻奇怪地流瀉出一種壓抑不住的對漢文化的熱忱。開始大家以爲是一種籠絡人心的策略，但從康熙身上看好像不完全是。他在討伐吳三桂的戰爭還沒有結束的時候，就迫不及待地下令各級官員以「崇儒重道」爲目的，向朝廷推薦「學問兼優、文詞卓越」的士子，由他親自主考錄用，稱作「博學鴻詞科」，這次被保薦、徵召的共一百四十三人，後來錄取了五十人。其中有傅山、李顒等人被推薦了卻寧死不應考。傅山被人推薦後又被強抬進北京，他見到「大清門」三字便滾倒在地，兩淚直流，如此行動康熙不僅不怪罪反而免他考試，任命他爲「中書舍人」。他回鄉後不准別人以「中書舍人」稱他，但這個時候說他對康熙本人還有多大仇恨，大概談不上了。

李顒也是如此，受到推薦後稱病拒考，被人抬到省城後竟以絕食相抗，別人只得作罷。這事發生在康熙十七年，康熙本人二十六歲，沒想到二十五年後，五十餘歲的康熙西巡時還記得這位強硬的學人，召見他，他沒有應召，但心裏畢竟已經很過意不去了，派兒子李慎言作代表應召，並送自己的兩部著作《四書反身錄》和《二曲集》給康熙。這件事帶有一定的象徵性，表示最有抵觸的漢族知識分子也開始與康熙和解了。

與李顒相比，黃宗羲是大人物了，康熙更是禮儀有加，多次請黃宗羲出山未能如願，便命令當地巡撫到黃宗羲家裏，把黃宗羲寫的書認眞抄來，送入宮內以供自己拜讀。這一來，黃宗羲也不能不有所感動。與李顒一樣，自己出面終究不便，由兒子代理，黃宗羲讓自己的兒子黃百家進入皇家修史局，幫助完成康熙交下的修《明史》的任務。你看，卽使是原先與清廷不共戴天的黃宗羲、李顒他們，也覺得兒子一輩可以在康熙手下好生過日子了。這不是變節，也不是妥協，而是一種文化生態意義上的開始認同。旣然康熙對漢文化認同得那麼誠懇，漢族文人爲什麼就完全不能與他認同呢？政治軍事，不過是文化的外表罷了。

黃宗羲不是讓兒子參加康熙下令編寫的《明史》嗎？編《明史》這事給漢族知識界震動不小。康熙任命了大歷史學家徐元文、萬斯同、張玉書、王鴻緒等負責此事，要他們根據《明實錄》如實編寫，說「他書或以文章見長，獨修史宜直書實事」，他還多次要大家仔細研究明代晚期破敗的教訓，引以爲戒。漢族知識界要反清復明，而清廷君主竟然親自領導著漢族的歷史學家在冷靜研究明代了，這種研究又高於反清復明者的思考水平，那麼，對峙也就不能不漸漸化解了。《明史》後來成爲整個二十四史中寫得較好的一部，這是直到今天還要承認的事實。

當然，也還餘留著幾個堅持不肯認同的文人。例如康熙時代浙江有個學者叫呂留良的，在著書和講學中還一再強調孔子思想的精義是「尊王攘夷」，這個提法，在他死後被湖南一個叫曾靜的落第書生看到了，很是激動，趕到浙江找到呂留良的兒子和學生幾人，籌劃反清。這時康熙也早已過世，已是雍正年間，這羣文人手下無一兵一卒，能幹成什麼事呢？他們打聽到川陝總督岳鍾琪是岳飛的後代，想來肯定能繼承岳飛遺志來抗擊外夷，就派人帶給他一封策反的信，眼巴巴地請他起事。這事說起來已經有點近乎笑話，岳飛抗金到那時已隔著整整一個元朝、整整一個明朝，清朝也已過了八、九十年，算到岳鍾琪身上都是多少代的事啦，還想著讓他憑著一個「岳」字拍案而起，中國書生的昏愚和天真就在這裏。岳鍾琪是清朝大官，做夢也沒有想到過要反清，接信後虛假地應付了一下，卻理所當然地報告了雍正皇帝。雍正下令逮捕了這個謀反集團，又親自閱讀了書信、著作，覺得其中有好些觀念需要自己寫文章來與漢族知識分子辯論，而且認爲有過康熙一代，朝廷已有足夠的事實和勇氣證明清代統治者並不差，爲什麼還要對抗清廷？於是這位皇帝親自編了一部《大義覺迷錄》頒發各地，而且特免肇事者曾靜等人的死罪，讓他們專到江浙一帶去宣講。

雍正的《大義覺迷錄》寫得頗爲誠懇。他的大意是：不錯，我們是夷人，我們是「外國」人，但這是籍貫而已，天命要我們來撫育中原生民，被撫育者爲什麼還要把華、夷分開來看？你們所尊重的舜是東夷之人，文王是西夷之人，這難道有損於他們的聖德嗎？呂留良這樣著書立說的人，連前朝康熙皇帝的文治武功、赫赫盛德都加以隱匿和誣蔑，實在是不顧民生國運只洩私憤了。外族入主中原，可能反而勇於爲善，如果著書立說的人只認爲生在中原的君主不必修德行仁也可享有名分，而外族君主卽便精勵圖治也得不到褒揚，外族君主爲善之心也會因之而懈怠，受苦的不還是中原百姓嗎？

雍正的這番話，帶著明顯的委屈情緒，而且是給父親康熙打抱不平，也眞有一些動人的地方。但他的整體思維能力顯然比不上康熙，口口聲聲說自己是「外國」人、「夷人」，儘管他所說的「外國」只是指外族，而且也僅指中原地區之外的幾個少數民族，與我們今天所說的外國不同，但無論如何在一些前提性的概念上把事情搞複雜了，反而不利。他的兒子乾隆看出了這個毛病，卽位後把《大義覺迷錄》

全部收回，列爲禁書，殺了被雍正赦免了的曾靜等人，開始大興文字獄。康熙、雍正年間也有醜惡的文字獄，但來得特別厲害的是乾隆，他不許漢族知識分子把清廷看成是「夷人」，連一般文字中也不讓出現「虜」、「胡」之類字樣，不小心寫出來了很可能被砍頭。他想用暴力抹去這種對立，然後一心一意做個好皇帝。除了華夷之分的敏感點外，其他地方他倒是比較寬容、有度量，聽得進忠臣賢士們的尖銳意見和建議，因此在他執政的前期，做了很多好事，國運可稱昌盛。這樣一來，即便存有異念的少數漢族知識分子也不敢有什麼想頭，到後來也眞沒有什麼想頭了。其實本來這樣的人已不可多覓，雍正和乾隆都把文章做過了頭。眞正第一流的大學者，在乾隆時代已不想做反清復明的事了。乾隆靠著人才濟濟的智力優勢，靠著康熙、雍正給他奠定豐厚基業，也靠著他本人的韜略雄才，做起了中國歷史上福氣最好的大皇帝。承德避暑山莊，他來得最多，總共逗留的時間很長，因此他的蹤跡更是隨處可見。乾隆也經常參加「木蘭秋獮」，親自射獲的獵物也極爲可觀，但他的主要心思卻放在邊疆征戰上，避暑山莊和周圍的外八廟內，記載這種征戰成果的碑文極多。這種征戰與漢族的利益沒有衝突，反而弘揚了中國的國威，連漢族知識界也引以爲榮，甚至可以把乾隆看成是華夏聖君了，但我細看碑文之後卻產生一個強烈的感覺：有的仗迫不得已，打打也可以，但多數邊界戰爭的必要性深可懷疑。需要打得這麼大嗎？需要反覆那麼多次嗎？需要這樣強橫地來對待鄰居嗎？需要殺得如此殘酷嗎？

好大喜功的乾隆把他的所謂「十全武功」鐫刻在避暑山莊裏樂滋滋地自我品嘗，這使山莊迴蕩出一些燥熱而又不祥的氣氛。在滿、漢文化對峙基本上結束之後，這裏洋溢著的是中華帝國的自得情緒。江南塞北的風景名勝在這裏聚會，上天的唯一驕子在這裏安駐，再下令編一部綜覽全部典籍的《四庫全書》在這裏存放，幾乎什麼也不缺了。乾隆不斷地寫詩，說避暑山莊裏的意境已遠遠超過唐宋詩詞裏的描繪，而他則一直等著到時間卸任成爲「林下人」，在此間度過餘生。在山莊內松雲峽的同一座石碑上，乾隆一生竟先後刻下了六首御制詩表述這種自得情懷。

是的，乾隆一朝確實不算窩囊，但須知這已是十八世紀（乾隆正好死於十八世紀最後一年），十九世紀已經迎面而來，世界發生了多大的變化！乾隆打了那麼多仗，耗資該有多少？他重用的大貪官和珅，又把國力蹧蹋到了何等地步？事實上，清朝，乃至於中國的整體歷史悲劇，就在乾隆這個貌似全盛期的皇帝身上，在山水宜人的避暑山莊內，已經釀就。但此時的避暑山莊，還完全沉湎在中華帝國的夢幻之中，而全國的文化良知，也都在這個幻夢邊沿口或陶醉、或喑啞。

一七九三年九月十四日，一個英國使團來到避暑山莊，乾隆以盛宴歡迎，還在山莊的萬樹園內以大型歌舞和焰火晚會招待，避暑山莊一片熱鬧。英方的目的是希望乾隆同意他們派使臣常駐北京，在北京設立洋行，希望中國開放天津、寧波、舟山爲貿易口岸，在廣州附近撥一些地方讓英商居住，又希望英國貨物在廣州至澳門的內河流通時能獲免稅和減稅的優惠。本來，這是可以談判的事，但對居住在避暑山莊，一生喜歡用武力炫耀華夏威儀的乾隆來說卻不存在任何談判的可能。他給英國國王寫了信，信的標題是《賜英吉利國王敕書》，信內對一切要求全部拒絕，說「天朝尺土俱歸版籍，疆址森然，即使島嶼沙洲，亦必畫界分疆各有專屬」、「從無外人等在北京城開設貨行之事」、「此與天朝體制不合，斷不可行！」也許至今有人認爲這幾句話充滿了愛國主義的凜然大義，與以後清廷簽訂的賣國條約不可同日而語，對此我實在不敢苟同。

本來康熙早在一六八四年就已開放海禁，在廣東、福建、浙江、江蘇分設四個海關歡迎外商來貿易，過了七十多年乾隆反而關閉其他海關只許外商在廣州貿易，外商在廣州也有許多可笑的限制，例如不准學說中國話、買中國書，不許坐轎，更不許把婦女帶來等等。我們閉目就能想像朝廷對外國人的這些限制是出於何種心理規定出來的。康熙向傳教士學西方自然科學，關係不錯，而乾隆卻把天主教給禁了。自高自大，無視外部世界，滿腦天朝意識，這與以後的受辱挨打有著必然的邏輯聯繫。乾隆在避暑山莊訓斥外國帝王的朗聲言詞，就連歷史老人也會聽得不太順耳了。這座園林，已摻雜進某種凶兆。

4

我在山莊松雲峽細讀乾隆寫了六首詩的那座石碑時，在碑的西側又讀到他兒子嘉慶的一首。嘉慶即位後經過這裏，讀了父親那些得意洋洋的詩作後不禁長嘆一聲：父親的詩真是深奧，而我這個做兒子的卻實在覺得肩上的擔子太重了！（「瞻題蘊精奥，守位重仔肩」）嘉慶爲人比較懦弱寬厚，在父親留下的這副擔子前不知如何是好。他一生都在面對內憂外患，最後不明不白地死在避暑山莊。

道光皇帝繼嘉慶之位時已四十來歲，沒有什麼才能，只知艱苦樸素，穿的褲子還打過補釘。這對一國元首來說可不是什麼佳話。朝中大臣競相摹仿，穿了破舊衣服上朝，一眼看去，這個朝廷已經沒有多少氣數了。父親死在避暑山莊，畏怯的道光也就不願意去那裏了，讓它空關了幾十年。他有時想想也該像祖宗一樣去打一次獵，打聽能不能不經過避暑山莊就可以到「木蘭圍場」，回答說沒有別的道路，他也就不去打獵了。像他這麼個可憐巴巴的皇帝，似乎本來就與山莊和打獵沒有緣分的，鴉片戰爭已經爆發，他憂愁的目光只能一直注視著南方。

避暑山莊一直關到一八六〇年九月，突然接到命令，咸豐皇帝要來，趕快打掃。咸豐這次來時帶的銀兩特別多，原來是來逃難的，英法聯軍正威脅著北京。咸豐這一來就不走了，東走走西看看，慶幸祖輩留下這麼個好地方讓他躲避。他在這裏又批准了好幾份喪權辱國的條約，但簽約後還是不走，直到一八六一年八月二十二日死在這兒，差不多住了近一年。

咸豐一死，避暑山莊熱鬧了好些天，各種政治勢力圍著遺體進行著明明暗暗的較量。一場被歷史學家稱之爲「辛酉政變」的行動方案在山莊的幾間屋子裏制定，然後，咸豐的棺木向北京啓運了，剛繼位的小皇帝也出發了，浩浩蕩蕩。避暑山莊的大門又一次緊緊地關住了，而就在這支浩浩蕩蕩的隊伍中間，很快站出來一個二十七歲的青年女子，她將統治中國數十年。

她就是慈禧，離開了山莊後再也沒有回來，不久又下了一道命令，說熱河避暑山莊已經幾十年不用，殿亭各宮多已傾圮，只是咸豐皇帝去時稍稍修治了一下，現在咸豐已逝，衆人已走，「所有熱河一切工程，著卽停止。」

這個命令，與康熙不修長城的諭旨前後輝映。康熙的「長城」也終於傾坍了，荒草淒迷，暮鴉迴翔，舊牆斑剝，霉苔處處，而大門卻緊緊地關著。關住了那些宮殿房舍倒也罷了，還關住了那麼些蒼鬱的山，那麼些晶亮的水。在康熙看來，這兒就是他心目中的清代，但清代把它丟棄了，於是自己也就成了一個喪魂落魄的朝代。慈禧在北京修了一個頤和園，與避暑山莊對抗，塞外朔北的園林不會再有對抗的能力和興趣，它似乎已屬於另外一個時代。康熙連同他的園林一起失敗了，敗在一個沒有讀過什麼書，沒有建立過什麼功業的女人手裏。熱河的雄風早已吹散，清朝從此陰氣重重、劣跡斑斑。

當新的一個世紀來到的時候，一大羣漢族知識分子向這個政權發出了毀滅性聲討，民族仇恨重新在心底燃起，三百年前抗清志士的事蹟重新被發掘和播揚。避暑山莊，在這個時候是一個邪惡的象徵，老老實實躲在遠處，盡量不要叫人發現。

5

清朝滅亡後，社會震蕩，世事忙亂，人們也沒有心思去品咂一下這次歷史變更的苦澀厚味，匆匆忙忙趕路去了。直到一九二七年六月一日，大學者王國維先生在頤和園投水而死，才讓全國的有心人肅然沉思。

王國維先生的死因衆說紛紜，我們且不管它，只知道這位漢族文化大師拖著清代的一條辮，自盡在清代的皇家園林裏，遺囑爲「五十之年，只欠一死；經此世變，義無再辱」。他不會不知道明末清初爲漢族人是束髮還是留辮之爭曾發生過驚人的血案，他不會不知道劉宗周、黃宗羲、顧炎武這些大學者的慷慨行跡，他更不會不知道按照世界歷史的進程，社會巨變乃屬必然，但是他還是死了。我贊成陳寅恪先生的說法，王國維先生並不死於政治鬥爭、人事糾葛，或僅僅爲清廷盡忠，而是死於一種文化：

凡一種文化值衰落之時，為此文化所化之人，必感苦痛，其表現此文化之程量愈宏，則其所受之苦痛亦愈甚；迨既達極深之度，殆非出於自殺無以求一己之心安而義盡也。

（《王觀堂先生挽詞並序》）

王國維先生實在無法把自己爲之而死的文化與清廷分割開來。在他的書架裏，《古今圖書集成》、《康熙字典》、《四庫全書》、《紅樓夢》、《桃花扇》、《長生殿》、乾嘉學派、納蘭性德等等都把兩者連在一起了，於是對他來說，衣冠舉止、生態心態，也莫不兩相混同。我們記得，在康熙手下，漢族高層知識分子經過劇烈的心理掙扎已開始與朝廷產生某種文化認同，沒有想到的是，當康熙的政治事業和軍事事業已經破敗之後，文化認同竟還未消散。爲此，宏才博學的王國維先生要以生命來祭奠它。他沒有從心理掙扎中找到希望，死得可惜又死得必然。知識分子總是不同尋常，他們總要在政治軍事的折騰之後表現出長久的文化韌性，文化變成了生命，只有靠生命來擁抱文化了，別無他途；明末以後是這樣，清末以後也是這樣。但清末又是整個中國封建制度的末尾，因此王國維先生祭奠的該是整個中國傳統文化。清代只是他的落腳點。

王國維先生到頤和園這也還是第一次，是從一個同事處借了五元錢才去的。頤和園門票六角，死後口袋中尚餘四元四角，他去不了承德，也推不開山莊緊閉的大門。

今天，我面對著避暑山莊的清澈湖水，卻不能不想起王國維先生的面容和身影。我輕輕地嘆息一聲，一個風雲數百年的朝代，總是以一羣強者英武的雄姿開頭，而打下最後一個句點的，卻常常是一些文質彬彬的淒怨靈魂。

流放者的土地

1

東北終究是東北，現在已是盛夏的尾梢，江南的西瓜早就收藤了，而這裏似乎還剛剛開旺，大路邊高高低低地延綿著一堵用西瓜砌成的牆，瓜農們還在從綠油油的瓜地裏一個個捧出來往上面堆。停車一問價錢，大吃一驚，才八分錢一斤。買了一大堆搬到車上，先切開一個在路邊啃起來。一口下去又是一驚，竟是我平生很少領略過的清爽和甘甜！以往在江南西瓜下市季節，總有一批「北方瓜」來收場，那些瓜吃起來又粗又淡，很爲江南人所鄙視，我還曾爲此可憐過北方的朋友。北方的朋友辯解說，那是由於要長途運輸，老早摘下一些根本沒熟的瓜在車皮和倉庫裏慢慢蹲熟的，代表不了北方瓜。今天我才眞正信了，不禁邊吃西瓜邊抬頭打量起眼前的土地。這裏的天藍得特別深，因此把白雲襯托得銀亮而富有立體感。藍天白雲下面全是植物，有莊稼，也有自生自滅的花草。與大西北相比，這裏一點也不荒瘠，但與江南相比，這裏似乎又缺少了那些溫馨而精緻的曲曲彎彎，透著點兒蒼涼和浩茫。

這片土地，竟然會蘊藏著這麼多的甘甜嗎？

我提這個問題的時候心頭不禁一顫，因爲我正站在從牡丹江到鏡泊湖去的半道上，腳下是黑龍江省寧安縣，清代被稱之爲「寧古塔」的所在。只要對清史稍有涉獵的讀者都能理解我的心情，在漫長的數百年間，不知有多少所謂「犯人」的判決書上寫著「流放寧古塔」！

我是在很多年前讀魯迅論及清代文字獄的文章時首次看到這個地名的，因爲它與獰厲的政治迫害和慘烈的人生遭遇連在一起，使我忍不住抬起頭來遙想它的地理形貌。後來我本人不知爲什麼對文字獄的史料也越來越重視起來，因而這個地名便成了我閱讀中的常見詞彙。近年來喜歡讀一些地域文化的著作，在拜讀謝國楨先生寫於半個世紀前的《清初東北流人考》和李興盛先生兩年前出版的《東北流人史》①時更是反覆與它打交道了。今天，我居然眞的踏到了這塊著名的土地上面，而它首先給我的居然是甘甜！

有那麼多的朝廷大案以它作爲句點，因此「寧古塔」三個再平靜不過的字成了全國官員和文士心底最不吉利的符咒。任何人都有可能一夜之間與這裏產生終身性的連結，而到了這裏，財產、功名、榮譽、學識，乃至整個身家性命都會墮入漆黑的深淵，幾乎不大可能再泅得出來。金鑾殿離這裏很遠又很近，因此這三個字常常悄悄地潛入高枕錦衾間的惡夢，把那麼多的人嚇出一身身冷汗。清代統治者特別喜歡流放江南人，因此這塊土地與我的出身地和謀生地也有著很深的緣分。幾百年前的江浙口音和現在一定會有不少差別了吧，但雲還是這樣的雲，天還是這樣的天。

地可不是這樣的地。有一本叫做《研堂見聞雜記》的書上寫道，當時的寧古

① 這些論著也爲本文提供了很多史料和線索，謹此感謝。

塔，幾乎不是人間的世界，流放者去了，往往半道上被虎狼惡獸吃掉，甚至被餓昏了的當地人分而食之，能活下來的不多。當時另有一個著名的流放地叫尙陽堡，也是一個讓人毛骨悚然的地名，但與寧古塔一比，尙陽堡還有房子可住，還能活得下來，簡直好到天上去了。也許有人會想，有塔的地方總該有點文明的遺留吧，怎麼會這樣？這就搞錯了。寧古塔沒有塔，這三個字完全是滿語的音譯，意爲「六個」（「寧古」爲「六」，「塔」爲「個」），據說很早的時候曾有兄弟六人在這裏住過，而這六個人可能還與後來的清室攀得上遠親。

今天我的出發地和目的地都很漂亮，想想吧，牡丹江、鏡泊湖，連名字也已經美不勝收了，但我此行的主要目的卻是這半道上的流放地。由它，又聯想到東北其他幾個著名的流放地如今天的瀋陽（當時稱盛京）、遼寧開原縣（卽當時的尙陽堡）以及齊齊哈爾（當時稱卜魁）等處，我，又想來觸摸中國歷史身上某些讓人不太舒服的部位了。

2

中國古代列朝對犯人的懲罰，條例繁雜，但粗粗說來無外乎打、殺、流放三種。打是輕刑，殺是極刑，流放不輕不重嵌在中間。

打的名堂就很多，打的工具（如笞、杖之類），方式和數量都不一樣。再道貌岸然的高官，再斯文儒雅的學者，從小受足了「非禮勿視」的教育，舉手投足蘊藉有度，剛才站到殿闕中央來講話時還細聲慢氣地努力調動一連串深奥典故用以替代一切世俗詞彙呢，簡直雅到無以復加的地步了，突然不知是那句話講錯了，立卽被一羣宮廷侍衞按倒在地，在衆目睽睽之下被扒下褲子，一五一十打將起來。蒼白的肌肉，殷紅的鮮血，不敢大聲發出的哀號，亂作一團的白髮，強烈地提醒著端立在一旁的文武百官：你們說到底只是一種生理性的存在。用思想來辯駁思想，以理性來面對理性，從來沒有那回事兒。一言不合，請亮出尊臀。與此間風景相比，著書立說、切磋研討，實在成了一種可笑的存在。中國社會總是不講道理，也不要道理，便與此有關。

殺的花樣就更多了。我早年在一本舊書中讀到嘉慶皇帝如何殺戮一個在圓明園試圖向他動刀的廚師的具體記述，好幾天都吃不下飯。後來我終於對其他殺人花樣也有所了解了，眞希望我們下一代不要再有人去知道這些事情。那一大套款式，絕對只有那些徹底丟棄了人性卻又保持著充分想像力的人才能設計得出來。以我看來他們的設計原則是把死這件事情變成一個可供細細品味、慢慢咀嚼的漫長過程，在這一過程中，組成人的一切器官和肌膚全都成了痛苦的由頭，因此受刑者只能怨恨自己竟然是個人。我相信中國的宮廷官府所實施的殺人辦法，是人類從猿猴變過來之後幾十萬年間最爲殘酷的自戕遊戲，即便是豺狼虎豹在旁看了也會瞠目結舌。

幸好中國的皇帝在這方面都沒有神經脆弱的毛病，他們總是玩牌一樣掂量著各種死法，有時突然想起「犯人」戰功赫赫或學富五車，會特別開恩換一種等級略低一點的死法，在這種情況下，不僅將死的「犯人」會衷心地叩謝皇恩浩蕩，而且皇帝自己也覺得仁慈過人、宅心寬厚。皇帝的這個習慣倒是成了中國社會慣例，許多笑容可掬的方案權衡，常常以總體性的殘忍爲前提。殘忍成了一種廣泛傳染的歷史病菌和社會病菌，動不動就採取極端措施，驅逐了人道、公德、信義、寬容、和平。

現在可以回到流放上來了。說過了殺的花樣，流放確實成了一種極爲仁厚的懲罰，但實際上對承受者來說，殺起來再慢也總不會拖延太久，而流放卻是一種長時間的可怖折磨。死了倒也罷了，問題是人還活著，種種不幸都要用心靈去一點點消受，這就比死都煩難了。就以當時流放東北的江南人和中原人來說，首先讓人受不了的事實是流放的株連規模。有時不僅全家流放，而且禍及九族，所有遠遠近近的親戚，甚至包括鄰里，全都成了流放者，往往是幾十人、百餘人的隊伍，浩浩蕩蕩。別以爲這樣熱熱鬧鬧一起遠行並不差，須知這些幾天前還是錦衣玉食的家庭都已被查抄，家產財物蕩然無存，而且到流放地之後做什麼也早已定下，如「賞給出力兵丁爲奴」、「給披甲人爲奴」等等，從孩子開始都已經是奴隸。一路上怕他們逃走，便枷鎖千里。我現在隨手翻開桌上的史料就見到這樣一條記載：明宣德八年，一次有一百七十名犯人流放到東北，但死在路上就有三分之二，到東北只剩下五十人。由此一路上的自然艱苦和人爲虐待便可想見。好不容易到了流放地，這些奴隸分配給了主人，主人見美貌的女性就隨意蹧蹋，怕丈夫礙手礙腳先把丈夫殺了；人員那麼多用不了，選出一些女的賣給娼寮，選出一些男的去換馬。最好的待遇算是在所謂「官莊」裏做苦力，當然也完全沒有自由。照清代被流放的學者吳兆騫記述，「官莊人皆骨瘦如柴」、「一年到頭，不是種田，卽是打圍、燒石灰、燒炭，並無半刻空閒日子。」

在一本叫《絕域紀略》的書中描寫了流放在那裏的江南女子汲水的鏡頭：「春餘卽汲，霜雪井溜如山，赤腳單衣悲號於肩擔者，不可紀，皆中華富貴家裔也。」在這些可憐的汲水女裏面，肯定有著不少崔鶯鶯、林黛玉這樣的人物，昨日的嬌貴矜持根本不敢再回想，連那點哀怨悱惻的戀愛悲劇，也全部成了奢侈。

康熙時期的詩人丁介曾寫過這樣兩句詩：

南國佳人多塞北，
中原名士半遼陽。

這裏該包含著多少讓人不敢細想的眞正大悲劇啊。詩句或許會有些誇張，但當時中原各省在東北流放地到了「無省無人」的地步是確實的。據李興盛先生統計，單單清代東北流人（其概念比流放犯略大），總數在一百五十萬以上。普通平民百姓很少會被流放，因而其間「名士」和「佳人」的比例確實不低。

如前所說，這麼多人中，很大一部分是株連者，這個冤屈就實在太大了。那些遠親，可能根本沒見過當事人，他們的親族關係要通過老一輩曲曲折折的比畫才能勉強理清，現在卻一古腦兒都被趕到了這兒。在統治者看來，中國人都不是個人，只是長在家族大樹上的葉子，一片葉子看不順眼了，證明從根上就不好，於是一棵大樹連根兒拔掉。我看「株連」這兩個字的原始含義就是這樣來的。樹上葉子那麼多，不知那一片會出事而禍及自己，更不知自己的一舉一動什麼時候會危害到整棵大樹，於是只能戰戰兢兢，如臨深淵，如履薄冰。如此這般，中國怎麼還會有獨立的個體意識呢？我們以往不也見過很多心底裏很明白而行動卻極其窩囊的人物嗎？有的事，他們如果按心底所想的再堅持一下就堅持出人格和個性來了，但皺眉一想妻兒老小、親戚朋友，也就立即改變了主意。既然大樹上沒有一片葉子敢於面對風的吹拂、露的浸潤、霜的飄灑，整個樹林也便成了沒有風聲鳥聲的死林。朝廷需要的就是這樣一片表面上看起來碧綠葱蘢的死林，「株連」的目的正在這裏。

我常常設想，那些當事人在東北流放地遇見了以前從來沒有聽見過，這次卻因自己而罹難的遠房親戚，該會說什麼話，作何等樣的表情？而那些遠房親戚又會作什麼反應？當事人極其內疚是毫無疑問的，但光內疚夠嗎？而且內疚什麼呢？他或許要解釋一下案情，而他真能搞得清自己的案情嗎？

能說清自己案情的倒是流放者中那一部分眞正的罪犯，即我們現在所說的刑事犯；還有一部分屬於宮廷內部勾心鬥角的失敗者，他們大體也說得清自己流放的原因，其中有些人的經歷也很有歷史意味，但至少我今天在寫這篇文章時對他們興趣不大。最說不清楚的是那些文人，不小心沾上了「文字獄」、科場案，一夜之間成了犯人，竟然福大命大沒被砍頭，與一大羣株連者一起跌跌撞撞地發配到東北來了，他們大半搞不清自己的案情。

「文字獄」的無法說清已有很多人寫過，不想再說什麼了。我想，流放東北的文人中眞正算得上「犯案」的大概就是在科舉考試中作弊的那一撥了。明代以降，特別是清代，壅塞著接二連三的所謂「科場案」，好像魯迅的祖父後來也挨到了這類案子裏邊，幸好沒有全家流放，否則我們就沒有《阿Q正傳》好讀了。依我看，科場中眞作弊的有（魯迅的祖父像是眞的），但也有很大一部分是恣意誇大甚至無中生有的。例如一六五七年（順治十四年）發生過兩個著名的科場案，造成被殺、被流放的人很多，我們不妨選其中較嚴重的一個即所謂「南闈科場案」稍稍多看幾眼。

一場考試過去，發榜了，沒考上的仕子們滿腹牢騷，議論很多，被說得最多的是考上舉人的安徽青年方章鉞可能（！）與主考大人是遠親，即所謂「聯宗」吧，理應迴避，不迴避就有可能作弊。落第考生的這些道聽塗說被一位官員聽到了，就到順治皇帝那裏奏了一本，順治皇帝聞奏後立即（！）下旨，正副主考一併革職，把那位考生方章鉞捉來嚴審。這位安徽考生的父親叫方拱乾，也在朝中做著官，上奏說我們家從來沒有與主考大人聯過宗，聯宗之說是誤傳，因此用不著迴避，以前幾屆也考過，朝廷可以調查。本來這是一件很容易調查清楚的事情，但麻煩的是皇帝已經表了態，而且已把兩個主考革職了，如果眞的沒有聯過宗，皇帝的臉往那兒擱？因此朝廷上下一口咬定，你們兩家一定聯過宗，不可能不聯宗，沒理由不聯宗，為什麼不聯宗？不聯宗才怪呢？既然肯定聯過宗，那就應該在子弟考試時迴避，不迴避就是犯罪。刑部花了不少時間琢磨這個案子，再琢磨皇帝的心思，最後心一橫，擬了個處理方案上報，大致意思無非是，正副主考已經激起聖怒，被皇帝親自革了職，那就乾脆處死算了，把事情做到底別人也就沒話說了；至於考生方章鉞，朝廷不承認他是舉人，作廢。

這個處理方案送到了順治皇帝那裏，大家原先以為皇帝也許會比刑部寬大一點，做點姿態，沒想到皇帝的回旨極其可怕：正、副主考斬首，沒什麼客氣的；還有他們領導的其他所有試官到那裏去了？一共十八名，全部絞刑，家產沒收，他們的妻子女兒一概做奴隸。聽說已經死了一個姓盧的考官了？算他幸運，但他的家產也要沒收，他的妻子女兒也要去做奴隸。還有，就讓那個安徽考生不做舉人算啦？不行，把八個考取的考生全都收拾一下，他們的家產也應全部沒收，每人狠狠打上四十大板，更重要的是，他們這輩考生的父母、兄弟、妻子，要與這幾個人一起，全部流放到寧古塔！（參見《清世主實錄》卷一二一）

這就是典型的中國古代判決，處罰之重，到了完全離譜的程度。不就是僅僅一位考生可能與主考官有點沾親帶故的嫌疑嗎？他父親出來已經把嫌疑排除了，但結果還是如此慘烈，而且牽涉的面又如此之大。能代表朝廷來考試江南仕子的考官，無論是學問、社會知名度還是朝廷對他們信任的程度本來都應該是不成問題的，但爲了其中一個人有那麼一丁點兒已經排除了的嫌疑，二十個全部殺掉，一個不留。而且他們和考生的家屬全部不明不白地遭殃。這中間，唯一能把嫌疑的來龍去脈說得稍稍清楚一點的只有安徽考生一家——方家，其他被殺、被打、被流放的人可能連基本原因也一無所知。但不管，刑場上早已頭顱滾滾、血跡斑斑，去東北的路上也已經浩浩蕩蕩。這些考生的家屬在跋涉長途中想到前些天身首異處的那二十來個大學者，心也就平下來了。比上不足比下有餘，何況人家那麼著名的人物臨死前也沒吭聲，要我冒出來喊寃幹啥？充什麼英雄？這是中國人面臨最大的寃屈和災難時的精神衞護邏輯。一切原因和理由都沒什麼好問的，就算是遇到了一場自然災害。且看歷來流離失所的災民，有幾個問清過颱風形成的原因和山洪暴發的理由？算啦，低頭幹活吧，能這樣不錯啦。

3

災難，對常人來說也就是災難而已，但對知識分子來說就不一樣了。當災難初臨之時，他們比一般人更緊張、更痛苦、更缺少應付的能耐；但是當這一個關口度過之後，他們中部分人的文化意識又會重新甦醒，開始與災難周旋，在災難中洗刷掉那些只有走運時才會追慕的虛浮層面，去尋求生命的底蘊。到了這個時候，本來經常會嘲笑知識分子幾句的其他流放者不得不收斂了，他們開始對這些喜歡長吁短嘆而又手無縛鷄之力的斯文人另眼相看。

流放文人終於熬過生生死死最初撞擊的信號是開始吟詩，其中有不少人在去東北的半路上就已獲得了這種精神復甦，因爲按照當時的交通條件，這好幾千里的路要走相當長的時間。淸初因科場案被流放的杭州詩人、主考官丁澎在去東北的路上看見許多驛站的牆壁上題有其他不少流放者的詩，一首首讀去，不禁笑逐顏開。與他一起流放的家人看他這麼高興，就問：「怎麼，難道朝廷下詔讓你回去了？」丁澎說：「沒有。我眞要感謝皇帝，給我這麼好的機會讓我在一條才情的長河中暢遊，你知道嗎，到東北流放的人幾乎都是才子，我這一去就不擔心沒有朋友了。」丁澎說得不錯，流放者的隊伍實在是把一些平日散落各地的傑出文士集中在一起了，幾句詩，就是他們心靈交流的旗幡。

丁澎被流放的時候，他的朋友張縉彥曾來送行，沒想到三年以後張縉彥也被流放，戍所很遠，要經過丁澎的流放地，兩人一見面感慨萬千，唏噓一陣之後，互相能夠贈送的東西仍然只有詩。丁澎送張縉彥的詩很能代表流放者的普遍心理：

老去悲長劍，
胡為獨遠征？
半生戎馬換，
片語玉關行！
亂石衝雲走，
飛沙撼磧鳴。

萬方新雨露，
吹不到邊城。（《送張坦公方伯出塞》）

丁澎早流放幾年，因此他有資格叮囑張縉彥：「愁劇須憑酒，時危莫論文。」「時危莫論文」並不是害怕和躲避，而是希望朋友身處如此危境不要再按照原先文縐縐的思路來考慮問題了。用吳偉業贈吳兆騫的詩句來表述，文人面對流放，產生的總體感受應該是「山非山兮水非水，生非生兮死非死」，原先的價值座標轟毀了，連一些本來確定無疑的概念也都走向模糊和混亂，這對許多文人來說都不完全是一件壞事。

有一些文人，剛流放時還端著一副孤忠之相，等著那一天聖主來平反昭雪；有的則希望有人能用儒家的人倫道德標準來重新審理他們身陷的寃屈，那怕自己死後有一位歷史學家來說兩句公道話也好。但是，茫茫的塞外荒原否定了他們，浩浩的北國寒風嘲笑著他們，文天祥雖然寫過「留取丹心照汗青」，而「汗青」本身又是如此曖昧不清。

到東北的流放者一般都會記得宋、金戰爭期間，南宋的使臣洪皓和張邵曾被金人流放到黑龍江的事蹟。洪皓和張邵算得爲大宋朝廷爭氣的了，在撿野菜充飢、拾馬糞取暖的情況下還凛然不屈。一次一位比較友好的女眞貴族與洪皓談話，談著談著就爭論起來了，女眞貴族生氣地說：「你到現在還這麼口硬，你以爲我不能殺你嗎？」洪皓回答：「我是可以死了，但這樣你們就會蒙上一個斬殺來使的惡名，恐怕不大好。離這裏三十里地有個叫蓮花濼的地方，不如我們一起乘舟去遊玩，你順便把我推下水，就說我是自己失足，豈不兩全其美？」他的這種從容態度，把女眞貴族都給鎭住了。後來金兵佔領了淮北，宣布說只要是淮北籍的宋朝官員都可回家了，不少被流放的宋朝官員紛紛僞稱自己是淮北人而南返，惟獨洪皓和張邵明確說自己是江南人，因此一直在東北流放到宋、金和議達成之後才回來。完全出人意料的是，這兩人在東北爲宋廷受苦受難十餘年，回來卻立即遭受貶斥，洪皓被秦檜貶離朝廷，張邵也被彈劾爲「奉使無成」而遠放，兩人都很快死在顚沛流離的長途中。倒是金人非常尊敬這兩位與他們作對的使者，每次有人來宋廷總要打聽他們的消息，甚至對他們的子女也倍加憐惜。這種事例，很使後代到東北的流放者們深思。既然朝廷對自己的使者都是這副模樣，那它眞值得大家爲它守節效忠嗎？我們過去頭腦中認爲至高無上的一切眞是那樣有價值嗎？

順著這一思想脈絡，東北流放地出現了一個奇蹟：不少被流放的清朝官員與反清義士結成了好朋友，甚至到了生死莫逆的地步。原先各自效忠的對象，無論是明朝還是清朝都消解了，消解在朔北的風雪中，消解在對人生價值的重新確認裏。

「同是冰天謫戍人，敝裘短褐益相親。」（戴梓）當官銜、身分、家產一一被剝除，剩下的就是生命對生命的直接呼喚。著名的反清義士函可在東北流放時最要好的那些朋友李裀、魏琯、季開生、李呈祥、郝浴、陳掖臣等幾乎都是被貶的清朝官吏，以這些人爲骨幹，函可還成立了一個「冰天詩社」。是不是這些昔日官吏現都捲入到函可的反清思潮中來了呢？並不是。他們相交只是「以節義文章相慕重」，這裏所說的「節義」又不具備尋常所指的國家民族意義，而僅僅是個人人品。其實個人人品最是了不得，最不容易被外來的政治規範修飾或扭曲。在這一點上，中國歷來對「大節」、「小節」的畫分常常是顛倒的。函可的那些朋友在個人人品上確實都是很值得敬重的，李裀獲罪是因爲上諫朝廷，指陳當時的一個「逃人法」、「立法過重，株連太多」；魏琯因上疏主張一個犯人的「妻子應免流徙」而自己反被流徙；季開生是諫阻皇帝到民間選美女；郝浴是彈劾大漢奸吳三桂驕橫不法……總之是一些善良而正直的人。現在他們的發言權被剝奪了，但善良和正直卻剝奪不了，跟著他們走南闖北。函可與他們結社是在順治七年，那個時候，江南很多知識分子還在以「仕清」爲恥，而照我們今天某些理論家的分析，他們這些官吏之所以給清廷提意見也是爲了清廷的長遠利益，不值得半點同情，但函可卻完全不理這一套，以毫無障礙的心態發現了他們的善良與正直，然後把他們作爲一個個有獨立人品的個人來尊重。政敵不見了，民族對立鬆懈了，只剩下一羣赤誠相見的朋友。

有了朋友，再大的災難也會消去大半。有了朋友，再糟的環境也會風光頓生。出身於上海松江縣的學者藝術家楊瑄是一個一生中莫名其妙地多次獲罪，直到七十多歲還在東北曠野上掙扎的可憐人，但由於有了朋友，他眼中的流放地也不無美色了。他的一首《謫居柬友》最能表達這種心情：

同是天涯萬里身，
相依萍梗卽為鄰。
閒騎蹇衛頻來往，
小擘霜螯忘主賓。
明月滿庭涼似水，
綠莎三徑軟於茵。
生經多難情愈好，
未覺人間古道淪。

「生經多難情愈好」，這實在是災難給人的最大恩惠。與東北大地上的朋友相比，原先在上海、在北京的朋友都算不上朋友了，靠著親族關係和同僚關係所擠壓出來的笑容和禮數突然顯得那樣勉強，豐厚的禮品和華贍的語句也變得非常蒼白。惟獨這兒，什麼前後左右的關係也不靠，就靠著赤條條的自己尋找可以生死以之的知己好友，還有什麼比這更珍貴的嗎？

我敢斷言，在漫長的中國封建社會中，最珍貴、最感人的友誼必定產生在朔北和南荒的流放地，產生在那些蓬頭垢面的文士們中間。其他那些著名的友誼佳話，外部雕飾太多了。

除了同在流放地的文士間的友誼之外，外人與流放者的友誼也會顯出一種特殊的重量，因爲在株連之風極盛的時代，與流放者保持友誼是一件十分危險的事，而且地處遙遠，在當時的交通和通訊條件下要維繫友誼又極爲艱難。因此，流放者們在飽受世態炎涼之後完全可以憑藉往昔的友誼在流放後的維持程度來重新評驗自己原先置身的世界。

元朝時，浙江人駱長官被流放到黑龍江，他的朋友孫子耕竟一路相伴，一直從杭州送到黑龍江。清康熙年間，兵部尚書蔡毓榮獲罪流放黑龍江，他的朋友，上海人何世澄不僅一路護送，而且陪著蔡毓榮在黑龍江住了兩年多才返回江南。專程到東北探望朋友的人也有不少，例如康熙年間的流放者傅作楫看到老友吳青霞不遠千里前來探望，曾用這樣的詩句來表達感受：

濃蔭落盡有高柯，

昨日流鶯在何處？

友情，經過再選擇而顯得單純和牢固了。

讓我特別傾心的是康熙年間顧貞觀把自己的老友吳兆騫從東北流放地救出來的那番苦功夫。顧貞觀知道老友在邊荒時間已經很長，吃足了各種苦頭，很想晚年能贖回來讓他過幾天安定日子。他有決心叩拜座座侯門為贖金集資，但這事不能光靠錢，還要讓當朝最有權威的人點頭，向皇帝說項才是啊。他好不容易結識了當朝太傅明珠的兒子納蘭容若。納蘭容若是一個人品和文品都不錯的人，也樂於幫助朋友，但對顧貞觀提出的這個要求卻覺得事關重大，難於點頭。顧貞觀沒有辦法，只得拿出他為思念吳兆騫而寫的詞作《金縷曲》兩首給納蘭容若看，因為那兩首詞表達了一種人間至情，應該比什麼都能說服納蘭容若。兩首詞的全文是這樣的：

季子平安否？便歸來，平生萬事，那堪回首。行路悠悠誰慰藉，母老家貧子幼。記不起、從前杯酒。魑魅搏人應見慣，總輸他、覆雨翻雲手。冰與雪，周旋久。淚痕莫滴牛衣透，數天涯，依然骨肉，幾家能夠？比似紅顏多命薄，更不如今還有。只絕塞、苦寒難受，二十載包胥承一諾，盼烏頭馬角終相救。置此札，君懷袖。

我亦飄零久。十年來，深恩負盡，死生師友。宿昔齊名非忝竊，試看杜陵消瘦，曾不減、夜郎潺愁。薄命長辭知己別，問人生、到此淒涼否？千萬恨，為君剖。兄生辛未吾丁丑，共此時，冰霜摧折，早衰蒲柳。詞賦從今須少作，留取心魂相守。但願得、河清人壽。歸日急翻行戍稿，把空名料理傳身後。言不盡，觀頓首。

不知讀者諸君讀了這兩首詞作何感想，反正納蘭容若當時剛一讀完就聲淚俱下，對顧貞觀說：「給我十年時間吧，我當作自己的事來辦，今後你完全不用再叮囑我了。」顧貞觀一聽急了：「十年？他還有幾年好活？五年爲期，好嗎？」納蘭容若擦著眼淚點了點頭。

經過很多人的努力，吳兆騫終於被贖了回來。在歡迎他的宴會上，有一位朋友寫詩道：「廿年詞賦窮邊老，萬里冰霜匹馬還。」是啊，這麼多年也只是他一個人回來，但這一萬里歸來的「匹馬」，眞把人間友誼的力量負載足了。

還有一個人也是靠朋友，而且是靠同樣在流放的朋友的幫助，偷偷逃走的，他就是浙江蕭山人李兼汝。這個人本來就最喜歡交朋友，據說不管是誰只要深夜叩門他一定要留宿，客人有什麼困難他總是傾囊相助。他被流放後，一直靠一起流放的朋友楊越照顧他，後來他年老體衰，實在想離開那個地方，楊越便想了一個辦法，讓他躲在一個大甕裏由牛車拉出去，楊越從頭至尾操作此事，直至最後到了外面把他從大甕裏拉出來揮淚作別，自己再回來繼續流放。這件事的眞相，後來在流放者中悄悄傳開來了，大家十分欽佩楊越，只要他有什麼義舉都一起出力相助，以不參與爲恥。在這個意義上，災難確實能淨化人，而且能淨化好多人。

我常常想，今天東北人的豪爽、好客、重友情、講義氣，一定與流放者們的精神遺留有深刻關聯吧。流放，創造了一個味道濃重的精神世界，竟使我們得惠至今。

4

除了享受友情之外，流放者總還要幹一點自己想幹的事情。基本的勞役是要負擔的，但東北的氣候使得一年中有很長時間完全無法進行野外作業，而且管理者也有鬆有緊，有些屬於株連而來的對象或隨家長而來的兒孫一輩往往有一點兒自由，有的時候、有的地方，甚至整個流放都處於一種放任自流的狀態，這就使得流放者總的說來還是有不少空餘時間的，需要自己找活幹。一般勞動者找活不難，文人則又一次陷入了深思。

我，總要做一點別人不能代替的事情吧？總要有一些高於撿野菜、拾馬糞、燒石灰、燒炭的行爲吧？尤其當珍貴的友誼把文人們凝聚起來之後，「我」的自問變成了「我們」的集體思索。「我們」，既然憑藉著文化人格互相吸引，那就必須進一步尋找到合適的行爲方式而成爲實踐著、行動著的文化羣落，只有這樣，才能求得靈魂的安定。這是一種回歸，大多數流放者沒有吳兆騫、李兼汝那樣的福氣而回歸南方，他們只能依靠這種文化意義上的回歸，而實際上這樣的回歸更其重要。吳兆騫南歸後三年即貧病而死，只活了五十四歲，李兼汝因偷偷摸摸逃回去的，到了南方東藏西藏，也只活了三年。留在東北的流放者們卻從文化的路途上回了家，有的竟然很長壽。

比較常見的是教書。例如洪皓曾在(木麗)乾的樺樹皮上默寫出《四書》，教村人子弟，張邵甚至在流放地開講《大易》，「聽者畢集」，函可作爲一位佛學家當然就利用一切機會傳授佛法；其次是教耕作和商賈，例如楊越就曾花不少力氣在流放地傳播南方的農耕技術，教當地人用「破木爲屋」來代替原來的「掘地爲屋」，又讓流放者隨身帶的物品與當地土著交換漁牧產品，培養了初步的市場意識，同時又進行文化教育，幾乎是全方位地推動這塊土地走向了文明。文化素養更高一點的流放者則把東北這一在以往史册文典中很少涉及的角落作爲自己進行文化考察的對象，並把考察結果以多種方式留諸文字，至今仍爲一切進行地域文化研究的專家們所寶愛。例如方拱乾所著《寧古塔志》、吳振臣所著《寧古塔紀略》、張縉彥所著《寧古塔山水記》、楊賓所著《柳邊紀略》、英和所著《龍沙物產詠》、《龍江紀事》

等等便是最好的例子，這些著作（有的是詩集）具有極高的歷史學、地理學、風俗學、物產學等多方面的學術價值，是足可永垂史册的。

我們知道，中國古代的學術研究除了李時珍、徐霞客等少數例外，多數習慣於從書本來到書本去，缺少野外考察精神，致使我們的學術傳統至今還缺乏實證意識。這些流放者卻在艱難困苦之中齊心協力地克服了這種弊端，寫下了中國學術史上讓人驚喜的一頁。他們腳下的這塊土地給了他們那麼多無告的陌生，那麼多絕望的酸辛，但他們卻無意怨恨它，反而用溫熱的手掌撫摸著它，讓它感受文明的熱量，使它進入文化的史册。

在這整個過程中，有幾個代代流放的南方家族給東北所起的文化作用特別大，例如清代浙江的呂留良家族、安徽的方拱乾、方孝標家族以及浙江的楊越、楊賓父子等。近代國學大師章太炎先生在民國初年曾說到因遭文字獄而世代流放東北的呂留良（即呂用晦）家族的貢獻：呂氏「後裔多以塾師、醫藥、商販爲業。土人稱之曰老呂家，雖爲台隸，求師者必於呂氏，諸犯官遣戍者，必履其庭，故土人不敢輕，其後裔亦未嘗自屈也。」「齊齊哈爾人知書，由呂用晦後裔謫戍者開之，至於今用夏變夷之功亦著矣。」說到方家，章太炎說：「初，開原、鐵嶺以外皆胡地也，無讀書識字者。寧古塔人知書，由方孝標後裔謫戍者開之。」（《太炎文錄續編》）當代歷史學家認爲，太炎先生的這種說法史實可能有所誤，評價可能略嫌高，但肯定兩個家族在東北地區文教上的啓蒙之功是完全不錯的。

一個家族世世代代流放下去，對這個家族來說是莫大的悲哀，但他們對東北的開發事業卻進行了一代接一代的連續性攻堅。他們是流放者，但他們實際上又成了老資格的「土著」，他們的故鄉究竟在何處呢？我提這問題，在同情和惆悵中又包含著對勝利者的敬意，因爲在文化意義上，他們是英勇的佔領者。

不管怎麼說，東北這塊在今天的中華版圖中已經一點也不顯得荒涼和原始的土地，應該記住這兩個家族和其他流放者，記住是他們的眼淚和汗水，是他們軟軟的南方口音，給這塊土地播下了文明的種子。不要把視線老是停留在那些邊界戰役和民族抗爭上，停留在那些轟轟烈烈的大事件上，那些戰爭和事件，其實並沒有給這塊土地帶來多少滋養。

5

我希望上面這些敘述不至於構成這樣一種誤解，以爲流放這件事從微觀來說造成了許多痛苦，而從宏觀來說卻並不太壞。

不。從宏觀來說，流放無論如何也是對文明的一種摧殘。部分流放者從傷痕纍纍的苦痛中掙扎出來，手忙腳亂地創造出了那些文明，並不能給流放本身增色添彩。且不說多數流放者不再有什麼文化創造，即便是我們在上文中評價最高的那幾位，也無法成爲我國文化史上的第一流人才。第一流人才可以受盡磨難，卻不能受到超越基本生理限度和物質限度的最嚴重侵害。儘管屈原、司馬遷、曹雪芹也受了不少苦，但寧古塔那樣的流放方式卻永遠也出不了《離騷》、《史記》和《紅樓夢》。文明可能產生於野蠻，卻絕不喜歡野蠻。我們能熬過苦難，卻絕不讚美苦難。我們不怕迫害，卻絕不肯定迫害。

部分文人之所以能在流放的苦難中顯現人性、創建文明，本源於他們內心的高貴。他們的外部身分和遭遇可以一變再變，但內心的高貴卻未曾全然消蝕，這正像不管有的人如何追趕潮流或身居高位卻總也掩蓋不住內心的卑賤一樣。毫無疑問，最讓人動心的是苦難中的高貴，最讓人看出高貴之所以高貴的，也是這種高貴。憑著這種高貴，人們可以在生死存亡線的邊緣上吟詩作賦，可以用自己的一點溫暖去化開別人心頭的冰雪，繼而，可以用屈辱之身去點燃文明的火種。他們為了文化和文明，可以不顧物慾利益，不顧功利得失，義無反顧，一代又一代。從這個意義上說，這些高貴者確實是愚蠢的，而聰明的卻是那些卑賤者。但是，這種愚蠢和聰明的畫分本來就屬於「術」的範疇而無關乎「道」，也可以說本來就屬於高貴的領域之外的存在。

由此我又想到，東北這塊土地，為什麼總是顯得坦坦蕩蕩而不遮遮蓋蓋？為什麼沒有多少豐厚的歷史卻快速地進入到一個開化的狀態？至少有一部分，來自流放者心底的那分高貴。

我站在這塊古代稱為寧古塔的土地上，長時間地舉頭四顧而終究又低下頭來，我向一些遠年的靈魂祭奠。為它們大多來自浙江、上海、江蘇、安徽那些我很熟悉的地方，更為它們在苦難中的高貴。

脆弱的都城

1

一座繁華的都城突然消失得無影無蹤，這樣的事情不僅會引起歷史學家和考古學家們的濃厚興趣，而且對於不管相隔多少年之後的普通老百姓也永遠是一個巨大的懸念。

一千九百多年前龐貝古城的突然堙沒，至今仍然是全人類一個不衰的話題。龐貝古城的遺址從十八世紀開始挖掘，一代代挖下來，挖到現在也只挖了一大半。來自世界各地的旅遊者始終絡繹不絕，面對著昔日繁華都市的生活遺跡，大家的心情都非常複雜。只要是人，看到一切都像自己的同類竟然在那麼遙遠的古代就產生了如此密集的匯聚，享受著與我們的感官需求相去不遠的日常生活，不能不產生有關人類和人性的深切體認。但是，這種體認立即又被那幾乎無法想像的頃刻之間的毀滅所驅趕，代之以一種難以名狀的宏大恐怖。終於從恐怖中抖身而出，在一種祭奠的氣氛中邊走邊看，腳下，是人類的龐貝。

西方應該還有一座更古老、更輝煌的都城不知到那裏去了。柏拉圖在他著名的《對話錄》裏提到，一位埃及祭司告訴雅典著名詩人索隆，據歷史記載，雅典在遙遠的古代曾與一支來自大西洋阿特蘭提斯島的強大軍隊戰鬥，這個島是一個壯闊而富麗的都城，都城四周挖有寬闊的淡水運河，河上帆檣如林，市內道路整飭，恍若仙境的王宮和神殿上鑲滿了金銀和象牙，經常舉行輝煌的典儀，但不知怎麼回事，這座都城一晝夜之間遇到了強烈地震和海嘯，整個兒都消失了。直到今天，尋找和考證阿特蘭提斯的地理方位和消失原因的文章已經連篇累牘，但每年總還會冒出來上千論文。

在東方，柬埔寨吳哥窟的殞落也是一個千古之謎。在一百多年前，一名獵人在金邊北部的大森林裏發現了寬及十公里的雄偉建築羣。這個發現震動了世界，據考證，才知道這個建築羣居然代表著一個堙沒於歷史的王朝——公元七世紀的高棉王朝，從此東方的歷史增加了一個夢幻般的時代，而一切研究東方美學和東方雕刻、建築的人都不可能避開這個古建築羣了。但是，人們最感興趣的是，這麼一個東方都城爲什麼突然被人類遺棄於叢林間而沒有在史册上留下痕跡呢？大家猜測有四種可能：一是全城傳染瘟疫死得一個不剩；二是全城發生饑荒，人們只得棄城而逃；三是外族入侵，屠城後又棄城；四是都城內兩派政治勢力內訌，互相殘殺，最後勝利的一方又在死屍堆裏感染了瘟疫。這四種可能中無論那一種，都能出現驚心動魄的場面，閉著眼睛就能想像。

我在黑龍江省寧安縣卽清代著名的流放地寧古塔一帶旅行的時候，知道當年的流放犯曾對著這個地區一圈巨大的城牆牆根遺跡深感驚訝。流放犯中多的是具有充分歷史學造詣的大學者，他們也想不出在遙遠的古代這兒曾屹立過一座什麼都城。他們憑常識卽可判斷，擁有如此寬闊的基座的城牆一定是極爲宏偉的，那麼這座都城也一定氣勢非凡，但它爲什麼全然成了茫茫荒原呢？它究竟是誰呢？他們中的少數人已在心底作出了猜測，但他們是嚴謹的學者，身處的惡劣條件又不允許他們檢閱資料、測量挖掘，他們也只能把猜測嚥進肚裏去了。

我不知道他們中有沒有人聯想到在中國流傳極廣的那個有關詩人李白的故事。那個故事說李白有一次因皇帝求他寫點東西居然要朝中顯貴楊國忠替他捧硯磨墨，高力士替他脫靴。皇帝究竟是叫他寫什麼重要東西可以容忍我們的詩人如此大擺架子呢？人們記得，原來皇帝收到一個叫做渤海國的番國送來的信，朝廷上下沒有人能識那種文字，很丟人，後來還是賀知章推薦了李白，才解決了問題。李白要幫著皇帝寫回信，當然可以擺擺架子啦。

故事只是故事，不能當作歷史來相信，但流放者們發現的城牆牆基，卻確確實實就是渤海國首都的所在地！

我首先看到的是外城的城牆牆基，那是兩米多高的夯土基座，寬達十來米，像一道天然生成的大堤壩，延綿到遠處。這個基座上面，原本應有一方方巨大的磚石砌成的雄偉高牆，可惜這兒不是吳哥窟所藏身的原始森林，而是敞亮開闊的東北平原，一座廢棄的城市很難保存住一點什麼，能用人力拿得走的一切都被人們拿走了，一代又一代，角角落落都搜尋得乾乾淨淨，就剩下這一道泥土夯成的基座，生著草，長著樹，靜靜地呆著。再往裏走，看到了也同樣是拿不走的城門台基和柱礎。據說還無意地或有計畫地從地下挖出過不少零星物件，蛛絲馬跡集中在一起，再加上一些史料佐證，昔日都城的規模已影影綽綽地可以想見。

從遺址看，這個被稱爲上京龍泉府的渤海國首都由外城、內城、宮城三重環套組成，外城周長三十餘里。全城由一條貫通南北的寬闊大道分成東西兩區，又用十餘條主要街道分隔成許多方塊區域，完全是唐朝首府長安的格局和氣派。京城的北半部即是統治者辦公和居住的宮城，城牆周長也有五里，內中排列著五座金碧輝煌的宮殿，東牆外則是御花園，有湖泊、有亭榭、有假山。宮城中一個最完整的遺物是文獻上查得到的一口井，叫「八寶琉璃井」，井壁由玄武岩石砌成，幾乎沒有任何損壞。我在井口邊上盤桓良久，想像著千餘年來在它身邊發生的一切。它波光一閃，就像是一隻看得太多而終於看倦了的冷眼。

一路上陪著我參觀的牡丹江市文化局副局長劉平先生以前曾負責過這裏的發掘和管理工作，他說，從種種材料看，這座城市在公元八世紀到九世紀之間很可能是亞洲最大的都市之一，當時不僅是渤海國的百城之首，而且是東北亞地區的貿易樞紐，把遙遠的長安和日本連成一條經濟通道。人們從一個簡單的比較就可推斷出當時這座城市的繁華：這座都城西部和北部的牡丹江上竟密密地排列著五座跨江大橋的橋墩遺跡，而今天，附近很大的一片土地上數萬人的現代繁忙生活，只一座橋就綽綽有餘，想一想，當日該是一副何等樣的景象！

這樣一座城市，真會消失得如此徹底？

2

現在，我正棲身在華夏版圖南端一個只有一百多年歷史的世界級都市裏，經常站在朝北的窗口發楞。香港實在太年輕了，但是繁華的街市、花崗岩的建築、牆角上乾枯的藤蘿、藤蘿下滿臉皺紋的老人常常使人產生一種錯覺，以爲這座城市出現在這裏是天造地設、不言而喻的，似乎從遙遠的過去到遙遠的將來都應該如此，沒有改動過也不會再有大的改動，要改動也只是城市裏邊樓多樓少、路窄路寬的內部變化而已，怎麼可能設想它的整體衰落呢？把那麼多人、那麼多車、那麼多樓趕到那裏去？在日常市井生活中，公共汽車站挪個位，整修馬路要繞個道，大家都不舒服了，一定都恢復原樣才安心，幾乎沒有人意識到這種「原樣」本身的暫時性。

更麻煩的是任何一座像樣的城市都有一種看不見、摸不著的社會心理規範，言語舉止、步履節奏、人情世故，都與此密不可分，說得好聽一點，也可以說是每座城市都有自己獨特的風情。難道，這種滲透到每一條街、每一間房、每一個人渾身上下的風情也會在某一天突然煙消雲散？

中國人很早之前就感悟到世事人生的變化無常，曾經有「滄海桑田」、「一枕黃粱」等詞語來形容這種變化的巨大和快速，但這些詞語本身就反映了這種感悟基本上停留在農業文化的範疇之內。《紅樓夢》裏的「好了歌」、《長生殿》裏的「彈詞」以及大量詠嘆興亡的詩詞當然也涉及到城市生活，但主要還是指富貴權勢的短暫，而不是指城市的整體命運。

事實上，最值得現代人深思和感慨的恰恰正是城市的整體命運。

站在朝北的窗口，我想，華夏大地在數千年間曾先後出現過多少星羅棋布的城市啊，能夠保持較長久生命的有幾座呢？譚其驤先生曾說，如果從社會政治影響大、延續的時間長來衡量，可稱爲中國「大古都」的城市只有七座，這七座裏又分爲三等，第一等是西安、北京、洛陽；第二等是南京、開封；第三等是安陽、杭州。這個排列無疑有充分的權威性，但從今天的眼光看去，其中有好幾座城市實在談不上全國性的社會政治影響了。卽使是那幾座至今仍然重要和繁華的城市，其變化之大也十分驚人，除了某些古蹟外，我們幾乎可以把它們當作另外的城市來看待。沒有列入這個名單的城市更是如此，例如揚州，它曾經是東方世界最豔麗、舒適的生活方式的集中地，請讀這些詩句：

腰纏十萬貫，
騎鶴上揚州。

天下三分明月，
二分獨照揚州。

十年一覺揚州夢，
贏得青樓薄倖名。

揚州至今猶在，但經歷過太平天國的熊熊戰火，又隨著新的交通格局代替了運河功能，它也就失去了昔日的重要和繁華。今天我們能去的，其實是另一個揚州。

這種情景，幾年前我在甘肅敦煌旅行時感受更深。日本人爲了拍攝電影《敦煌》，耗費巨資在沙漠中另搭了一座唐代的敦煌城。我去時他們的電影已經拍好，只把一座空城留在那裏。我在空城的街道上走著，各種店鋪、住屋、車輛與眞的相差無幾，店鋪的水牌上清楚地寫著各種貨品和價目，每家住屋的樓梯走廊可通達一間間房間，街道縱橫交錯，四周城牆上旌旗飄飄。我走得好奇，走得寂寞，終於又走得惶恐。比之於今天的敦煌縣城，這裏更接近使之名揚千古的唐代原城，但原城的人都到那裏去了呢？空蕩蕩讓我一個人走著，像走在夢裏。是的，它在夢裏，電影藝術家只是依照夢搭建了一下，而一旦被搭建，它就讓我們看到了另一座也被稱之爲「敦煌」的現代縣城的某種不眞實性。從一定意義上說，一座原來的敦煌已多次消失，多次入夢。

總而言之，比之於山川湖泊、大漠荒原，都市是非常脆弱的。越是熱鬧的東西越是脆弱，這是中國老莊哲學早就闡述過的，然而都市的熱鬧卻是人性的匯聚，人性匯聚到如此密集的程度還依然脆弱，這不能不說是人類的一大悲劇。除了像龐貝古城那樣純自然力的毀壞之外，致使許多城市消失的原因還在於人類自身。人類，尤其是中國人，究竟有什麼深層原因使他們既迷戀城市、覬覦城市，又與城市過不去呢？

爲了索解這個問題，我在香港又想起了渤海國首都。我在高樓間想著廢墟，在昔日荒涼的漁村想著昔日喧騰的華都，在一百多年後的熱鬧中想到一千多年前的熱鬧，在波光浩淼的吐露港海灣想著荒草叢中的那口八寶琉璃井。雖然相隔遙遠，但香港畢竟是現代大都市，它擁有很多規模宏大、收藏齊備的圖書館，可以爲我提供在徘徊廢墟時得不到的資料。經過長時間的爬剔搜尋，我終於知道有關渤海國的歷史資料少而又少。《舊唐書》、《新唐書》裏有一些大同小異的記載，日本和朝鮮也保存了一些零星的旁佐性資料，而它自己的記錄文件則已湮沒得一件不剩，就像一名沒有留下任何日記和自述的亡故者，只能靠周圍鄰居的零落記憶來拼合他的生命過程。

我從資料中知道，渤海國是當時東北大地上受盛唐文明影響最大，因此也最先進的一個自治藩國。可以想像，剛剛從一種比較原始的游牧生態走過來的部落，要不要接受當時也許是世界上最高文明之一的盛唐文明，是會經歷一番長期而艱苦的鬥爭的。翻來覆去鬥爭了好多年，終於以先進戰勝保守，以文明戰勝落後，在大仁秀時期（公元八一七至八三〇年）達到鼎盛，世稱「海東盛國」，其首都與唐朝長安一東一西地並立於世。但是，切莫樂觀，先進眞的戰勝了保守嗎？文明眞的戰勝了落後嗎？未必。達爾文的進化論一搬到社會歷史上來常常碰壁。「海東盛國」太招眼，太容易引起周圍人們的忌恨了，它與唐朝的親密交往也太讓別的游牧部落看不慣了，它所匯集的財富太讓人眼紅了，它擁擠的街市太能夠刺激別人的佔領慾了，它播揚四海的赫赫大名太能煽起別人要來吞食它的野心了。於是，它最強盛的時期也就是它最脆弱的時期，千萬不要爲萬衆瞻仰而高興，看看瞻仰者的眼神吧，最嚴重的危機已在那裏埋伏。大仁秀時期才過去一百年，公元九二六年，渤海國竟一下子被契丹所滅，像是一齣有聲有色的戲突然來了一個出人意料的結尾，但仔細一想，這個結尾也是合乎邏輯的。

既然擁有如此強大的盛唐文明，怎麼還會被游牧民族所滅呢？提出這個問題的朋友未免天真。不管那一種文明在最粗淺的層面上是無法與野蠻相抗衡的，「秀才遇到兵」的可悲情景會頻頻出現。遙遠的唐朝有時可以在實力上幫點忙，但也十分有限。唐朝自身也經歷著複雜的內部鬥爭，後來自己也滅亡了，怎麼幫得上呢？因此，渤海國中主張接受盛唐文明的先進分子注定是孤獨的悲劇人物。他們很可能被說成是數典忘祖的「親唐派」，而唐朝卻又不會把他們看作自己人。在這一點上，唐玄宗時期渤海國的大門藝就是一個典型的例子。他的哥哥一度是渤海國的統治者，一直想與唐朝作對，他爭執幾次無效，就逃到唐朝來了。哥哥便與唐朝廷交涉，說我弟弟大門藝對抗軍令躲到了你們這兒，你們應該幫我把他殺了。唐玄宗派幾名外交官到渤海國，對那位哥哥說，大門藝走投無路來找我，我殺掉他說不過去，但你的意思我們也該尊重，因此已把他流放到煙瘴之地嶺南。本來事情也就過去了，不想那幾個外交官在渤海國住的時間長了說漏了嘴，透露出大門藝並未被流放。於是那位哥哥火了，寫信給唐玄宗表示抗議，唐玄宗只得把幾個外交官處分了。司馬光在《資治通鑑》中對此事曾作過有趣的批評，大意是說：唐朝對於自己的隸屬國應該靠威信來使它們心悅誠服。渤海國那位弟弟爲了阻止一場反唐戰爭來投靠你，你應該有膽量宣告他是對的，沒有罪，而哥哥則是錯的，卽便不去討伐，也要是非分明。不想唐玄宗既沒有能力制服那位哥哥，又不能堂堂正正地保護那位弟弟，竟然像市井小人一樣耍弄騙人伎倆，結果被人反問得抬不起頭來，只好對自己的外交官不客氣，實在是丟人現眼。（參見《資治通鑑》卷二一三）司馬光說得很好，但這位歷史學家應該知道，一切政治家都是現實主義者，至少他們中的大多數都不會爲一種遠離自己的文明和文化而付出太大的代價。那位叫做大門藝的弟弟只能在長安城裏躲躲藏藏，他爲故鄉都城的文明而奮鬥，但故鄉的都城卻容不了他。後來，渤海國由於自身的改朝換代進一步走向了文明，但這樣一來渤海國本身也就成了那位弟弟，因高度的文明而走向孤單，走向脆弱，走向無援。

不錯，走向了文明的渤海國首都城牆內已經形成了一種強韌的心理規範和社會秩序，還不至於很快就退化，但野蠻者對此有自己的辦法。契丹人佔領渤海國首都之後，先是盡情地搶掠了一番，後來發現一座城市是一種無形的情緒的集中，一種文化默契的定型，那怕是無聲的磚石檐牆、大街通衢也會構成一種強大的故國之思和復仇意念，要去捕捉卻又不知去向，以爲沒有了卻又瀰漫四周。契丹人惱怒了又膽怯了，膽怯與野蠻一結合總能做出世間第一等的大壞事，他們下令騰出首都，舉國南遷，逃開這些街道和樓宇，拆散這些情緒和氣氛，然後放一把大火把這座都城徹底燒毀。

我們現在無法描述那場大火，無法想像一座亞洲大都市全部投入火海之後的怕人情景，無法猜度那無數過慣了大城市繁華生活的渤海人被迫拖兒帶女踉蹌南下時回頭看這場大火時的心情和眼光。記得當地考古工作者告訴我，發掘遺址時，總能看到一些磚塊、瓦片、石料這些不會熔化的東西竟然被燒得黏結在一起，而巨大的路石也因被火燒烤而斷裂。這場火看來實在是不小，不知前後燒了多長時間。我伸頭看過的那口八寶琉璃井的井水，當時一定是燒沸了的，那麼，遠遠滋潤著它的無數水源也都會連帶著燥熱起來，在地下蒸騰。但是蒸騰也就蒸騰罷了，過不了多久，一切又重新冷卻，朔北的長風把最後一縷火焦味吹走了，厚厚的冰雪抹去了這塊土地上的任何一點熱量，似乎一切都沒有發生過。從渤海國南遷的人四處散落，幾代之後，連一個渤海人的後裔也難於找到了。

我們仍然只能說，歷史，曾經在這塊荒涼的土地上做過一個有關城市的夢。夢很快就碎了，醒來一片荒涼。

3

中國的其他城市，遭遇並不像渤海國的首都那樣慘烈，但在社會心理氣氛的處境上，又有相同之處。

《淮南子·原道訓》說：「鯀築城以衞君，造郭以居人，此城郭之始也。」可見中國最早的城郭的建造主要是想達到「衞君」和「居人」這兩項目的，因此隨之具備了政治、軍事、經濟上的多方面價值，乍一看是十分強大的。但從更本質的層面上看，遼闊的華夏大地從根子上所浸潤的是一種散落的農業文明，城市的出現是一種高度集中的非農業社會運動，因此是這塊土地的反叛物。這種本質對立，使城市命中注定會遇到很多麻煩。從一時一地看，城市遠比農村優越；但從更廣闊的視野上看，中國的農村要強大得多。

例如，城市不直接從事農業生產，但又必須吸納大量的農產品。它離不開農村，而農村卻又未必需要它。一座發育健全的都市需要有自己發達的手工業和商業，有了發達的手工業和商業，它也就有了存在於世的充分理由，農村也離不開它了。但在中國古代城市裏，手工業一直得不到長足的發展，有一點也與農村裏的小作坊差不了多少，商業更受到傳統文化觀念的歧視，從商的賺了錢不幹别的事，或者捐官，或者買地，仍然支付給官僚農業文明，而並不給商業本身帶來多少積累。因此中國的城市可說是一種難以巍然自立的存在，很難對農村保持長久的優勢。《紅樓夢》中的農婦劉姥姥進幾趟城，逛幾趟大觀園，歆羨萬狀，但賈府的財富來源，一是靠宮廷賞賜，二是靠田莊奉獻，而宮廷賞賜一項不僅極不可靠而且入不敷出，主要還是靠田莊。讓田莊支撐這麼個大場面畢竟難乎其難，政治靠山一動搖只得全盤散架。城市裏最富足、最有資歷的府宅尚且如此，整個城市的脆弱性也可想而知。最後，連炙手可熱的王熙鳳的女兒，也只得靠鄉下人劉姥姥來救助。

中國城市的寄生性從反面助長了「種瓜得瓜，種豆得豆」式的簡單農業思維，在農民眼中，不直接從事農業生產而擁有財富的人，大抵是不義之人，因此需要定期地把自己直接生產的財富搶回來，農民起義軍一次次攻陷城池，做的就是這件事。中國農民歷來認爲，在鄉間打家劫舍是盜賊行徑，而攻陷城池則是大快人心的壯舉。城市本身的不健全，加上遼闊的農村對它的心理對抗，它也就變得更加沒有自信。許多城裏人都是從鄉間來的，他們也對城市生態產生懷疑，有一種強烈的「客居」感，思想方式還是植根於農業文明。一個最淺近的例子，是直到今天小學語文課本裏還可能收錄著的宋代張俞的那首絕句：

昨日入城市，
歸來淚滿巾；
遍身羅綺者，
不是養蠶人！

照這首詩的邏輯，只有讓養蠶人穿著遍身錦羅，種田人獨享一切農產品才算合理。「遍身羅綺者，不是養蠶人」是一種極其正常的城市邏輯，一點不值得驚異，但讓農村眼光的人看來卻會產生如此強烈的情感反應：竟然是「淚滿巾」！首句「昨日入城市」非常確實地點明了詩作與城市的對立情緒，很有文化研究的價值。從前這首詩常被引伸爲具有階級反抗情緒，那是搞錯了的，張兪本人也不會同意。有意思的是這首十分矯情的小詩竟然鬧得一切受過初等教育的現代中國人都會背誦，詩中所傳達的鄉下人冷眼看城市的心態變成了中國的習慣心態。這些年來，我還經常聽那些被家長打扮得完全達到國際大都市時髦水平的小孩，奶聲奶氣又強作悲憤狀地背誦這首詩，心中會默默祈禱：什麼時候，換一首吧！

連城市的普通生活形態也受到如此的抗拒和譴責，當然更談不上對城市心理規則的弘揚了。中國歷史上很難舉得出一批眞正的城市思想家。讀古希臘、羅馬文獻，看到那些政治家、思想家一開口就朗聲朗氣地呼喚：「雅典城的公民們！」、「羅馬城的公民們！」在中國古代就缺少這種呼喚聲。第一個眞正具備城市意識的思想家，我覺得是龔自珍，那就出現得太晚了，而且他也未能讓自己的聲音佔領任何一座城市。

在農業社會裏人們都歸之於千篇一律的生產命題，因此雖然分散卻思維同一；城市正相反，近在咫尺卻生態各異，緊密匯聚卻紛紜多元。這種多元匯聚又提出了各種各樣的生活需要，使城市生活變得琳瑯滿目；這種多元匯聚還會造成不同信息的快速溝通，使城市人成爲視野開闊、思維敏捷、選擇機會繁多的一羣；這種多元匯聚更會形成一種價值比照，使城市人對生活的質量、人生的取向、社會的走勢、政局的安危產生了一種遠遠高於農村流散狀態的比較和判斷。這樣一來，城市人成了中國社會中十分違背傳統教化原則的人文羣落，無論是對農民還是對統治者來說，都覺得不好對付。城市意識，也幾乎成了異端邪說。尤其是到了中國近代，列強的武力和國際文明同時進入沿海都市之後，城市意識裏又自然而然地融化進國際價值座標和現代商業原則，更是根深蒂固的中國農業文明所難以容忍的了。兩種文明的搏鬥，從上世紀延續到本世紀，越演越烈。城市文明滋長得十分艱難又十分頑強。而農業文明的包圍和反擊則更加厲害。

現代中國城市經常領受到企圖疏散城市元氣的非城市化運動。或者按照農村的村落重新組織城市的居民社區，出現了大量「城市裏的鄉村」；或者讓城市居民和工廠成批地下放到農村，把城市一點點剝蝕。直到本世紀六十年代末期，這種非城市化運動達到高潮。爲了引導城市居民離開城市，曾經提出過「不在城裏吃閑飯」的著名口號，這個口號包含著對城市生活的無知和蔑視，是一種把直接的農業生產看成創造財富的唯一手段的小農觀念在作祟。緊接著，就出現了驅趕所有城市裏的青年學生到農村去的全國性運動。這個運動之所以與知識分子支援邊疆建設完全是兩碼事，在於它把所有的青年學生的全部人生道路都畫給了農村，因此也就否定了城市在知識層面上有延續和繼承的必要性，進而否定了城市存在的必要性。當時，每一所中學的畢業生都要下鄉，每一家的子女都要下鄉，而且都是終身性的下鄉，城裏剩下的只是中老年和因病實在無法下鄉的青年。要是這個運動不結束，而是眞的成了當時所說的「基本國策」，那麼不要很多年，一座座城市不再會存在任何有生力量。苦苦思念著鄉間兒孫的老人一批批死去，城裏還會留下什麼人呢？街道還在，樓房還在，但已成了沙漠裏搭建起來的那座「敦煌」，作爲一座城市已不復存在。城市消亡了，消亡在現代，消亡在強悍的小農意識的侵凌中。這一運動使廣大知識青年遭受的可怖悲劇現在已經人所共知，但更爲可怖的悲劇卻是它直接指向著城市的消亡。幸好這一運動只延續了十年，而新時期的一個突出標誌恰恰正是各個城市的自我強固，同時又在中國廣大農村中漸漸滲入某種城市生態和城市意識的元素，使城市的偉力有可能來滋潤萬里山川。城市，終究是中國現代化的據點。

也許不是危言聳聽：我們，真的躲過了一場使無數城市陷於消亡的現代災難。須知，這些災難一旦構成，可能是中國本世紀以來最大的倒退。

但是我們又不能過於樂觀。現代城市意識在中國的崛起和普及殊非易事，有許多方面我們還需要從啓蒙開始。城市的一時繁榮並不等於城市秩序的形成，更不等於城市文明的建立。

城市文明以密集的人羣爲前提，因此必須呈現出一種立體構架，一層一層地分列出社會文化價值等級，並以此爲依據進行有秩序的操作。沒有這個構架，人羣的密集會產生反面效應，這是我們以往經常看到的事實。在亂哄哄的擁擠中，那怕是一句沒有來由的流言也會翻捲成一種情緒激潮，造成災難性的後果。中國近代以來，一切人爲的大災難幾乎都產生於城市，便是這個道理。沒有構架，那些搬弄是非、興風作浪的好事之徒就會在人羣中如魚得水，而城市的優秀分子卻會陷身於市井痞子、外來冒險家、賭徒暴發戶的包圍之中，無法展現自身優勢，至於爲數不多的可以作爲城市靈魂的大智者則更會被一片市囂所淹沒。沒有構架，他們是脆弱的；沒有他們，城市是脆弱的。

不能設想，古希臘的雅典沒有亞里士多德，文藝復興時期的倫敦沒有莎士比亞，法國大革命時期的巴黎沒有雨果。他們是城市的精神主宰，由他們伸發開去，一座城市的行爲法則和思維默契井然有序，就像井然有序的城市交通網絡和排水系統。中國也擁有過高水平的思想文化大師，但他們爲了逃避無秩序的擁擠，大多藏身於草堂、茅庵、精舍，大不了躲在深山裏講學，主持著岳麓書院或白鹿洞書院，與城市關係不大。這個傳統，致使我們直到今天還無法對城市文明作出高層面的把持和闡揚，而多數成功的藝術作品更是以農村或小鎭爲表現基點。

因此，突然熱鬧起來了的中國城市，還沒有從根本上擺脫它們天生的脆弱性。

因此，我們還不能說，今天的中國城市已經完成了對數千年的封建觀念和小農意識的戰勝。

城市，還有被消蝕的可能。

4

就我個人而言，有時也會被身邊的煩囂攪得頭昏腦脹，很想躲開城市，進而對呼喚城市文明的必要性產生懷疑。尤其是不少西方城市人已經提出「回歸自然」的口號，我們是否一定要去鑽進別人已想鑽出的怪圈？

由此，我又想起了發現渤海國遺跡的清代流放者們。他們被城市放逐了，離別城市那天還涕淚交加，現在突然看到一個大都市的廢墟，他們會作何感想？我想，他們大多會從廢墟中領悟城市裏功名的無聊，從而獲得平靜和超越，減輕心頭的苦痛。

記得離開渤海國廢墟後我們去了不遠處的鏡泊湖。面對著鏡泊湖寧謐的美景，我曾想：廢墟傲視著一時功名的短暫，而鏡泊湖則又進一步傲視著廢墟的短暫。渤海國的廢墟存在了一千多年，而鏡泊湖至少已存在了一萬多年。廢墟是以往功業的遺留，鏡泊湖完全離開了功業，因此也沒有廢墟，永遠是一派青春、一派嫵媚，嫵媚了上萬年也不見老，被它嫵媚過的建功立業者都一一化作了塵土，而它還是嫵媚著。像鏡泊湖一樣冷清和漠然，多好。

這麼一想，我似乎獲得了全然解脫，就像老莊哲學曾經給過我的，但很快我又感到了這種解脫的虛假性。有血有肉的人不可能眞的把自己等同於萬古湖山，事實上我就連在鏡泊湖住上較長時間也會因寂寞、孤獨而無法適應。我儘管喜歡安靜、崇尚自然，卻絕不會做隱士。作爲一個現代人，我更渴望著無數生命散發出的蓬勃熱能。與其長時間地遁跡山林，還不如承受熙熙攘攘的人羣、匆匆忙忙的腳步，以及那既熟悉又陌生的無數面影。我絕不會皺著眉裝出厭惡世人擁擠的表情來自命清雅，而只是一心企待著早晨出門，街市間一連幾個不相識的人向我道一聲「早」，然後讓如潮的人流把我溶化。

說到底，我是一個世俗之人，我熱愛城市。

我對城市的熱愛，當然也包含著對它的邪惡的承認。城市的邪惡是一種經過集中、加溫、發酵，然後又進行了一番裝扮的邪惡，因而常常比山野鄉村間的邪惡更讓人反胃；但是，除非有外力的侵凌，城市的邪惡終究難於控制全局、籠罩街市，街市間頑強地鋪展著最尋常的世俗生活。因此，我們即便無法消滅邪惡也能快步走過它，幾步之外就是世俗人性的廣闊綠洲。每天都這麼走，走過邪惡，走向人性，走向人類的大擁擠和大熱鬧，這便是城市的步履——一種形而上的人類學步履。

蘇東坡突圍

1

住在這遠離鬧市的半山居所裏，安靜是有了，但寂寞也來了，有時還來得很凶猛，特別在深更半夜。只得獨個兒在屋子裏轉著圈，拉下窗簾，隔開窗外壁立的懸崖和翻捲的海潮，眼睛時不時地瞟著牀邊那乳白色的電話。它竟響了，急忙衝過去，是台北《中國時報》社打來的，一位不相識的女記者，說我的《文化苦旅》一書在台灣銷售情況很好，因此要作越洋電話採訪。問了我許多問題，出身、經歷、愛好，無一遺漏。最後一個問題是：「在中國文化史上，您最喜歡那一位文學家？」我回答：蘇東坡。她又問：「他的作品中，您最喜歡那幾篇？」我回答：在黃州寫赤壁的那幾篇。記者小姐幾乎沒有停頓就接道：「您是說《念奴嬌·赤壁懷古》和前、後《赤壁賦》？」我說對，心裏立卽爲蘇東坡高興，他的作品是中國文人的通用電碼，一點就著，那怕是半山深夜、海峽阻隔、素昧平生。

放下電話，我腦子中立卽出現了黃州赤壁。去年夏天剛去過，印象還很深刻。記得去那兒之前，武漢的一些朋友紛紛來勸阻，理由是著名的赤壁之戰並不是在那裏打的，蘇東坡懷古懷錯了地方，現在我們再跑去認眞憑弔，說得好聽一點是將錯就錯，說得難聽一點是錯上加錯，天那麼熱，路那麼遠，何苦呢？

我知道多數歷史學家不相信那裏是眞的打赤壁之戰的地方，他們大多說是在嘉魚縣打的。但最近幾年，湖北省的幾位中青年歷史學家持相反意見，認爲蘇東坡懷古沒懷錯地方，黃州赤壁正是當時大戰的主戰場。對於這個論爭我一直興致勃勃地關心著，不管爭論前景如何，黃州我還是想去看看的，不是從歷史的角度看古戰場的遺址，而是從藝術的角度看蘇東坡的情懷。大藝術家卽便錯，也會錯出魅力來。

好像王爾德說過，在藝術中只有美醜而無所謂對錯。

於是我還是去了。

這便是黃州赤壁。赭紅色的陡峭石坡直逼著浩蕩東去的大江，坡上有險道可以攀登俯瞰，江面有小船可供蕩槳仰望，地方不大，但一俯一仰之間就有了氣勢，有了偉大與渺小的比照，有了視覺空間的變異和倒錯，因此也就有了遊觀和冥思的價值。客觀景物只提供一種審美可能，而不同的遊人才使這種可能獲得不同程度的實現。蘇東坡以自己的精神力量給黃州的自然景物注入了意味，而正是這種意味，使無生命的自然形式變成美。因此不妨說，蘇東坡不僅是黃州自然美的發現者，而且也是黃州自然美的確定者和構建者。

但是，事情的複雜性在於，自然美也可倒過來對人進行確定和構建。蘇東坡成全了黃州，黃州也成全了蘇東坡，這實在是一種相輔相成的有趣關係。蘇東坡寫於黃州的那些傑作，既宣告著黃州進入了一個新的美學等級，也宣告著蘇東坡進入了一個新的人生階段，兩方面一起提升，誰也離不開誰。

蘇東坡走過的地方很多，其中不少地方遠比黃州美麗，爲什麼一個僻遠的黃州還能給他如此巨大的驚喜和震動呢？他爲什麼能把如此深厚的歷史意味和人生意味投注給黃州呢？黃州爲什麼能夠成爲他一生中最重要的人生驛站呢？這一切，決定於他來黃州的原因和心態。

他從監獄裏走來，他帶著一個極小的官職，實際上以一個流放罪犯的身分走來，他帶著官場和文壇潑給他的渾身髒水走來，他滿心僥倖又滿心絕望地走來。他被人押著，遠離自己的家眷，沒有資格選擇黃州之外的任何一個地方，朝著這個當時還很荒涼的小鎭走來。

他很疲倦，他很狼狽，出汴梁、過河南、渡淮河、進湖北、抵黃州，蕭條的黃州沒有給他預備任何住所，他只得在一所寺廟中住下。他擦一把臉，喘一口氣，四周一片靜寂，連一個朋友也沒有，他閉上眼睛搖了搖頭。他不知道，此時此刻，他完成了一次永載史册的文化突圍。黃州，注定要與這位傷痕纍纍的突圍者進行一場繼往開來的壯麗對話。

2

人們有時也許會傻想，像蘇東坡這樣讓中國人共享千年的大文豪，應該是他所處的時代的無上驕傲，他周圍的人一定會小心地珍惜他，虔誠地仰望他，總不願意去找他的麻煩吧？事實恰恰相反，越是超時代的文化名人，往往越不能相容於他所處的具體時代。中國世俗社會的機制非常奇特，它一方面願意播揚和轟傳一位文化名人的聲譽，利用他、榨取他、引誘他，另一方面從本質上卻把他視爲異類，遲早會排拒他、糟踐他、毀壞他。起鬨式的傳揚，轉化爲起鬨式的貶損，兩種起鬨都起源於自卑而狡黠的覬覦心態，兩種起鬨都與健康的文化氛圍南轅北轍。

蘇東坡到黃州來之前正陷於一個被文學史家稱爲「烏台詩獄」的案件中，這個案件的具體內容是特殊的，但集中反映了文化名人在中國社會中的普遍遭遇，很值得說一說。搞清了這個案件中各種人的面目，才能理解蘇東坡到黃州來究竟是突破了一個什麼樣的包圍圈。

爲了不使讀者把注意力耗費在案件的具體內容上，我們不妨先把案件的底交代出來。卽使站在朝廷的立場上，這也完全是一個莫須有的可笑事件。一羣大大小小的文化官僚硬說蘇東坡在很多詩中流露了對政府的不滿和不敬，方法是對他詩中的詞句和意象作上綱上線的推斷和詮釋，搞了半天連神宗皇帝也不太相信，在將信將疑之間幾乎不得已地判了蘇東坡的罪。

在中國古代的皇帝中，宋神宗絕對是不算壞的，在他內心並沒有迫害蘇東坡的任何企圖，他深知蘇東坡的才華，他的祖母光獻太皇太后甚至竭力要保護蘇東坡，而他又是非常尊重祖母意見的，在這種情況下，蘇東坡不是非常安全嗎？然而，完全不以神宗皇帝和太皇太后的意志爲轉移，名震九州、官居太守的蘇東坡還是下了大獄。這一股強大而邪惡的力量，就很值得研究了。

這件事說來話長。在專制制度下的統治者也常常會擺出一種重視輿論的姿態，有時甚至還設立專門在各級官員中找岔子、尋毛病的所謂諫官，充當朝廷的耳目和喉舌。乍一看這是一件好事，但實際上弊端甚多。這些具有輿論形象的諫官所說的話，別人無法聲辯，也不存在調查機制和仲裁機制，一切都要賴仗於他們的私人品質，但對私人品質的考察機制同樣也不具備，因而所謂輿論云云常常成爲一種歪曲事實、顚倒是非的社會災難。這就像現代的報紙如果缺乏足夠的職業道德又沒有相應的法規制約，信馬由繮，隨意褒貶，受傷害者無處可以說話，不知情者卻誤以爲白紙黑字是輿論所在，這將會給人們帶來多大的混亂！蘇東坡早就看出這個問題的嚴重性，認爲這種不受任何制約的所謂輿論和批評，足以改變朝廷決策者的心態，又具有很大的政治殺傷力（「言及乘輿，則天子改容，事關廊廟，則宰相待罪」），必須予以警惕，但神宗皇帝由於自身地位的不同無法意識到這一點。沒想到，正是蘇東坡自己嘗到了他預言過的苦果，而神宗皇帝爲了維護自己尊重輿論的形象，當批評蘇東坡的言論幾乎不約而同地聚合在一起時，他也不能爲蘇東坡講什麼話了。

那麼，批評蘇東坡的言論爲什麼會不約而同地聚合在一起呢？我想最簡要的回答是他弟弟蘇轍說的那句話：「東坡何罪？獨以名太高」。他太出色、太響亮，能把四周的筆墨比得十分寒磣，能把同代的文人比得有點狼狽，引起一部分人酸溜溜的嫉恨，然後你一拳我一腳地糟踐，幾乎是不可避免的。在這場可恥的圍攻中，一些品格低劣的文人充當了急先鋒。

例如舒亶。這人可稱之爲「檢舉揭發專業戶」，在揭發蘇東坡的同時他還揭發了另一個人，那人正是以前推薦他做官的大恩人。這位大恩人給他寫了一封信，拿了女婿的課業請他提意見、輔導，這本是朋友間非常正常的小事往來，沒想到他竟然忘恩負義地給皇帝寫了一封莫名其妙的檢舉揭發信，說我們兩人都是官員，我又在輿論領域，他讓我輔導他女婿總不大妥當。皇帝看了他的檢舉揭發，也就降了那個人的職。這簡直是東郭先生和狼的故事。就是這麼一個讓人噁心的人，與何正臣等人相呼應，寫文章告訴皇帝，蘇東坡到湖州上任後寫給皇帝的感謝信中「有譏切時事之言」。蘇東坡的這封感謝信皇帝早已看過，沒發現問題，舒亶卻苦口婆心地一款一款分析給皇帝聽，蘇東坡正在反您呢，反得可凶呢，而且已經反到了「流俗翕然，爭相傳誦，忠義之士，無不憤惋」的程度！「憤」是憤蘇東坡，「惋」是惋皇上。有多少忠義之士在「憤惋」呢？他說是「無不」，也就是百分之百，無一遺漏。這種數量統計完全無法驗證，卻能使注重社會名聲的神宗皇帝心頭一咯噔。

又如李定。這是一個曾因母喪之後不服孝而引起人們唾罵的高官，對蘇東坡的攻擊最凶。他歸納了蘇東坡的許多罪名，但我仔細鑑別後發現，他特別關注的是蘇東坡早年的貧寒出身，現今在文化界的地位和社會名聲。這些都不能列入犯罪的範疇，但他似乎壓抑不住地對這幾點表示出最大的憤慨。說蘇東坡「起於草野垢賤之餘」、「初無學術，濫得時名」、「所爲文辭，雖不中理，亦足以鼓動流俗」等等，蘇東坡的出身引起他的不服且不去說它，硬說蘇東坡不學無術、文辭不好，實在使我驚訝不已了。但他不這麼說也就無法斷言蘇東坡的社會名聲和世俗鼓動力是「濫得」。總而言之，李定的攻擊在種種表層動機下顯然埋藏著一個最深祕的元素：妒忌。無論如何，詆毀蘇東坡的學問和文采畢竟是太愚蠢了，這在當時加不了蘇東坡的罪，而在以後卻成了千年笑柄。但是妒忌一深就會失控，他只會找自己最痛恨的部位來攻擊，已顧不得那怕是裝裝樣子的可信性和合理性了。

又如王珪。這是一個跋扈和虛僞的老人。他憑著資格和地位自認爲文章天下第一，實際上他寫詩作文繞來繞去都離不開「金玉錦繡」這些字眼，大家暗暗掩口而笑，他還自我感覺良好。現在，一個後起之秀蘇東坡名震文壇，他當然要想盡一切辦法來對付。有一次他對皇帝說：「蘇東坡對皇上確實有二心。」皇帝問：「何以見得？」他舉出蘇東坡一首寫檜樹的詩中有「蟄龍」二字爲證，皇帝不解，說：「詩人寫檜樹，和我有什麼關係？」他說：「寫到了龍還不是寫皇帝嗎？」皇帝倒是頭腦清醒，反駁道：「未必，人家叫諸葛亮還叫臥龍呢！」這個王珪用心如此低下，文章能好到那兒去呢？更不必說與蘇東坡較量了。幾縷白髮有時能夠冒充師長，掩飾邪惡，卻欺騙不了歷史。歷史最終也沒有因爲年齡把他的名字排列在蘇東坡的前面。

又如李宜之。這又是另一種特例，做著一個芝麻綠豆小官，在安徽靈璧縣聽說蘇東坡以前爲當地一個園林寫的一篇園記中有勸人不必熱衷於做官的詞句，竟也寫信給皇帝檢舉揭發，並分析說這種思想會使人們缺少進取心，也會影響取士。看來這位李宜之除了心術不正之外，智力也大成問題，你看他連誣陷的口子都找得不倫不類。但是，在沒有理性法庭的情況下，再愚蠢的指控也能成立，因此對散落全國各地的李宜之們構成了一個鼓勵。爲什麼檔次這樣低下的人也會擠進來圍攻蘇東坡？當代蘇東坡研究者李一冰先生說得很好：「他也來插上一手，無他，一個默默無聞的小官，若能參加一件扳倒名人的大事，足使自己增重。」從某種意義上說，他的這種目的確實也部分地達到了，例如我今天寫這篇文章竟然還會寫到李宜之這個名字，便完全是因爲他參與了對蘇東坡的圍攻，否則他沒有任何理由被那怕是同一時代的人寫在印刷品裏。我的一些青年朋友根據他們對當今世俗心理的多方位體察，覺得李宜之這樣的人未必是爲了留名於歷史，而是出於一種可稱作「砸窗子」的惡作劇心理。晚上，一羣孩子站在一座大樓前指指點點，看誰家的窗子亮就撿一塊石子扔過去，談不上什麼目的，只圖在幾個小朋友中間出點風頭而已。我覺得我的青年朋友們把李宜之看得過於現代派，也過於城市化了。李宜之的行爲主要出於一種政治投機，聽說蘇東坡有點麻煩，就把麻煩鬧得大一點，反正對內不會負道義責任，對外不會負法律責任，樂得投井下石，撐順風船。這樣的人倒是沒有膽量像李定、舒亶和王珪那樣首先向一位文化名人發難，說不定前兩天還在到處吹噓在什麼地方有幸見過蘇東坡，硬把蘇東坡說成是自己的朋友甚至老師呢。

又如——我眞不想寫出這個名字，但再一想又沒有諱避的理由，還是寫出來吧：沈括。這位在中國古代科技史上佔有不小地位的著名科學家也因嫉妒而陷害過蘇東坡，用的手法仍然是檢舉揭發蘇東坡的詩中有譏諷政府的傾向。如果他與蘇東坡是政敵，那倒也罷了，問題是他們曾是好朋友，他所檢舉揭發的詩句，正是蘇東坡與他分別時手錄近作送給他留作紀念。這實在太不是味道了。歷史學家們分析，這大概與皇帝在沈括面前說過蘇東坡的好話有關，沈括心中產生了一種默默的對比，不想讓蘇東坡的文化地位高於自己。另一種可能是他深知王安石與蘇東坡政見不同，他投注投到了王安石一邊。但王安石畢竟也是一個講究人品的文化大師，重視過沈括，但最終卻得出這是一個不可親近的小人的結論。當然，在人格人品上的不可親近，並不影響我們對沈括科學成就的肯定。

圍攻者還有一些，我想舉出這幾個也就差不多了，蘇東坡突然陷入困境的原因已經可以大致看清，我們也領略了一組有可能超越時空的「文化羣小」的典型。他們中的任何一個人要單獨搞倒蘇東坡都是很難的，但是在社會上沒有一種強大的反誹謗、反誣陷機制的情況下，一個人探頭探腦的冒險會很容易地招來一堆湊熱鬧的人，於是七嘴八舌地組合成一種僞輿論，結果連神宗皇帝也對蘇東坡疑惑起來，下旨說查查清楚，而去查的正是李定這些人。

蘇東坡開始很不在意。有人偷偷告訴他，他的詩被檢舉揭發了，他先是一怔，後來還瀟灑、幽默地說：「今後我的詩不愁皇帝看不到了。」但事態的發展卻越來越不瀟灑，一〇七九年七月二十八日，朝廷派人到湖州的州衙來逮捕蘇東坡，蘇東坡事先得知風聲，立即不知所措。文人終究是文人，他完全不知道自己犯了什麼罪，從氣勢洶洶的樣子看，估計會處死，他害怕了，躲在後屋裏不敢出來，朋友說躲著不是辦法，人家已在前面等著了，要躲也躲不過。正要出來他又猶豫了，出來該穿什麼服裝呢？已經犯了罪，還能穿官服嗎？朋友說，什麼罪還不知道，還是穿官服吧。蘇東坡終於穿著官服出來了，朝廷派來的差官裝模作樣地半天不說話，故意要演一個壓得人氣都透不過來的場面出來。蘇東坡越來越慌張，說：「我大概把朝廷惹惱了，看來總得死，請允許我回家與家人告別。」差官說：「還不至於這樣」，便叫兩個差人用繩子捆紮了蘇東坡，像驅趕鷄犬一樣上路了。家人趕來，號啕大哭，湖州城的市民也在路邊流淚。

長途押解，猶如一路示衆，可惜當時幾乎沒有什麼傳播媒介，沿途百姓不認識這就是蘇東坡。貧瘠而愚昧的國土上，繩子捆紮著一個世界級的偉大詩人，一步步行進。蘇東坡在示衆，整個民族在丟人。

全部遭遇還不知道半點起因。蘇東坡只怕株連親朋好友，在途經太湖和長江時都想投水自殺，由於看守嚴密而未成。當然也很可能成，那麼，江湖淹沒的將是一大截特別明麗的中華文明。文明的脆弱性就在這裏，一步之差就會全盤改易，而把文明的代表者逼到這一步之差境地的則是一羣小人。一羣小人能做成如此大事，只能歸功於中國的獨特國情。

小人牽著大師，大師牽著歷史。小人順手把繩索重重一抖，於是大師和歷史全都成了罪孽的化身。一部中國文化史，有很長時間一直捆押在被告席上，而法官和原告，大多是一羣羣擠眉弄眼的小人。

究竟是什麼罪？審起來看！

怎麼審？打！

一位官員曾關在同一監獄裏，與蘇東坡的牢房只有一牆之隔，他寫詩道：

> 遙憐北戶吳興守，
> 詬辱通宵不忍聞。

通宵侮辱、摧殘到了其他犯人也聽不下去的地步，而侮辱、摧殘的對象竟然就是蘇東坡！

請允許我在這裏把筆停一下。我相信一切文化良知都會在這裏顫慄。中國幾千年間有幾個像蘇東坡那樣可愛、高貴而有魅力的人呢？但可愛、高貴、魅力之類往往既構不成社會號召力也構不成自我衞護力，眞正厲害的是邪惡、低賤、粗暴，它們幾乎戰無不勝、攻無不克、所向無敵。現在，蘇東坡被它們抓在手裏搓捏著，越是可愛、高貴、有魅力，搓捏得越起勁。溫和柔雅如林間淸風、深谷白雲的大文豪面對這徹底陌生的語言系統和行爲系統，不可能作任何像樣的辯駁，他一定變得非常笨拙，無法調動起碼的言詞，無法完成簡單的邏輯。他在牢房裏的應對，絕對比不過一個普通的盜賊。因此審問者們憤怒了也高興了，原來這麼個大名人竟是草包一個，你平日的滔滔文辭被狗吃掉了？看你這副熊樣還能寫詩作詞？純粹是抄人家的吧！接著就是輪番撲打，詩人用純銀般的嗓子哀號著，哀號到嘶啞。這本是一個只需要哀號的地方，你寫那麼美麗的詩就已荒唐透頂了，還不該打？打，打得你淡妝濃抹，打得你乘風歸去，打得你密州出獵！

開始，蘇東坡還試圖拿點兒正常邏輯頂幾句嘴，審問者咬定他的詩裏有譏諷朝廷的意思，他說：「我不敢有此心，不知什麼人有此心，造出這種意思來。」一切誣陷者都喜歡把自己打扮成某種「險惡用心」的發現者，蘇東坡指出，他們不是發現者而是製造者。那也就是說，誣陷者所推斷出來的「險惡用心」，可以看作是他們自己的內心，因此應該由他們自己來承擔。我想一切遭受誣陷的人都會或遲或早想到這個簡單的道理，如果這個道理能在中國普及，誣陷的事情一定會大大減少。但是，在牢房裏，蘇東坡的這一思路招來了更凶猛的侮辱和折磨，當誣陷者和辦案人完全合成一體、串成一氣時，只能這樣。終於，蘇東坡經受不住了，經受不住日復一日、通宵達旦的連續逼供，他想閉閉眼、喘口氣，唯一的辦法就是承認。於是，他以前的詩中有「道旁苦李」，是在說自己不被朝廷重視；詩中有「小人」字樣，是諷刺當朝大人；特別是蘇東坡在杭州做太守時興沖沖去看錢塘潮，回來寫了詠弄潮兒的詩「吳兒生長狎濤淵」，據說竟是在影射皇帝興修水利！這種大膽聯想，連蘇東坡這位浪漫詩人都覺得實在不容易跳躍過去，因此在承認時還不容易「一步到位」，審問者有本事耗時間一點點逼過去。案卷記錄上經常出現的句子是：「逐次隱諱，不說情實，再勘方招。」蘇東坡全招了，同時他也就知道必死無疑了。試想，把皇帝說成「吳兒」，把興修水利說成玩水，而且在看錢塘潮時竟一心想著寫反詩，那還能活？

他一心想著死。他覺得連累了家人，對不起老妻，又特別想念弟弟。他請一位善良的獄卒帶了兩首詩給蘇轍，其中有這樣的句子：「是處青山可埋骨，他時夜雨獨傷神，與君世世爲兄弟，又結來生未了因。」埋骨的地點，他希望是杭州西湖。

不是別的，是詩句，把他推上了死路。我不知道那些天他在鐵窗裏是否抱怨甚至痛恨詩文。沒想到，就在這時，隱隱約約地，一種散落四處的文化良知開始匯集起來了，他的詩文竟然在這危難時分產生了正面回應，他的讀者們慢慢抬起了頭，要說幾句對得起自己內心的話了。很多人不敢說，但畢竟還有勇敢者；他的朋友大多躲避了，但畢竟還有俠義人。

杭州的父老百姓想起他在當地做官時的種種美好行跡，在他入獄後公開做了解厄道場，求告神明保佑他；獄卒梁成知道他是大文豪，在審問人員離開時盡力照顧生活，連每天晚上的洗腳熱水都準備了；他在朝中的朋友范鎭、張方平不怕受到牽連，寫信給皇帝，說他在文學上「實天下之奇才」，希望寬大；他的政敵王安石的弟弟王安禮也仗義執言，對皇帝說：「自古大度之君，不以言語罪人」，如果嚴厲處罰了蘇東坡，「恐後世謂陛下不能容才」最有趣的是那位我們上文提到過的太皇太后，她病得奄奄一息，神宗皇帝想大赦犯人來爲她求壽，她竟說：「用不著去赦免天下的凶犯，放了蘇東坡一人就夠了！」最直截了當的是當朝左相吳充，有次他與皇帝談起曹操，皇帝對曹操評價不高，吳充立即接口說：「曹操猜忌心那麼重還容得下禰衡，陛下怎麼容不下一個蘇東坡呢？」

對這些人，不管是獄卒還是太后，我們都要深深感謝。他們比研究者們更懂得蘇東坡的價值，就連那盆洗腳水也充滿了文化的熱度。

據王鞏《甲申雜記》記載，那個帶頭誣陷、調查、審問蘇東坡的李定，整日得意洋洋，有一天與滿朝官員一起在崇政殿的殿門外等候早朝時向大家敍述審問蘇東坡的情況，他說：「蘇東坡眞是奇才，一、二十年前的詩文，審問起來都記得清清楚楚！」他以爲，對這麼一個轟傳朝野的著名大案，一定會有不少官員感興趣，但奇怪的是，他說了這番引逗別人提問的話之後，沒有一個人搭腔，沒有一個人提問，崇政殿外一片靜默。他有點慌神，故作感慨狀，嘆息幾聲，回應他的仍是一片靜默。這靜默算不得抗爭，也算不得輿論，但著實透著點兒高貴。相比之下，歷來許多誣陷者周圍常常會出現一些不負責任的熱鬧，以嘈雜助長了誣陷。

就在這種情勢下，皇帝釋放了蘇東坡，貶謫黃州。黃州對蘇東坡的重要性，不言而喻。

3

我非常喜歡讀林語堂先生的《蘇東坡傳》，前後讀過多少遍都記不清了，但每次總覺得語堂先生把蘇東坡在黃州的境遇和心態寫得太理想了。語堂先生酷愛蘇東坡的黃州詩文，因此由詩文渲染開去，由酷愛渲染開去，渲染得通體風雅、聖潔。其實，就我所知，蘇東坡在黃州還是很淒苦的，優美的詩文，是對淒苦的掙扎和超越。

蘇東坡在黃州的生活狀態，已被他自己寫給李端叔的一封信描述得非常清楚。

信中說：

得罪以來，深自閉塞，扁舟草履，放浪山水間，與樵漁雜處，往往為醉人所推罵，輒自喜漸不為人識。平生親友，無一字見及，有書與之亦不答，自幸庶幾免矣。

我初讀這段話時十分震動，因爲誰都知道蘇東坡這個樂呵呵的大名人是有很多很多朋友的。日復一日的應酬，連篇累牘的唱和，幾乎成了他生活的基本內容，他一半是爲朋友們活著。但是，一旦出事，朋友們不僅不來信，而且也不回信了。他們都知道蘇東坡是被冤屈的，現在事情大體已經過去，卻仍然不願意寫一兩句那怕是問候起居的安慰話。蘇東坡那一封封用美妙絕倫、光照中國書法史的筆墨寫成的信，千辛萬苦地從黃州帶出去，卻換不回一丁點兒友誼的信息。我相信這些朋友都不是壞人，但正因爲不是壞人，更讓我深長地嘆息。總而言之，原來的世界已在身邊轟然消失，於是一代名人也就混跡於樵夫漁民間不被人認識。本來這很可能換來輕鬆，但他又覺得遠處仍有無數雙眼睛注視著自己，他暫時還感覺不到這個世界對自己的詩文仍有極溫暖的回應，只能在寂寞中惶恐。即便這封無關宏旨的信，他也特別注明不要給別人看。日常生活，在家人接來之前，大多是白天睡覺，晚上一個人出去溜達，見到淡淡的土酒也喝一杯，但絕不喝多，怕醉後失言。

他眞的害怕了嗎？也是也不是。他怕的是麻煩，而絕不怕大義凛然地爲道義、爲百姓，甚至爲朝廷、爲皇帝捐軀。他經過「烏台詩案」已經明白，一個人蒙受了誣陷即便是死也死不出一個道理來，你找不到慷慨陳詞的目標，你抓不住從容赴死的理由。你想做個義無反顧的英雄，不知怎麼一來把你打扮成了小丑；你想做個堅貞不屈的烈士，鬧來鬧去卻成了一個深深懺悔的俘虜。無法洗刷，無處辯解，更不知如何來提出自己的抗議，發表自己的宣言。這確實很接近有的學者提出的「醬缸文化」，一旦跳在裏邊，怎麼也抹不乾淨。蘇東坡怕的是這個，沒有那個高品位的文化人會不怕。但他的內心實在仍有無畏的一面，或者說災難使他更無畏了。他給李常的信中說：

吾儕雖老且窮，而道理貫心肝，忠義填骨髓，直須談笑於死生之際。……雖懷坎壈於時，遇事有可尊主澤民者，便忘軀為之，禍福得喪，付與造物。

這麼眞誠的勇敢，這麼灑脫的情懷，出自天眞了大半輩子的蘇東坡筆下，是完全可以相信的，但是，讓他在何處做這篇人生道義的大文章呢？沒有地方、沒有機會、沒有觀看者也沒有裁決者，只有一個把是非曲直忠奸善惡染成一色的大醬缸。於是，蘇東坡剛剛寫了上面這幾句，支頤一想，又立即加一句：此信看後燒毀。

這是一種眞正精神上的孤獨無告，對於一個文化人，沒有比這更痛苦的了。那闋著名的「卜算子」，用極美的意境道盡了這種精神遭遇：

缺月掛疏桐，漏斷人初靜。誰見幽人獨往來？縹緲孤鴻影。

驚起卻回頭，有恨無人省。揀盡寒枝不肯棲，寂寞沙洲冷。

正是這種難言的孤獨，使他徹底洗去了人生的喧鬧，去尋找無言的山水，去尋找遠逝的古人。在無法對話的地方尋找對話，於是對話也一定會變得異乎尋常。像蘇東坡這樣的靈魂竟然寂然無聲，那麼，遲早總會突然冒出一種宏大的奇蹟，讓這個世界大吃一驚。

然而，現在他即便寫詩作文，也不會追求社會轟動了。他在寂寞中反省過去，覺得自己以前最大的毛病是才華外露，缺少自知之明。一段樹木靠著瘿瘤取悅於人，一塊石頭靠著暈紋取悅於人，其實能拿來取悅於人的地方恰恰正是它們的毛病所在，它們的正當用途絕不在這裏。我蘇東坡三十餘年來想博得別人叫好的地方也大多是我的弱項所在，例如從小爲考科舉學寫政論、策論，後來更是津津樂道於考論歷史是非、直言陳諫曲直，做了官以爲自己眞的很懂得這一套了，洋洋自得地炫耀，其實我又何嘗懂呢？直到一下子面臨死亡才知道，我是在炫耀無知。三十多年來最大的弊病就在這裏。現在終於明白了，到黃州的我是覺悟了的我，與以前的蘇東坡是兩個人。（參見致李端叔書）

蘇東坡的這種自省，不是一種走向乖巧的心理調整，而是一種極其誠懇的自我剖析，目的是想找回一個眞正的自己。他在無情地剝除自己身上每一點異己的成分，那怕這些成分曾爲他帶來過官職、榮譽和名聲。他漸漸回歸於淸純和空靈，在這一過程中，佛教幫了他大忙，使他習慣於淡泊和靜定。艱苦的物質生活，又使他不得不親自墾荒種地，體味著自然和生命的原始意味。

這一切，使蘇東坡經歷了一次整體意義上的脫胎換骨，也使他的藝術才情獲得了一次蒸餾和昇華，他，眞正地成熟了——與古往今來許多大家一樣，成熟於一場災難之後，成熟於滅寂後的再生，成熟於窮鄉僻壤，成熟於幾乎沒有人在他身邊的時刻。幸好，他還不年老，他在黃州期間，是四十四歲至四十八歲，對一個男人來說，正是最重要的年月，今後還大有可爲。中國歷史上，許多人覺悟在過於蒼老的暮年，換言之，成熟在過了季節的年歲，剛要享用成熟所帶來的恩惠，腳步卻已踉蹌蹣跚；與他們相比，蘇東坡眞是好命。

成熟是一種明亮而不刺眼的光輝，一種圓潤而不膩耳的音響，一種不再需要對別人察顏觀色的從容，一種終於停止向周圍申訴求告的大氣，一種不理會哄鬧的微笑，一種洗刷了偏激的淡漠，一種無須聲張的厚實，一種並不陡峭的高度。勃鬱的豪情發過了酵，尖利的山風收住了勁，湍急的細流匯成了湖，結果——

引導千古傑作的前奏已經鳴響，一道神祕的天光射向黃州，《念奴嬌·赤壁懷古》和前、後《赤壁賦》馬上就要產生。

千年庭院

1

二十七年前一個深秋的傍晚，我一個人在岳麓山上閒逛。岳麓山地處湘江西岸，對岸就是湖南省的省會長沙。這是我第一次來到這兒，乘著當時稱之爲「革命大串連」的浪潮，不由自主地被撒落在這個遠離家鄉的陌生山梁上。

我們這一代，很少有人在「文化大革命」初期完全沒有被「大串連」的浪潮裹捲過，但又很少有人能講得清這是怎麼回事。先是全國停課，這麼大的國土上幾乎沒有一間教室能夠例外，學生不上課又不准脫離學校，於是就在報紙、電台的指引下鬥來鬥去，大家比賽著誰最厲害、誰最出格。現在的青年天天在設計著自己的「瀟灑」，他們所謂的「瀟灑」大體上似乎是指離開世俗規範的一種生命自由度；二十七年前的青年不大用「瀟灑」一詞，卻也在某種氣氛的誘導下追慕著一種踩踏規範的生命狀態。敢於在稍一猶豫之後咬著牙撕碎書包裏所有的課本嗎？敢於囁嚅片刻然後學著別人吐出一句平日聽著都會皺眉的粗話嗎？敢於把自己的手按到自己最害怕的老師頭上去嗎？敢於把圖書館裏那些讀起來半懂不懂的書統統搬到操場上放一把火燒掉嗎？敢於拿著一根木棍試試貝多芬、蕭邦的塑像是空心還是實心的嗎？說實話，這些逆反性的冥想，恐怕任何一個國家任何一個時代的學生都有可能在心中一閃而過，暗自調皮地一笑，誰也沒有想到會有實現的可能，但突然，竟有一個國家的一個時期，這一切全被允許了，於是終於有一批學生脫穎而出，衝破文明的制約，挖掘出自己心底某種已經留存不多的頑童潑勁，快速地培植、張揚，裝扮成金剛怒目。硬說他們是具有政治含義的「造反派」其實是很過分的，昨天還和我們坐在一個課堂裏，知道什麼上層政治鬥爭呢？無非是叨唸幾句報紙上的社論，再加上一點道聽塗說的政治傳聞罷了，乍一看吆五喝六，實際上根本不存在任何政治上的主動性。反過來，處於他們對立面的「保守派」學生也未必有太多的政治意識，多數只是在一場突如其來的顛蕩中不太願意或不太習慣改變自己原先的生命狀態而已。我當時也忝列「保守派」行列，回想起來，一方面是對「造反派」同學的種種強硬行動看著不順眼，一方面又暗暗覺得自己太窩囊，優柔寡斷，趕不上潮流，後來發覺已被「造反派」同學所鄙視，無以自救，也就心灰意懶了。這一切當時看來很像一回事，其實都是胡鬧，幾年以後老同學相見，只知一片親熱，連彼此原來是什麼派也都忘了。

記得胡鬧也就是兩、三個月吧，一所學校的世面是有限的，年輕人追求新奇，差不多的事情激動過一陣也就無聊了。突然傳來消息，全國的交通除了飛機之外都向青年學生開放，完全免費，隨你到那兒去都可以，到了那兒都不愁吃住，也不要錢，名之爲「革命大串連」。我至今無法猜測作出這一浪漫決定的領導人當時是怎麼想的，好像是爲「造反派」同學提供便利，好讓他們到全國各地去煽風點火；好像又在爲「保守派」同學提供機會，迫使他們到外面去感受革命風氣，轉變立場。總之，不管是什麼派，只要是學生，也包括一時沒有被打倒的青年教師，大學的、中學的，乃至小學高年級的、城市的、鄉村的，都可以，一齊湧向交通線，那一站上，那一站下，悉聽尊便。至於出去之後是否還惦念著革命，那更是毫無約束，全憑自覺了。這樣的美事，誰會不去呢？

接下來出現的情景是完全可以想像的。學生們像螞蟻一樣攀上了一切還能開動的列車，連貨車上都爬得密密痲痲，全國的鐵路運輸立卽癱瘓。列車還能開動，但開了一會兒就會長時間地停下，往往一停七、八個小時。車內的景象更是驚人，我不相信自從火車發明以來會有那個地方曾經如此密集地裝載過活生生的人。沒有人坐著，也沒有人站著，好像是站，但至多只有一隻腳能夠著地，大夥擁塞成密不透風的一團，行李架上、座位底下，則橫塞著幾個被特殊照顧的病人。當然不再有過道、廁所，原先的廁所裏也擠滿了人。誰要大小便只能眼巴巴地等待半路停車，一停車就在大家的幫助下跳車窗而下。但是，很難說列車不會正巧在這一刻突然開動，因此跳窗而下的學生總是把自己小小的行李包托付給擠在窗口的幾位，說如果不巧突然開車了，請把行李包扔下來。這樣的事常常發生在夜晚，列車啓動在前不著村，後不著店的荒山野嶺之間，幾個行李包扔下去，車下的學生邊追邊呼叫，隆隆的車輪終於把他們拋下了。多少年來我一直在想這件事：他們最終找到了下一站嗎？那可是山險林密、虎狼出沒的地方啊。

扔下車去的行李包與車上學生抱著的行李包一樣，小小的、輕輕的，兩件換洗衣服，一條毛巾包著三、四個饅頭，幾塊醬菜，大同小異。不帶書、不帶筆，也不帶錢，一身輕鬆又一身虛浮，如離枝的葉，離朵的瓣，在狂風中漫天轉悠，極端灑脫又極端低賤，低賤到誰也認不出誰，低賤到在一平方米中擁塞著多少個都無法估算。只知道他們是學生，但他們沒有書包、沒有老師、沒有課堂，而且將一直沒有下去，不久他們又將被驅趕到上山下鄉的列車上，一去十幾年，依然是沒有書包、沒有老師、沒有課堂，依然是被稱之爲學生。因爲是學生，因爲他們的目光曾與一個個漢字相遇，因爲他們的手指曾翻動過不多的紙頁，他們就要遠離家鄉，去沖洗有關漢字與紙頁的記憶。「大串連」的列車，開出了這一旅程的第一站。歷史上一切否定文化的舉動，總是要靠文化人自己來打頭陣，但是按照毫無疑問的邏輯，很快就要否定到打頭陣的人自身。列車上的學生們橫七豎八地睡著了，睡夢中還殘留著轟逐一切的激動，他們不知道，古往今來任何一個社會，都不可能長時間的容納一羣不做建樹的否定者，一羣不再讀書的讀書人，一羣不要老師的僞學生。當他們終於醒來的時候，一切都已太晚了，列車開出去太遠了，最終被轟逐的竟然就是這幫橫七豎八地睡著的年輕人。

也許我算是醒得較早的一個，醒在列車的一次猛烈晃蕩中，醒在鼾聲和汗臭的包圍裏，一種莫名的恐懼擊中了我，我從那裏來？我到那裏去？我是誰？心底一陣寒噤。我想下車，但列車此刻不會停站，這裏也沒有任何人來注意某個個人的呼喊。只好聽天由命，隨著大流，按照當時的例行公事，該停的地方停，該下的地方下，呼隆呼隆跟著走，整個兒迷迷瞪瞪。

長沙和岳麓山，是當時最該停、最該下的地方，到處都摩肩接踵、熙熙攘攘，連岳麓山的山道上都是這樣。那個著名的愛晚亭照理是應該有些情致的，但此刻也已被漆得渾身通紅，淹沒在一片喧囂中。我舉頭回顧，秋色已深，楓葉燦然，很想獨個兒在什麼地方靜一靜、喘口氣，就默默離開人羣，找到了一條偏僻的小路。野山畢竟不是廣場通衢，要尋找冷清並不困難，幾個彎一轉，幾叢樹一遮，前前後後只剩下了我一個人。這條路很狹，好些地方幾乎已被樹叢攔斷，撥開枝椏才能通過。漸漸出現了許多墳堆，那年月沒人掃墳，荒草迷離。幾個最大的墳好像還與辛亥革命有關，墳前有一些石碑，蒼苔斑剝。一陣秋風，幾聲暮鴉，我知道時間不早，該回去了。但回到那兒去呢？那兒都不是我的地方。不如壯壯膽，還是在小路上毫無目的地走下去，看它把我帶到什麼地方。

暮色壓頂了，山漸漸顯得神祕起來。我邊走邊想，這座山也夠勞累的，那一頭，愛晚亭邊上，負載著現實的激情；這一頭，層層墓穴間，埋藏著世紀初的強暴。我想清靜一點，從那邊躲到這邊，沒想到這邊仍然讓我在沉寂中去聽那昨日的咆哮。聽說它是南岳之足，地脈所繫，看來中國的地脈注定要衍發出沒完沒了的動蕩。在濃重暮靄中越來越清靜的岳麓山，你究竟是一個什麼樣的所在？你的綠坡赭岩下，竟會蘊藏著那麼多的強悍和狂躁？

正這麼想著，眼前出現了一堵長長的舊牆，圍住了很多灰褐式的老式房舍。這是什麼地方？沿牆走了幾步，就看到一個邊門，輕輕一推，竟能推開，我遲疑了一下就一步跨了進去。我走得有點害怕，假裝著咳嗽幾聲，直著嗓子叫「有人嗎？」都沒有任何回應。但走著走著，我似乎被一種神奇的力量控制了，腳步慢了下來，不再害怕，這兒沒有任何裝點，爲什麼會給我一種莫名的莊嚴？這兒我沒有來過，爲什麼處處透露出似曾相識的親切？這些房子和庭院可以用作各種用途，但它的本原用途是什麼呢？再大家族的用房也用不著如此密密層層，每一個層次又排列得那麼雅致和安詳，也許這兒曾經允許停駐一顆顆獨立的靈魂？這兒應該聚集過很多人，但絕對不可能是官衙或兵營。這兒肯定出現過一種寧靜的聚會，一種無法言說的斯文，一種不火爆、不壯烈的神聖，與我剛才在牆外穿越和感受的一切，屬於一個正恰相反的主題。

這個庭院，不知怎麼撞到了我心靈深處連自己也不大知道的某個層面。這個層面好像並不是在我的有生之年培植起來的，而要早得多。如果真有前世，那我一定來過這裏，住過很久，我隱隱約約找到自己了。自己是什麼？是一個神祕的庭院。那一天你不小心一腳踏入後再也不願意出來了，覺得比你出生的房屋和現在的住舍還要親切，那就是你自己。

我在這個庭院裏獨個兒磨磨蹭蹭捨不得離開，最後終於摸到一塊石碑，憑著最後一點微弱的天光我一眼就認出了那四個大字：岳麓書院。

2

沒有任何資料、沒有任何講解，給了我如此神祕的親切感的岳麓書院究竟是一個什麼樣的所在，我當時並不很清楚。憑直感，這是一個年代久遠的文化教育機構，與眼下轟轟烈烈的「文化大革命」正好大異其趣，但它居然身處洪流近旁而安然無恙，全部原因只在於，有一位領袖人物青年時代曾在它的一間屋子裏住過一些時日。岳麓書院很識時務，並不抓著這個由頭把自己打扮成革命的發祥地，朝自己蒼老的臉頰上塗紫抹紅，而是一聲不響地安坐在山坳裏，依然青磚石地、粉牆玄瓦，一派素淨。苟全性命於亂世，不求聞達於諸侯，誰願意來看看也無妨，開一個邊門等待著，於是就有了我與它的不期而遇，默然對晤。

據說世間某些氣功大師的人生履歷表上，有一些時間是空缺的，人們猜想那一定是他們在某種特殊的遭遇中突然悟道得氣的機緣所在。我相信這種機緣。現在常有記者來詢問我在治學的長途中有沒有幾位關鍵的點撥者，我左思右想，常常無言以對。我無法使他們相信，一個匆忙踏入的庭院，也不太清楚究竟是什麼用的，也沒有遇見一個人，也沒有說過一句話，竟然是我人生中的一個「關鍵」。完全記不清在裏邊逗留了多久，只知道離開時我一臉安詳，就像那青磚石地、粉牆玄瓦。記得下山後我很快回了上海，以後的經歷依然坎坷曲折，卻總是盡力與書籍相伴。書籍中偶爾看到有關岳麓書院的史料，總會睜大眼睛多讀幾遍。近年來，出版事業興旺，《岳麓書院史略》、《朱熹與岳麓書院》、《岳麓書院山長考》、《岳麓書院名人傳》、《岳麓書院歷代詩選》、《岳麓書院一覽》、《中國書院與傳統文化》等好書先後一本本地出現在我的案頭，自己又多次去長沙講學，一再地重訪書院，終於我可以說，我開始了解了我的庭院，我似乎抓住了二十七年前的那個傍晚，那種感覺。

岳麓書院存在於世已經足足一千年了，可以毫不誇張地說，這是世界上最老的高等學府。中國的事，說「老」人家相信，說「高等學府」之類常常要打上一個問號，但這個問號面對岳麓書院完全可以撤銷。一千多年來，岳麓書院的教師中集中了大量海內最高水平的教育家，其中包括可稱世界一流的文化哲學大師朱熹、張栻、王陽明，而它培養出來的學生更可列出一份讓人嘆爲觀止的名單，千年太長，光從清代而論，我們便可隨手舉出哲學大師王夫之、理財大師陶澍、啓蒙思想家魏源、軍事家左宗棠、學者政治家曾國藩、外交家郭嵩燾、維新運動領袖唐才常、沈藎，以及教育家楊昌濟等等。岳麓書院的正門口驕傲地掛著一副對聯：「惟楚有才，於斯爲盛」，把它描繪成天下英才最輝煌的薈萃之地，口氣甚大，但低頭一想，也不能不服氣。你看整整一個清代，那些需要費腦子的事情，不就被這個山間庭院吞吐得差不多了？

這個庭院的力量，在於以千年韌勁弘揚了教育對於一個民族的極端重要性。我一直在想，歷史上一切比較明智的統治者都會重視教育，他們辦起教育來既有行政權力又有經濟實力，當然會像模像樣，但爲什麼沒有一種官學能像岳麓書院那樣天長地久呢？漢代的太學，唐代的宏文館、崇文館、國子學等等都是官學，但政府對這些官學投注了太多政治功利要求，控制又嚴，而政府控制一嚴又必然導致繁瑣哲學和形式主義成風，教育多半成了科舉制度的附庸，作爲一項獨立事業的自身品格卻失落了。說是教育，卻著力於實利、著意於空名、著眼於官場，這便是中國歷代官學的通病，也是無數有關重視教育的慷慨表態最終都落實得不是地方的原因。當然，其中也不乏一些文化品格較高的官員企圖從根本上另闢蹊徑，但他們官職再大也擺脫不了體制性的重重制約，阻擋不了官場和社會對於教育的直接索討，最終只能徒呼奈何。那麼，乾脆辦一點不受官府嚴格控制的私學吧，但私學畢竟太瑣小、太分散，匯聚不了多少海內名師，招集不了多少天下英才，而離開了這兩方面的足夠人數，教育就會失去一種至關重要的莊嚴氛圍，就像宗教失去了儀式，比賽失去了場面，做不出多少事情來。

正是面對這種兩難，一羣傑出的教育家先後找到了兩難之間的一塊空間。有沒有可能讓幾位名家牽頭，避開鬧市，在一些名山之上創辦一些「民辦官助」的書院呢？書院辦在山上，包含著學術文化的傳遞和研究所必需的某種獨立精神和超逸情懷；但又必須是名山，使這些書院顯示出自身的重要性，與風水相接，與名師相稱，在超逸之中追求著社會的知名度和號召力。立足於民辦，使書院的主體意志不是根據一時的政治需要而是根據文人學士的文化邏輯來建立，教育與學術能夠保持足夠的自由度；但又必須獲得官府援助，因爲沒有官府援助麻煩事甚多，要長久而大規模地辦成一種文化教育事業是無法想像的。當然獲得官府的援助需要付出代價，甚至也要接受某種控制，這就需要兩相周旋了，最佳的情景是以書院的文化品格把各級官員身上存在的文化品格激發出來，讓他們以文化人的身分來參與書院的事業，又憑藉著權力給予實質性的幫助。這種情景，後來果然頻頻地出現了。

由此可見，書院的出現實在是一批高智商的文化構想者反覆思考、精心設計的成果，它既保持了一種清風朗朗的文化理想，又大體符合中國國情，上可摩天，下可接地，與歷史上大量不切實際的文化空想和終於流於世俗的短期行爲都不一樣，實在可說是中國文化史上一個讓人讚嘆不已的創舉。中國名山間出現過的書院很多，延續狀態最好，因此也最有名望的是岳麓書院和廬山的白鹿洞書院。

岳麓書院的教學體制在今天看來還是相當合理的。書院實行「山長負責制」，山長這個稱呼聽起來野趣十足，正恰與書院所在的環境相對應，但據我看來，這個稱呼還包含著對朝廷級別的不在意，顯現著幽默和自在，儘管事實上山長是在道德學問、管理能力、社會背景、朝野聲望等方面都非常傑出的人物。他們只想好生管住一座書院，以及滿山的春花秋葉、夏風冬月，管住一個獨立的世界。名以山長，自謙中透著自傲。山長薪俸不低，生活優裕，我最近一次去岳麓書院還專門在歷代山長居住的百泉軒流連良久，那麼清麗優雅的住所，實在令人神往。在山長的執掌下，書院採取比較自由的教學方法，一般由山長本人或其他教師十天半月講一次課，其他時間以自學爲主，自學中有什麼問題隨時可向教師諮詢，或學生間互相討論。這樣乍一看容易放任自流，實際上書院有明確的學規，課程安排清晰有序，每月有幾次嚴格的考核，此外，學生還必須把自己每日讀書的情況記在「功課程簿」上，山長定期親自抽查。課程內容以經學、史學、文學、文字學（卽小學）爲主，也要學習應付科舉考試的八股文和試帖詩，到了清代晚期，則又加入了不少自然科學方面的課程。可以想像，這種極有彈性的教學方式是很能釀造出一種令人心醉的學習氣氛的，而這種氣氛有時可能比課程本身還能薰陶人、感染人。直到外患內憂十分深重的一八四〇年，馮桂芬還在《重儒官議》中寫道：

今天下惟書院稍稍有教育人才之意，而省城爲最。余所見湖南之岳麓、城南兩書院，山長體尊望重，大吏以禮賓之，諸生百許人列屋而居，書聲徹戶外，皋比之坐，問難無虛日，可謂盛矣！

這種響徹戶外的書聲，居然在岳麓山的清溪茂林間迴蕩了上千年！

在這種氣氛中，岳麓書院的教學質量一直很高，遠非官學所能比擬。早在宋代，長沙一帶就出現了三個公認的教學等級：官辦的州學學生成績優秀者，可以升入湘西書院；在湘西書院裏的高材生，可升入岳麓書院。在這個意義上，岳麓書院頗有點像我們現在的研究生院，高標獨立，引人仰望。

辦這樣一個書院，錢從那兒來呢？仔細想來，書院的開支不會太小，在編制上，除山長外，還有副山長、助教、講書、監院、首事、齋長、堂長、管幹等教學行政管理人員，還要有相當數量的廚子、門夫、堂夫、齋夫、更夫、藏書樓看守、碑亭看守等勤雜工役，這些人都要發給薪金；每個學生的吃、住、助學金、筆墨費均由書院供給，每月數次考核中的優勝者還要發放獎金；以上還都是日常開支，如果想造點房子、買點書、整修一個苑圃什麼的，花費當然就更大了。書院的上述各項開支，主要是靠學田的收入。所謂學田，是指學院的田莊。政府官員想表示對書院的重視，就撥些土地下來，有錢人家想資助書院，往往也這麼做，而很少直接贈送銀兩。書院有了這些田，就有了比較穩定的經濟收入，即便是改朝換代，貨幣貶值，也不太怕了。學田租給人家種，有田租可收，一時用不了的，可投入典商生息，讓死錢變成活錢。從現存書院的帳目看，書院的各項開支總的說來都比較節儉，管理十分嚴格，絕無奢靡傾向。而學田的收入又往往少於支出，那就需要向官府申請補助了。我想，那些畫給書院的土地是很值得自豪的，一樣是黑色的泥土，一樣是春種秋收，但千百年來卻是為中國文化、為華夏英才提供著滋養，這與它們近旁的其他土地有多麼的不同啊。現在我的案頭有一本二十年前出版的書中談到書院的學田，說書院借著學田「以地租和高利貸的剝削收入作為常年經費」，憤懣之情溢於言表，按照這種思維邏輯，地租和典息都是「剝削收入」，書院以此作為常年經費也就逃不脫邪惡了。為了這種莫名其妙的小農意識，寧肯不要教學和文化！中國的土地那麼大，可以任其荒蕪，可以淪為戰場，只是畫出那麼微不足道的一小塊而搞成了一項橫貫千年的文明大業，竟還有人不高興，這並不是笑話，而是歷史上一再出現的事實。中國的教學和文化始終阻力重重，岳麓書院和其他書院常常陷於困境，也都與此有關。而我，則很想下一次去長沙時查訪一下那些學田的所在，好好地看一看那些極其平常又極其不平常的土地。

3

岳麓書院能夠延綿千年，除了上述管理操作上的成功外，更重要的是有一種人格力量的貫注。對一個教學和研究機構來說，這種力量便是一種靈魂。一旦散了魂，即便名山再美，學田再多，也成不了大氣候。

教學，說到底，是人類的精神和生命在一種文明層面上的代代遞交。這一點，歷代岳麓書院的主持者們都是很清楚的。他們所制訂的學規、學則、堂訓、規條等等幾乎都從道德修養出發對學生的行爲規範提出要求，最終著眼於如何做一個品行端莊的文化人。事實上，他們所講授的經、史、文學也大多以文化人格的建設爲歸結，尤其是後來成爲岳麓書院學術支柱的宋明理學，在很大程度上幾乎可以看作是中國古代的一門哲學——文化人格學。因此，山明水秀、書聲琅琅的書院，也就成了文化人格的冶煉所。與此相應，在書院之外的哲學家和文化大師們也都非常看重書院的這一功能，在信息傳播手段落後的古代，他們想不出有比在書院裏向生徒們傳道授業更理想的學術弘揚方式了，因此幾乎一無例外的企盼著有朝一日能參與這一冶煉工程。書院，把教學、學術研究、文化人格的建設和傳遞這三者，融合成了一體。

在這一點上，我特別想提一提朱熹和張栻這兩位大師，他們無疑是岳麓書院跨時代的精神楷模。朱熹還對廬山的白鹿洞書院作出過類似的貢獻，影響就更大了。我在岳麓書院漫步的時候，恍惚間能看到許多書院教育家飄逸的身影，而看得最清楚的則是朱熹，儘管他離開書院已有八百年。

朱熹是一位一輩子都想做教師的大學者。他的學術成就之高，可以用偉大詩人辛棄疾稱讚他的一句話來概括：「歷數唐堯千載下，如公僅有兩三人」。以一般眼光看來，這樣一位大學問家，既沒有必要也沒有時間再去做教師了，若就社會地位論，他的官職也不低，更不必靠教師來顯身揚名，但朱熹有著另一層面的思考。他說：「人性皆善，而其類有善惡之殊者，氣習之染也。故君子有教，則人皆可以復於善，而不當復論其類之惡矣！」（《論語集注》）又說：「惟學爲能變化氣質耳」。（《答王子合》）他把教育看成是恢復人性、改變素質的根本途徑，認爲離開了這一途徑，幾乎談不上社會和國家的安定和發展。「若不讀書，便不知如何而能修身，如何而能齊家、治國。」（《語類》）在這位文化大師眼中，天底下沒有任何一種事業比這更重要，因此他的目光一直注視著崇山間的座座書院，捕捉從那裏傳播出來的種種信息。

他知道比自己小三歲的哲學家張栻正主講岳麓書院，他以前曾與張栻見過面，暢談過，但有一些學術環節還需要進一步探討，有沒有可能，把這種探討變成書院教學的一種內容呢？一一六七年八月，他下了個狠心，從福建崇安出發，由兩名學生隨行，不遠千里地朝岳麓山走來。

朱熹抵達岳麓書院後就與張栻一起進行了中國文化史上極爲著名的「朱、張會講」。所謂會講是岳麓書院的一種學術活動，不同學術觀點的學派在或大或小的範圍裏進行探討和論辯，學生也可旁聽，既推動了學術又推動了教學。朱熹和張栻的會講是極具魅力的，當時一個是三十七歲，一個是三十四歲，卻都已身處中國學術文化的最前列，用精密高超的思維探討著哲學意義上人和人性的祕密，有時連續論爭三天三夜都無法取得一致意見。除了當衆會講外他們還私下交談，所取得的成果是：兩人都越來越佩服對方，兩人都覺得對方啓發了自己，而兩人以後的學術道路確實也都更加挺展了。《宋史》記載，張栻的學問「既見朱熹，相與博約，又大進焉」；而朱熹自己則在一封信中說，張栻的見解「卓然不可及，從遊之久，反覆開益爲多」。朱熹還用詩句描述了他們兩人的學術友情：

憶昔秋風裏，
尋朋湘水旁。
勝遊朝挽袂，
妙語夜連牀。
別去多遺恨，
歸來識大方。
惟應微密處，

猶欲細商量。

……（《有懷南軒呈伯崇擇之二首》）

除了與張栻會講外，朱熹還單獨在岳麓書院講學，當時朱熹的名聲已經很大，前來聽講的人絡繹不絕，不僅講堂中人滿爲患，甚至聽講者騎來的馬都把池水飲乾了，所謂「一時輿馬之衆，飲池水立涸」，幾乎與我二十七年前見到的岳麓山一樣熱鬧了，只不過熱鬧在另一個方位，熱鬧在一種完全相反的意義上。朱熹除了在岳麓書院講學外，又無法推卻一江之隔的城南書院的邀請，只得經常橫渡湘江，張栻愉快地陪著他來來去去，這個渡口，當地百姓後來就名之爲「朱張渡」，以紀念這兩位大學者的教學熱忱。此後甚至還經常有人捐錢捐糧，作爲朱張渡的修船費用。兩位文化教育家的一段佳話，竟如此深入地銘刻在這片山川之間。

朱、張會講後七年，張栻離開岳麓書院到外地任職，但沒有幾年就去世了，只活了四十七歲。張栻死後十四年即一一九四年，朱熹在再三推辭而未果後終於接受了湖南安撫使的職位再度來長沙。要嘛不來，既然來到長沙做官就一定要把舊遊之地岳麓書院振興起來，這時離他與張栻「挽袂」、「連牀」已整整隔了二十七年，兩位青年才俊不見了，只剩下一個六十餘歲的老人。但是今天的他，德高望重又有職有權，有足夠的實力把教育事業按照自己的心意整治一番，爲全國樹一個榜樣。他把到長沙之前就一直在心中盤算的擴建岳麓書院的計畫付諸實施，聘請了自己滿意的人來具體負責書院事務，擴充招生名額，爲書院置學田五十頃，並參照自己早年爲廬山白鹿洞書院制訂的學規頒發了《朱子書院教條》。如此有力的措施接二連三地下來，岳麓書院重又顯現出一派繁榮。朱熹白天忙於官務，夜間則渡江過來講課討論，回答學生提問，從不厭倦。他與學生間的回答由學生回憶筆記，後來也成爲學術領域的重要著作。被朱熹的學問和聲望所吸引，當時岳麓書院已雲集學者千餘人，朱熹開講的時候，每次都到「生徒雲集，坐不能容」的地步。

每當我翻閱到這樣的一些史料時總是面有喜色，覺得中華民族在本性上還有崇尚高層次文化教育的一面，中國歷史在戰亂和權術的漩渦中還有高潔典雅的篇章。只不過，保護這些篇章要拚耗巨大的人格力量。就拿書院來說吧，改朝換代的戰火會把它焚毁，山長的去世、主講的空缺會使它懈弛，經濟上的入不敷出會使它困頓，社會風氣的誘導會使它變質，有時甚至遠在天邊的朝廷也會給它帶來意想不到的災難。朝廷對於高層次的學術文化教育始終抱著一種矛盾心理，有時會眞心誠意的褒獎、賞賜、題匾，有時又會懷疑這一事業中是否會有智力過高的知識分子「學術偏頗，志行邪僞」、「倡其邪說，廣收無賴」，最終構成政治上的威脅，因此，歷史上也不止一次地出現過由朝廷明令「毁天下書院」、「書院立命拆去」的事情（參見《野獲編》、《皇明大政紀》等資料）。

這類風波，當然都會落在那些學者教育家頭上，讓他們短暫的生命去活生生地承受。說到底，風波總會過去，教育不會滅亡，但就具體的個人來說，置身其間是需要有超人的意志才能支撐住的。譬如朱熹，我們前面已經簡單描述了他以六十餘歲高齡重振岳麓書院時的無限風光，但實際上，他在此前此後一直蒙受著常人難以忍受的誣陷和攻擊，他的講席前聽者如雲，而他的內心則積貯著無法傾吐的苦水。大約在他重返長沙前的十年左右時間內，他一直被朝廷的高官們攻擊爲不學無術，欺世盜名，携門人而妄自推尊，實爲亂人之首，宜擯斥勿用之人。幸好有擔任太常博士的另一位大哲學家葉適出來說話。葉適與朱熹並不是一個學派，互相間觀點甚至還很對立，但他知道朱熹的學術品格，在皇帝面前大聲責斥那些誣諂朱熹的高官們「遊辭無實，讒言橫生，善良受害，無所不有」，才使朱熹還有可能到長沙來做官興學。朱熹在長沙任內忍辱負重地大興岳麓書院的舉動沒有逃過誣陷者們的注意，就在朱熹到長沙的第二年，他向學生們講授的理學已被朝廷某些人宣判爲「僞學」；再過一年，朱熹被免職，他的學生也遭逮捕，有一個叫余嘉的人甚至上奏皇帝要求處死朱熹：

> 梟首朝市，號令天下，庶僞學可絕，僞徒可消，而悖逆有所警。不然，作孽日新，禍且不測，臣恐朝廷之憂方大矣。

又過一年，「僞學」進一步升格爲「逆黨」，並把朱熹的學生和追隨者都記入「僞學逆黨籍」，多方拘捕。朱熹雖然沒有被殺，但著作被禁，罪名深重，成天看著自己的學生和朋友一個個地因自己而受到迫害，心裏實在不是味道。但是，他還是以一個教育家的獨特態度來面對這一切。例如一一九七年官府即將拘捕他的得意門生蔡元定的前夕，他聞訊後當即召集一百餘名學生爲蔡元定餞行，席間有的學生難過得哭起來了，而蔡元定卻從容鎮定，爲自己敬愛的老師和他的學說去受罪，無怨無悔。朱熹看到蔡元定的這種神態很是感動，席後對蔡元定說：我已老邁，今後也許難得與你見面了，今天晚上與我住在一起吧。這天晚上，師生倆在一起竟然沒有談分別的事，而是通宵校訂了《參同契》一書，直到東方發白，蔡元定被官府拘捕後杖枷三千里流放，歷盡千難萬苦，死於道州。一路上，他始終記著那次餞行，那個通宵。世間每個人都會死在不同的身分上，卻很少有人像蔡元定，以一個地地道道的學生的身分，踏上生命的最後跑道。

既然學生死得像個學生，那麼教師也就更應該死得像個教師。蔡元定死後的第二年，一一九八年，朱熹避居東陽石洞，還是沒有停止講學，有人勸他，說朝廷對他正虎視眈眈呢，趕快別再召集學生講課了，他笑而不答。直到一一九九年，他覺得真的已走到生命盡頭了，自述道：我越來越衰弱了，想到那幾個好學生都已死於貶所，而我卻還活著，眞是痛心，看來支撐不了多久了。果然這年三月九日，他病死於建陽。

這是一位眞正的教育家之死。他晚年所受的災難完全來自於他的學術和教育事業，對此，他的學生們最清楚。當他的遺體下葬時，散落在四方的學生都不怕朝廷禁令紛紛趕來，官府怕這些學生議論生事，還特令加強戒備。不能來的也在各地聚會紀念：「訃告所至，從遊之士與夫聞風慕義者，莫不相與爲位爲聚哭焉。禁錮雖嚴，有所不避也。」（《行狀》）辛棄疾在輓文中寫出了大家的共同感受：

所不朽者，垂萬世名。孰謂公死，凜凜猶生。

果然不久之後朱熹和他的學說又備受推崇，那是後話，朱熹自己不知道了。讓我振奮的不是朱熹死後終於被朝廷所承認，而是他和他的學生面對磨難竟然能把教師和學生這兩個看似普通的稱呼背後所蘊藏的職責和使命，表現得如此透徹，如此漂亮。在我看來，蔡元定之死和朱熹之死是能寫出一部相當動人的悲劇作品來的。他們都不是死在岳麓書院，但他們以教師和學生的身分走向死亡的步伐是從岳麓書院邁出的。

朱熹去世三百年後，另一位曠世大學問家踏進了岳麓書院的大門，他便是我的同鄉王陽明先生。陽明先生剛被貶謫，貶謫地在貴州，路過岳麓山，順便到書院講點學。他的心情當然不會愉快，一天又一天在書院裏鬱鬱地漫步，朱熹和張栻的學術觀點他是不同意的，但置身於岳麓書院，他不能不重新對這兩位前哲的名字凝神打量，然後吐出悠悠的詩句：「緬思兩夫子，此地得徘徊……」

是的，在這裏，時隔那麼久，具體的學術觀點是次要的了，讓人反覆緬思的是一些執著的人和一項不無神聖的事業。這項事業的全部辛勞、苦澀和委屈，都曾由岳麓書院的庭院見證和承載，包括二十七年前我潛身而入時所看到的那份空曠和寥落。空曠和寥落中還殘留著一點淡淡的神聖，我輕輕一嗅，就改變了原定的旅程。

當然我在這個庭院裏每次都也嗅到一股透骨的涼氣。本來岳麓書院可以以它千年的流澤告訴我們，教育是一種世代性的積累，改變民族素質是一種歷時久遠的磨礪，但這種積累和磨礪是不是都是往前走的呢？如果不是，那麼，漫長的歲月不就組接成了一種讓人痛心疾首的悲哀？你看我初次踏進這個庭院的當時，死了那麼多年的朱熹又在遭難了，全國性的毀學狂潮，則比歷史上任何一個朝代都盛。誰能說，歷代教育家一輩子又一輩子澆下的心血和汗水，一定能滋養出文明的花朵，而這些花朵又永不凋謝？誠然，過一段時期總有人站出來為教育和教師張目，琅琅書聲又會響徹九州，但岳麓書院可以作證，這一切也恰似潮漲潮落。不知怎麼回事，我們這個文明古國有一種近乎天然的消解文明的機制，三下兩下，琅琅書聲沉寂了，代之以官場寒暄、市井嘈雜、小人哄鬧。我一直疑惑，在人的整體素質特別在文化人格上，我們究竟比朱熹、張栻們所在的那個時候長進了多少？這一點，作為教育家的朱熹、張栻預料過嗎？而我們，是否也能由此去猜想今後？

4

是的，人類歷史上，許多躁熱的過程、頑強的奮鬥最終仍會組接成一種整體性的無奈和悲涼。教育事業本想靠著自身特殊的溫度帶領人們設法擺脫這個怪圈，結果它本身也陷於這個怪圈之中。對於一個真正的教育家來說，自己受苦受難不算什麼，他們在接受這個職業的同時就接受了苦難；最使他們感到難過的也許是他們爲之獻身和苦苦企盼的「千年教化之功」，成效遠不如人意。「履薄臨深諒無幾，且將餘日付殘編」，老一代教育家頹然老去，新一代教育家往往要從一個十分荒蕪的起點重新開始。也許在技藝傳授上好一點，而在人性人格教育上則幾乎總是這樣。因爲人性人格的造就總是生命化的，而一個人的生命又總是有限的，當一代學生終於衰老死亡，他們的教師對他們的塑造也就隨風飄散了。這就是爲什麼幾個學生之死會給朱熹帶來那麼大的悲哀。當然，被教師塑造成功的優秀學生會在社會上傳播美好的能量，但這並不是教師所能明確期待和有效掌握的。更何況，總會有很多學生只學「術」而不學「道」，在人格意義上所散布的消極因素很容易把美好的東西抵消掉。還會有少數學生，成爲有文化的不良之徒，與社會文明對抗，使善良的教師不得不天天爲之而自責自嘲。

我自己，自從二十七年前的那個傍晚闖入岳麓書院後也終於做了教師，一做二十餘年，其間還在自己畢業的母校，一所高等藝術學院擔任了幾年院長，說起來也算是嘗過教育事業的甘苦了。我到很晚才知道，教育固然不無神聖，但並不是一項理想主義、英雄主義的事業，一個教師所能做到的事情十分有限。我們無力與各種力量抗爭，至多在精力許可的年月裏守住那個被稱作學校的庭院，帶著爲數不多的學生參與一場陶冶人性人格的文化傳遞，目的無非是讓參與者變得更像一個眞正意義上的人，而對這個目的達到的程度，又不能期望過高。

突然想起了一條新聞，外國有個匪徒闖進了一家幼兒園，以要引爆炸藥爲威脅向政府勒索錢財，全世界都在爲幼兒園裏孩子們的安全擔心，而幼兒園的一位年輕的保育員卻告訴孩子們這是一個沒有預告的遊戲，她甚至把那個匪徒也描繪成遊戲中的人物，結果，直到事件結束，孩子們都玩得很高興。保育員無力與匪徒抗爭，她也沒有辦法阻止這場災難，她所能做的，只是在一個庭院裏鋪展一場溫馨的遊戲。孩子們也許永遠不知道這場遊戲的意義，也許長大以後會約略領悟到其中的人格內涵。我想，這就是教育工作的一個縮影。面對社會歷史的風霜雨雪，教師掌握不了什麼，只能暫時地掌握這個庭院，這間課室，這些學生。

爲此，在各種豪情壯志一一消退，一次次人生試驗都未見多少成果之後，我和許多中國文化人一樣，把師生關係和師生情分看作自己生命的一個組成部分，我不否認，我對自己老師的尊敬和對自己學生的偏護有時會到盲目的地步。我是個文化人，我生命的主幹屬於文化，我活在世上的一項重要使命是接受文化和傳遞文化，因此，當我偶爾一個人默默省察自己的生命價值的時候，總會禁不住在心底輕輕呼喊：我的老師！我的學生！我就是你們！

不僅僅是一個親熱的稱呼。不，我們擁有一個庭院，像岳麓書院，又不完全是，別人能侵凌它，毀壞它，卻奪不走它。很久很久了，我們一直在那裏，做著一場文化傳代的遊戲。至於遊戲的終局，我們都不要問。

抱愧山西

1

我在山西境內旅行的時候，一直抱著一種慚愧的心情。

長期以來，我居然把山西看成是我國特別貧困的省分之一，而且從來沒有對這種看法產生過懷疑。也許與那首動人的民歌《走西口》有關吧，《走西口》山西、陝西都唱，大體是指離開家鄉到「口外」去謀生，如果日子過得下去，爲什麼要一把眼淚一把哀嘆地背井離鄉呢？也許還受到了趙樹理和其他被稱之爲「山藥蛋派」作家羣的感染，他們對山西人民貧窮和反抗的描寫，以一種樸素的感性力量讓人難以忘懷。當然，最具有決定性影響的還是山西東部那個叫做大寨的著名村莊，它一度被當作中國農村的縮影，那是過分了，但在大多數中國人的心目中它作爲山西的縮影卻是毋庸置疑的。滿臉的皺紋，沉重的钁頭，貧瘠的山頭上開出了整齊的梯田，起早摸黑地種下了一排排玉米……最大的艱苦連接著最低的消費，憨厚的大寨人沒有怨言，他們無法想像除了反覆折騰腳下的泥土外還有什麼其他過日子的方式，而對這些乾燥灰黃的泥土又能有什麼過高的要求呢？

直到今天，我們都沒有資格去輕薄地嘲笑這些天底下最老實、最忠厚的農民。但是，當這個山村突然成了全國朝拜的對象，不遠千里而來的參觀學習隊伍浩浩蕩蕩地擠滿山路的時候，我們就不能不在形式主義的大熱鬧背後去尋找某種深層的蘊含了。我覺得，大寨的走紅，是因爲它的生態方式不經意地碰撞到了當時不少人心中一種微妙的尺度。大家並不喜歡貧困，卻又十分擔心富裕。大家花費幾十年時間參與過的那場社會革命，是以改變貧困爲號召的，改變貧困的革命方法是剝奪富裕，爲了說明這種剝奪的合理性，又必須在邏輯上把富裕和罪惡畫上等號。結果，既要改變貧困又不敢問津貧困的反面，只好堵塞一切致富的可能，消除任何利益的差別，以整齊劃一的艱苦勞動維持住整齊劃一的艱苦生活。因爲不存在富裕，也就不存在貧困的感受，與以前更貧困的日子相比還能獲得某種安慰，所以也就在心理上消滅了貧困；消滅了貧困又沒有被富裕所腐蝕，不追求富裕卻又想像著一個朦朧的遠景，這就是人們在這個山村中找到的有推廣價值的尺度。

當然，一種封閉環境裏的心理感受，一種經過著力誇張的精神激情，畢竟無法掩蓋事實上的貧困。來自全國各地的參觀學習者們看到了一切，眼圈發紅，半是感動半是同情。在當時，大寨的名聲比山西還響，山西只是大寨的陪襯，陪襯出來的是一個同樣的命題：感人的艱苦，驚人的貧困。直到今天，人們可以淡忘大寨，卻很難磨去這一有關山西的命題。

但是，這一命題是不公平的。大概是八、九年前的某一天，我在翻閱一堆史料的時候發現了一些使我大吃一驚的事實，便急速地把手上的其他工作放下，專心致志地研究起來。很長一段時間，我查檢了一本又一本的書籍，閱讀了一篇又一篇的文稿，終於將信將疑地接受了這樣一個結論：在上一世紀乃至以前相當長的一個時期內，中國最富有的省分不是我們現在可以想像的那些地區，而竟然是山西！直到本世紀初，山西，仍是中國堂而皇之的金融貿易中心。北京、上海、廣州、武漢等城市裏那些比較像樣的金融機構，最高總部大抵都在山西平遙縣和太谷縣幾條尋常的街道間，這些大城市只不過是腰纏萬貫的山西商人小試身手的碼頭而已。

山西商人之富，有許多天文數字可以引證，本文不作經濟史的專門闡述，姑且省略了吧，反正在清代全國商業領域，人數最多、資本最厚、散布最廣的是山西人；每次全國性募捐，捐出銀兩數最大的是山西人；要在全國排出最富的家庭和個人，最前面的一大串名字大多也是山西人；甚至，在京城宣告歇業回鄉的各路商家中，攜帶錢財最多的又是山西人。

按照我們往常的觀念，富裕必然是少數人殘酷剝削多數人的結果，但事實是，山西商業貿易的發達、豪富人家奢華的消費，大大提高了所在地的就業幅度和整體生活水平，而那些大商人都是在千里萬里間的金融流通過程中獲利的，並不構成對當地人民的勒索。因此與全國相比，當時山西城鎮百姓的一般生活水平也不低。有一份材料有趣地說明了這個問題。一八二二年，文化思想家龔自珍在《西域置行省議》一文中提出了一個大膽的政治建議，他認爲自乾隆末年以來，民風腐敗，國運堪憂，城市中「不士、不農、不工、不商之人，十將五六」，因此建議把這種無業人員和河北、河南、山東、陝西、甘肅、江西、福建等省人多地少地區的人民大規模西遷，使之無產變爲有產，無業變爲有業。他覺得內地只有兩個地方可以不考慮（「毋庸議」），一是江浙一帶，那裏的人民筋骨柔弱，吃不消長途跋涉；二是山西省：

山西號稱海內最富，土著者不願徙，毋庸議。

（《龔自珍全集》上海人民出版社版一〇六頁）

龔自珍這裏所指的不僅僅是富商，而且也包括土生土長的山西百姓，他們都會因「海內最富」而不願遷徙，龔自珍覺得天經地義。

其實，細細回想起來，即便在我本人有限的所見所聞中，可以驗證山西之富的事例也曾屢屢出現，可惜我把它們忽略了。例如現在蘇州有一個規模不小的「中國戲曲博物館」，我多次陪外國藝術家去參觀，幾乎每次都讓客人們驚嘆不已。尤其是那個精妙絕倫的戲台和演出場所，連貝聿銘這樣的國際建築大師都視爲奇蹟，但整個博物館的原址卻是「三晉會館」，卽山西人到蘇州來做生意時的一個聚會場所。說起來蘇州也算富庶繁華的了，沒想到山西人輕輕鬆鬆來蓋了一個會館就把風光佔盡。要找一個南方戲曲演出的最佳舞台作爲文物永久保存，找來找去竟在人家山西人的一個臨時俱樂部裏找到了。記得當時我也曾爲此發了一陣呆，卻沒有往下細想。

又如翻閱宋氏三姊妹的多種傳記，總會讀到宋靄齡到丈夫孔祥熙家鄉去的描寫，於是知道孔祥熙這位國民政府的財政部長也正是從山西太谷縣走出來的。美國人羅比·尤恩森寫的那本傳記中說：「靄齡坐在一頂十六個農民抬著的轎子裏，孔祥熙則騎著馬，但是，使這位新娘大爲吃驚的是，在這次艱苦的旅行結束時，她發現了一種前所未聞的最奢侈的生活。……因爲一些重要的銀行家住在太谷，所以這裏常常被稱爲『中國的華爾街』。」我初讀這本傳記時也一定會在這些段落間稍稍停留，卻也沒有進一步去琢磨讓宋靄齡這樣的人物吃驚、被美國傳記作家稱爲「中國的華爾街」，意味著什麼。

看來，山西之富在我們上一輩人的心目中一定是世所共知的常識，我對山西的誤解完全是出於對歷史的無知。唯一可以原諒的是，在我們這一輩，產生這種誤解的遠不止我一人。

誤解容易消除，原因卻深可玩味，我一直認爲，這裏包含著我和我的同輩人在社會經濟觀念上的一大缺漏，一大偏頗，極須從根子上進行彌補和矯正。因此好些年來，我一直小心翼翼地期待著一次山西之行。記得在復旦大學、同濟大學、華東師範大學等學校演講時總有學生問我下一步最想考察的課題是什麼，我總是提到清代的山西商人。

2

我終於來到了山西。爲了平定一下慌亂的心情，與接待我的主人、山西電視台台長陸嘉生先生和該台的文藝部主任李保彤先生商量好，先把一些著名的常規景點遊覽完，最後再鄭重其事地逼近我心頭埋藏的那個大問號。

我的問號吸引了不少山西朋友，他們陪著我在太原一家家書店的角角落落尋找有關資料。黃鑑暉先生所著的《山西票號史》是我自己在一個書架的底層找到的，而那部洋洋一百二十餘萬言，包羅著大量帳單報表的大開本《山西票號史料》則是一直爲我開車的司機李俊文先生從一家書店的庫房裏挖出來的，連他，也因每天聽我在車上講這講那，知道了我的需要。待到資料搜集得差不多，我就在電視編導章文濤先生、歌唱家單秀榮女士等山西朋友的陪同下，驅車向平遙和祁縣出發了。在山西最紅火的年代，財富的中心並不在省會太原，而是在平遙、祁縣和太谷，其中又以平遙爲最。章文濤先生在車上笑著對我說，雖然全車除了我之外都是山西人，但這次旅行的嚮導應該是我，原因只在於我讀過一些史料。連「嚮導」也是第一次來，那麼這種旅行自然也就成了一種尋找。

我知道，首先該找的是平遙西大街上中國第一家專營異地匯兌和存、放款業務的「票號」——大名鼎鼎的「日升昌」的舊址。這是今天中國大地上各式銀行的「鄉下祖父」，也是中國金融發展史上一個里程碑的所在。聽我說罷，大家就對西大街上每一個門庭仔細打量起來。這一打量不要緊，才兩三家，我們就已被一種從未領略過的氣勢所壓倒。這實在是一條神奇的街，精雅的屋宇接連不斷，森然的高牆緊密呼應，經過一、二百年的風風雨雨，處處已顯出蒼老，但蒼老而風骨猶在，竟然沒有太多的破敗感和潦倒感。許多與之年歲彷彿的文化宅第早已傾坍，而這些商用建築卻依然虎虎有生氣，這使我聯想到文士和商人的差別，從一般意義上說，後者的生命活力是否眞的要大一些呢？街道並不寬，每個體面門庭的花崗岩門坎上都有兩道很深的車轍印痕，可以想見當年這條街道上是如何車水馬龍的熱鬧。這些車馬來自全國各地，馱載著金錢馱載著風險馱載著驕傲，馱載著九州的風俗和方言，馱載出一個南來北往經濟血脈的大流暢。西大街上每一個像樣的門庭我們都走進去了，乍一看都像是氣吞海內的日升昌，仔細一打聽又都不是，直到最後看到平遙縣文物局立的一塊說明牌，才認定日升昌的眞正舊址。一個機關佔用著，但房屋結構基本保持原樣，甚至連當年的匾額對聯還靜靜地懸掛著。我站在這個院子裏凝神遙想，就是這兒，在幾個聰明的山西人的指揮下，古老的中國終於有了一種專業化、網絡化的貨幣匯兌機制，南北大地終於卸下了實銀運送的沉重負擔而實現了更爲輕快的商業流通，商業流通所必需的存款、貸款，又由這個院落大口吞吐。我知道每一家被我們懷疑成日升昌的門庭當時都在做著近似於日升昌的大文章，不是大票號就是大商行。如此密集的金融商業構架必然需要更大的城市服務系統來配套，其中包括適合來自全國不同地區商家的旅館業、餐飲業和娛樂業，當年平遙城會繁華到何等程度，我們已約略可以想見，平心而論，今天的平遙縣城也不算蕭條，但有不少是在莊嚴沉靜的古典建築外部添飾一些五顏六色的現代招牌，與古典建築的原先主人相比，顯得有點浮薄。我很想找山西省的那個領導部門建議，下一個大的決心，盡力恢復平遙西大街的原貌。現在全國許多城市都在建造「唐代一條街」、「宋代一條街」之類，那大多是根據歷史記載和想像在依稀遺跡間的重起爐灶，看多了總不大是味道；平遙西大街的恢復就不必如此，因爲基本的建築都還保存完好，只要洗去那些現代塗抹，便會洗出一條充滿歷史厚度的老街，洗出山西人上一世紀的自豪。

平遙西大街是當年山西商人的工作場所，那他們的生活場所又是怎麼樣的呢？離開平遙後我們來到了祁縣的喬家大院，一踏進大門就立卽理解了當年宋靄齡女士在長途旅行後大吃一驚的原因。與我們同行的歌唱家單秀榮女士說：「到這裏我才眞正明白了什麼叫富貴。」其實單秀榮女士長期居住在北京，見過很多世面，並不孤陋寡聞。就我而言，全國各地的大宅深院也見得多了，但一進這個宅院，記憶中的諸多名園便立即顯得過於柔雅小氣。進門一條氣勢宏偉的甬道把整個住宅劃分成好些個獨立的世界，而每個世界都是中國古典建築學中嘆爲觀止的一流構建。張藝謀在這裏拍攝了傑出的影片《大紅燈籠高高掛》，那只是取了其中的一些角落而已。事實上，喬家大院眞正的主人並不是過著影片中那種封閉生活，你只要在這個宅院中徜徉片刻，便能強烈地領略到一種心胸開闊、敢於馳騁華夏大地的豪邁氣概。萬里馳騁收斂成一個宅院，宅院的無數飛檐又指向著無邊無際的雲天。鐘鳴鼎食的巨室不是像榮國府那樣靠著先祖庇蔭而碌碌無爲地寄生，恰恰是天天靠著不斷的創業實現著巨大的資金積累和財富滾動。因此，這個宅院沒有像其他遠年宅院那樣傳遞給我們種種避世感、腐朽感或詭祕感，而是處處呈現出一種心態從容的中國一代巨商的人生風采。

喬家大院吸引著很多現代遊客，人們來參觀建築，更是來領略這種逝去已久的人生風采。喬家的後人海內外多有散落，他們，是否對前輩的風采也有點陌生了呢？至少我感覺到，喬家大院周圍和喬氏後裔，與他們的前輩已經是山高水遠。大院打掃得很乾淨，每一進院落的冷僻處都標注著「衞生包幹」的名單，一一看去，大多姓喬，後輩們是前輩宅院的忠實清掃者；至於宅院的大牆之外，無數稱之爲「喬家」的小店鋪、小攤販鱗次櫛比，在巨商的腳下做著最小的買賣。

喬家，只是當年衆多的山西商家中的一家罷了。其他商家的後人又怎麼樣了呢？他們能約略猜度自己祖先的風采嗎？

其實，這是一個超越家族範疇的共同歷史課題。這些年來，連我這個江南人也經常懸想：創建了「海內最富」奇蹟的人們，你們究竟是何等樣人，是怎麼走進歷史又從歷史中消失的呢？我只有在《山西票號史料》中看到過一幅模糊不清的照片，日升昌票號門外，爲了拍照，端然站立著兩個白色衣衫的年長男人，意態平靜，似笑非笑，這就是你們嗎？

3

在一頁頁陳年的帳單報表間，我很難把他們切實抓住。能夠有把握作出判斷的只是，山西商人致富，既不是由於自然條件優越，又不是由於祖輩的世襲遺贈。他們無一不是經歷過一場超越環境、超越家世的嚴酷搏鬥，才一步步走向成功的。

山西平遙、祁縣、太谷一帶，自然條件並不好，也沒有太多的物產。查一查地圖就知道，它們其實離我們的大寨並不遠。經商的洪流從這裏捲起，重要的原因恰恰在於這一帶客觀環境欠佳。

萬曆《汾州府志》卷二記載：「平遙縣地瘠薄、氣剛勁，人多耕織少。」

乾隆《太谷縣志》卷三說太谷縣「民多而田少，竭豐年之穀，不足供兩月。故耕種之外，咸善謀生，跋涉數千里，率以為常。土俗殷富，實由此焉。」

讀了這些疏疏落落的官方記述，我不禁對山西商人深深地敬佩起來。家鄉那麼貧困那麼擁擠，怎麼辦呢？可以你爭我奪、蠅營狗苟，可以自甘潦倒、忍飢挨餓，可以埋首終身、聊以餬口，當然，也可以破門入戶、搶掠造反，——按照我們所熟悉的歷史觀，過去的一切貧困都出自政治原因，因此唯一值得稱頌的道路只有讓所有的農民都投入政治性的反抗。但是，在山西這幾個縣，竟然有這麼多農民做出了完全不同於以上任何一條道路的選擇，他們不甘受苦，卻又毫無政權慾望；他們感覺到了擁擠，卻又不願意傾軋鄉親同胞；他們不相信不勞而獲，卻又不願意將一生的汗水都向一塊狹小的泥土上灌澆。他們把迷惘的目光投向家鄉之外的遼闊天地，試圖用一個男子漢的強韌筋骨走出另外一條擺脫貧困的大道。他們幾乎都沒有多少文化，卻向中國古代和現代的人生哲學和歷史觀念，提供了一些不能忽視的材料。

他們首先選擇的，正是「走西口」。口外，爲數不小的駐防軍隊需要糧秣，大片的土地需要有人耕種；耕種者、軍人和蒙古游牧部落需要大量的生活用品，期待著一支民間貿易隊伍；塞北的毛皮、呢絨原料是內地貴胄之家的必需品，爲商販們留出了很多機會；商事往返的頻繁又呼喚著大量旅舍、客店、飯莊的出現……總而言之，只要敢於走出去悉心尋求、刻苦努力，口外確實能創造出一塊生氣勃勃的生命空間。從淸代前期開始，山西農民「走西口」的隊伍越來越大，於是我們在本文開頭提到過的那首民歌也就響起在許多村口、路邊：

哥哥你走西口，
小妹妹我實在難留。
手拉著哥哥的手，
送哥送到大門口。

哥哥你走西口，
小妹妹我有話兒留：
走路要走大路口，
人馬多來解憂愁。

緊緊拉著哥哥的手，
汪汪淚水撲瀝瀝地流。

只恨妹妹我不能跟你一起走，
只盼哥哥早回家門口。
……

我懷疑我們以前對這首民歌的理解過於淳淺了。我懷疑我們直到今天也未必有理由用憐憫、同情的目光去俯視這一對對年輕夫妻的哀傷離別。聽聽這些多情的歌詞就可明白，遠行的男子在家鄉並不孤苦伶仃，他們不管是否成家，都有一份強烈的愛戀，都有一個足可生死以之的伴侶，他們本可過一種艱辛卻很溫馨的日子了此一生的，但他們還是狠狠心踏出了家門，而他們的戀人竟然也都能理解，把綿綿的戀情從小屋裏釋放出來，交付給朔北大漠。哭是哭了，唱是唱了，走還是走了。我相信。那些多情女子在大路邊滴下的眼淚，爲山西終成「海內最富」的局面播下了最初的種子。

這不是臆想，你看乾隆初年山西「走西口」的隊伍中，正擠著一個來自祁縣喬家堡村的貧苦青年農民，他叫喬貴發，來到口外一家小當鋪裏當了伙計。就是這個青年農民，開創了喬家大院的最初家業。喬貴發和他後代的奮鬥並不僅僅發達了一個家族，他們所開設的「復盛公」商號，奠定了整整一個包頭市的商業基礎，以至出現了這樣一句廣泛流傳的民諺：「先有復盛公，後有包頭城」。誰能想到，那一個個擦一把眼淚便匆忙向口外走去的青年農民，竟然有可能成爲一座偌大的城市、一種宏偉的文明的締造者！因此，當我看到山西電視台拍攝的專題片《走西口》以大氣磅礴的交響樂來演奏這首民歌時，不禁熱淚盈眶。

山西人經商當然不僅僅是走西口，到後來，他們東南西北幾乎無所不往了。由走西口到闖蕩全中國，多少山西人一生都顛簸在漫漫長途中。當時交通落後、郵遞不便，其間的辛勞和酸楚也實在是說不完、道不盡的。一個成功者背後隱藏著無數的失敗者，在宏大的財富積累後面，山西人付出了極其昂貴的人生代價。黃鑑暉先生曾經根據史料記述過乾隆年間一些山西遠行者的心酸故事——

臨汾縣有一個叫田樹楷的人從小沒有見過父親的面，他出生的時候父親就在外面經商，一直到他長大，父親還沒有回來，他依稀聽說，父親走的是西北一路，因此就下了一個大決心，到陝西、甘肅一帶苦苦尋找、打聽。整整找了三年，最後在酒泉街頭遇到一個山西老人，竟是他從未見面的父親；

陽曲縣的商人張瑛外出做生意，整整二十年沒能回家。他的大兒子張廷材聽說他可能在宣府，便去尋找他，但張廷材去了多年也沒有了音訊。小兒子張廷槮長大了再去找父親和哥哥，找了一年多誰也沒有找到，自己的盤纏卻用完了，成了乞丐。在行乞時遇見一個農民似曾相識，仔細一看竟是哥哥，哥哥告訴他，父親的消息已經打聽到了，在張家口賣菜；

交城縣徐學顏的父親遠行關東做生意二十餘年杳無音訊，徐學顏長途跋涉到關東尋找，一直找到吉林省東北端的一個村莊，才遇到一個鄉親，鄉親告訴他，他父親早已死了七年；

……

不難想像，這一類真實的故事可以沒完沒了地講下去，而一切走西口、闖全國的山西商人，心頭都埋藏著無數這樣的故事。於是，年輕戀人的歌聲更加淒楚了：

哥哥你走西口，
小妹妹我苦在心頭，
這一去要多少時候，
盼你也要白了頭！

被那麼多失敗者的故事重壓著，被戀人淒楚的歌聲拖牽著，山西商人卻越走越遠，他們要走出一個好聽一點的故事，他們邁出的步伐，既悲愴又沉靜。

4

義無反顧的出發，並不一定能到達預想的彼岸，在商業領域尤其如此。

山西商人的全方位成功，與他們良好的整體素質有關。這種素質，特別適合於大規模的商業活動，因此也可稱之爲商業人格。我接觸的材料不多，只是朦朧感到，山西商人在人格素質上至少有以下幾個方面十分引人注目——

其一，坦然從商。做商人就是做商人，沒有什麼遮遮掩掩、羞羞答答的。這種心態，在我們中國長久未能普及。士、農、工、商，是人們心目中的社會定位序列，商人處於末位，雖不無錢財卻地位卑賤，與仕途官場幾乎絕緣。為此，許多人即便做了商人也竭力打扮成「儒商」，發了財則急忙辦學，讓子弟正正經經做個讀書人。在這一點上最有趣的是安徽商人，本來徽商也是一支十分強大的商業勢力，完全可與山西商人南北抗衡（由此想到我對安徽也一直有誤會，把它看成是南方的貧困省分，容以後有機會專門說說安徽的事情），但徽州民風又十分重視科舉，使一大批很成功的商人在自己和後代的人生取向上左右為難、進退維谷。這種情景在山西沒有出現，小孩子讀幾年書就去學生意了，大家都覺得理所當然。最後連雍正皇帝也認為山西的社會定位序列與別處不同，竟是：第一經商，第二務農，第三行伍，第四讀書（見雍正二年對劉於義奏疏的朱批）。在這種獨特的心理環境中，山西商人對自身職業沒有太多的精神負擔，把商人做純粹了。

其二，目光遠大。山西商人本來就是背井離鄉的遠行者，因此經商時很少有空間框範，而這正是商業文明與農業文明的本質差異。整個中國版圖都在視野之內，談論天南海北就像談論街坊鄰里，這種在地理空間上的心理優勢，使山西商人最能發現各個地區在貿易上的強項和弱項、潛力和障礙，然後像下一盤圍棋一樣把它一一走通。你看，當康熙皇帝開始實行滿蒙友好政策、停息邊陲戰火之後，山西商人反應最早，很快知道自己該幹什麼了，面向蒙古、新疆乃至西伯利亞的龐大商隊組建起來，光「大盛魁」的商隊就拴有駱駝十萬頭，這是何等的眼光。商隊帶出關的商品必須向華北、華中、華南各地採購，因而他們又把整個中國的物產特色和運輸網絡掌握在手中。又如，清代南方諸商業中以鹽業賺錢最多，但鹽業由政府實行專賣，許可證都捏在兩淮鹽商手上，山西商人本難插足，但他們不著急，只在兩淮鹽商資金緊缺的時候給予慷慨的借貸，條件是稍稍讓給他們一點鹽業經營權。久而久之，兩淮鹽業便越來越多地被山西商人所控制。可見山西商人始終凝視著全國商業大格局，不允許自己在那個重要塊面上有缺漏，不管這些塊面處地多遠，原先與自己有沒有關係。人們可以稱讚他們「隨機應變」，但對「機」的發現，正由於視野的開闊，目光的敏銳。當然，最能顯現山西商人目光的莫過於一系列票號的建立了，他們先人一步地看出了金融對於商業的重要，於是就把東南西北的金融命脈梳理通暢，穩穩地把自己放在全國民間錢財流通主宰者的地位上。這種種作爲，都是大手筆，與投機取巧的小打小鬧完全不可同日而語。我想，擁有如此的氣概和謀略，大概與三晉文明的深厚蘊藏、表裏山河的自然陶冶有關，我們只能抬頭仰望了。

其三，講究信義。山西商人能快速地打開大局面，往往出自於結隊成幫的羣體行爲，而不是偷偷摸摸的個人冒險。只要稍一涉獵山西的商業史料，便立即會看到一批又一批的所謂「聯號」。或是兄弟，或是父子，或是朋友，或是鄉鄰，組合成一個有分有合、互通有無的集團勢力，大模大樣地鋪展開去，不僅氣勢壓人，而且呼應靈活、左右逢源，構成一種商業大氣候。其實山西商人即便對聯號系統之外的商家，也會盡力幫襯。其他商家借了巨款而終於無力償還，借出的商家便大方地一筆勾銷，這樣的事情在山西商人間所在多有，不足爲奇。例如我經常讀到這樣一些史料：有一家商號欠了另一家商號白銀六萬兩，到後來實在還不出了，借入方的老闆就到借出方的老闆那裏磕了個頭，說明困境，借出方的老闆就揮一揮手，算了事了；一個店欠了另一個店千元現洋，還不出，借出店爲了照顧借入店的自尊心，就讓它象徵性地還了一把斧頭、一個籮筐，哈哈一笑也算了事。山西人機智而不小心眼，厚實而不排他，不願意爲了眼前小利而背信棄義，這很可稱之爲「大商人心態」，在南方商家中雖然也有，但不如山西堅實。不僅如此，他們在具體的商業行爲上也特別講究信譽，否則那些專營銀兩匯兌、資金存放的山西票號，怎麼能取得全國各地百姓長達百餘年的信任呢？如所周知，當時我國的金融信託事業並沒有多少社會公證機制和監督機制，即便失信也幾乎不存在懲處機制，因此一切全都依賴信譽和道義。金融信託事業的競爭，說到底是信譽和道義的競爭，而在這場競爭中，山西商人長久地處於領先地位，他們竟能給遠遠近近的異鄉人一種極其穩定的可靠感，這實在是很了不得的事情。商業同行相互間的道義和商業行爲本身的道義加在一起，使山西商人給中國商業文明增添了不少人格意義上的光彩，也爲中國思想史上歷時千年的「義利之辯」（例如很多人習慣地認爲只要經商必然見利忘義）增加了新的思考方位。

其四，嚴於管理。山西商人最發跡的年代，朝廷對商業、金融業的管理基本上處於無政府狀態，例如衆多的票號就從來不必向官府登記、領執照、納稅，也基本上不受法律約束，面對如許的自由，厚重的山西商人卻很少有隨心所欲的放縱習氣，而是加緊制訂行業規範和經營守則，通過嚴格的自我約束，在無序中求得有序，因爲他們明白，一切無序的行爲至多得利於一時，不能立業於長久。我曾恭敬地讀過上世紀許多山西商家的「號規」，不僅嚴密、切實，而且充滿智慧，卽便從現代管理科學的眼光去看也很有價値，足可證明在當時山西商人的隊伍中已經出現了一批眞正的管理專家，而其中像日升昌票號總經理雷履泰這樣的人，則完全可以稱之爲商業管理大師而雄視一代。歷史地來看，他們制訂和執行的許多規則，正是他們的事業立百年而不衰的祕訣所在。例如不少山西大商家在內部機制上改變了一般的雇傭關係，把財東和總經理的關係納入規範，總經理負有經營管理的全責，財東老闆除發現總經理有積私肥己的行爲可以撤換外，平時不能隨便地頤指氣使；職員須訂立從業契約，並畫出明確等級，收入懸殊，定期考察升遷，數字不小的高級職員與財東共享股份，到期分紅，使整個商行上上下下在利益上休戚與共、情同一家；總號對於遍布全國的分號容易失控，因此進一步制定分號向總號和其他分號的報帳規則、分號職工的書信、匯款、省親規則……凡此種種，使許多山西商號的日常運作越來越正常，一代巨賈也就分得出精力去開拓新的領域，不必爲已有產業搞得精疲力竭了。

以上幾個方面，不知道是否大體勾勒出了山西商人的商業人格？不管怎麼說，有了這幾個方面，當年走西口的小伙子們也就像模像樣地做成了大生意，揮一揮身上的塵土，堂堂正正地走進了一代中國富豪的行列。

何謂山西商人？我的回答是：走西口的哥哥回來了，回來在一個十分強健的人格水平上。

然而，一切邏輯概括總帶有「提純」後的片面性，實際上，只要再往深處窺探，山西商人的人格結構中還有脆弱的一面。他們人數再多，在整個中國還是一個稀罕的羣落，他們敢作敢爲，卻也經常遇到自信的邊界。他們奮鬥了那麼多年，卻從來沒有遇到過一個能夠代表他們說話的思想家。他們的行爲缺少高層理性力量的支撐，他們的成就沒有被賦予雄辯的歷史理由。嚴密的哲學思維、精微的學術頭腦似乎一直在躲避著他們。他們已經有力地改變了中國社會，但社會改革家們卻一心注目於政治，把他們冷落在一邊。說到底，他們只能靠錢財發言，但錢財的發言又是那樣缺少道義力量，究竟能產生多少精神效果呢?而沒有外在的精神效果，他們也就無法建立內在的精神王國，即便在商務上再成功也難於抵達人生的大安詳。是時代，是歷史，是環境，使這些商業實務上的成功者沒有能成爲歷史意志的覺悟者。一羣缺少皈依的強人，一撥精神貧乏的富豪，一批在根本性的大問題上不大能掌握得住自己的掌櫃。他們的出發地和終結點都在農村，他們能在前後左右找到的參照物只有舊式家庭的深宅大院，因此，他們的人生規範中不得不融化進大量中國式的封建色彩，當他們成功發跡而執掌一大門戶時，封建家長制的權威是他們可追摹的唯一範本。於是他們的商業人格不能不自相矛盾乃至自相分裂，有時還會逐步走到自身優勢的反面，做出與創業時判若兩人的作爲。在我看來，這一切，正是山西商人在風光百年後終於困頓、迷亂、內耗、敗落的內在原因。

在這裏，我想談一談幾家票號歷史上發生的一些不愉快的人事糾紛，可能會使我們對山西商人人格構成的另一面有較多的感性了解。

最大的糾紛發生在上文提到過的日升昌總經理雷履泰和第一副總經理毛鴻翽之間。毫無疑問，兩位都是那個時候堪稱全國一流的商業管理專家，一起創辦了日升昌票號，因此也是中國金融史上一個新階段的開創者，都應該名垂史册。雷履泰氣度恢宏，能力超羣，又有很大的交際魅力，幾乎是天造地設的商界領袖；毛鴻翽雖然比雷履泰年輕十七歲，卻也是才華橫溢、英氣逼人。兩位強人撞到了一起，開始是親如手足、相得益彰，但在事業獲得大成功之後卻不可避免地遇到了一個中國式的大難題：究竟誰是第一功臣？

一次，雷履泰生了病在票號中休養，日常事務不管，遇到大事還要由他拍板。這使毛鴻翽覺得有點不大痛快，便對財東老闆說：「總經理在票號裏養病不太安靜，還是讓他回家休息吧。」財東老闆就去找了雷履泰，雷履泰說，我也早有這個意思，當天就回家了。過幾天財東老闆去雷家探視，發現雷履泰正忙著向全國各地的分號發信，便問他幹什麼，雷履泰說：「老闆，日升昌票號是你的，但全國各地的分號卻是我安設在那裏的，我正在一一撤回來好交代給你。」老闆一聽大事不好，立即跪在雷履泰面前，求他千萬別撤分號，雷履泰最後只得說：「起來吧，我也估計到讓我回家不是你的主意。」老闆求他重新回票號視事，雷履泰卻再也不去上班。老闆沒辦法，只好每天派伙計送酒席一桌，銀子五十兩。毛鴻翽看到這個情景，知道不能再在日升昌待下去了，便辭職去了蔚泰厚布莊。

這事件乍一聽都會爲雷履泰叫好，但轉念一想又覺得不是味道。是的，雷履泰獲得了全勝，毛鴻翽一敗塗地，然而這裏無所謂是非，只是權術。用權術擊敗的對手是一段輝煌歷史的共創者，於是這段歷史也立即破殘。中國許多方面的歷史總是無法寫得痛快淋漓、有聲有色，很大一部分原因就在於這種有代表性的歷史人物之間必然會產生的惡性衝突。商界的競爭較量不可避免，但一旦脫離業務的軌道，在人生的層面上把對手逼上絕路，總與健康的商業運作規範相去遙遙。毛鴻翽當然也要咬著牙齒進行報復，他到了蔚泰厚之後就把日升昌票號中兩個特別精明能幹的伙計挖走並委以重任，三個人配合默契，把蔚泰厚的商務快速地推上了台階。雷履泰氣恨難紓，竟然寫信給自己的各個分號，揭露被毛鴻翽勾走的兩名「小卒」出身低賤，只是湯官和皂隸之子罷了。事情做到這個分上，這位總經理已經很失身分，但他還不罷休，不管在什麼地方，只要一有機會就拆蔚泰厚的台，例如由於雷履泰的謀劃，蔚泰厚的蘇州分店就無法做分文的生意。這就不是正常的商業競爭了。

最讓我難過的是，雷、毛這兩位智商極高的傑出人物在勾心鬥角中採用的手法越來越庸俗，最後竟然都讓自己的孫子起一個與對方一樣的名字，以示汚辱：雷履泰的孫子叫雷鴻翽，而毛鴻翽的孫子則叫毛履泰！這種汚辱方法當然是純粹中國化的，我不知道他們在憎恨敵手的同時是否還愛惜兒孫，我不知道他們用這種名字呼叫孫子的時候會用一種什麼樣的口氣和聲調。

可敬可佩的山西商人啊，難道這就是你們給後代的遺贈？你們創業之初的吞天豪氣和動人信義都到那裏去了？怎麼會讓如此無聊的詛咒來長久地佔據你們日漸蒼老的心？

也許，最終使他們感到溫暖的還是早年跨出家門時聽到的那首《走西口》，但是，龐大的家業也帶來了家庭內情感關係的複雜化，《走西口》所吐露的那種單純性已不復再現。據喬家後裔回憶，喬家大院的內廚房偏院中曾有一位神祕的老嫗在幹粗活，玄衣愁容，旁若無人，但氣質又絕非傭人。有人說這就是「大奶奶」，主人的首席夫人。主人與夫人產生了什麼麻煩，誰也不清楚，但毫無疑問，當他們偶爾四目相對，《走西口》的旋律立即就會走音。

寫到這裏我已知道，我所碰撞到的問題雖然發生在山西卻又遠遠超越了山西。

由這裏發出的嘆息，應該屬於我們父母之邦的更廣闊的天地。

5

當然，我們不能因此而把山西商人敗落的原因，全然歸之於他們自身。就一、二家鋪號的興衰而言，自身的原因可能至關重要；然而一種牽涉到山西無數商家的世紀性繁華的整體敗落，一定會有更深刻、更宏大的社會歷史原因。

商業機制的時代性轉換固然是一個原因。政府銀行的組建、國際商業的滲透、沿海市場的膨脹，都可能使那些以山西腹地幾個縣城爲總指揮部的家族式商業體制受到嚴重挑戰，但這還不是它們整體敗落的主要理由。因爲政府銀行不能代替民間金融事業，國際商業無法全然取代民族資本，市場重心的挪移更不會動搖已把自己的活動網絡遍布全國各地的山西商行，更何況龐大的晉商隊伍歷來有隨機應變的本事，它的領袖人物和決策者們長期駐足北京、上海、武漢，一心只想適應潮流，根本不存在冥頑不化地與新時代對抗的決心。說實話，中國在變又沒有大變，積數百年經商經驗的山西商人在中國的土地上繼續活躍下去的餘地是很大的，卽便到了今天，我們仍然很難斷言中國已經進入了一種全新的商業文明，換言之，如果沒有其他原因使晉商敗落，他們在今天也未必會顯得多麼悖時落伍。

那麼，使山西商人整體破敗的根本原因究竟在那裏呢？

我認爲，是上個世紀中葉以來連續不斷的激進主義的暴力衝撞，一次次阻斷了中國經濟自然演進的路程，最終摧毀了山西商人。

一切可讓史料作證。

先是太平天國運動。我相信許多歷史學家還會繼續熱烈地歌頌這次規模巨大的農民起義，但似乎也應該允許我們好好談一談它無法掩蓋的消極面吧，至少在經濟問題上？事實是，這次歷時十數年的暴力行動，只要是所到的城鎮，幾乎所有的商業活動都遭到嚴重破壞，店鋪關門、商人逃亡、金融死滯、城鎭人民的生活無法正常進行。史料記載，太平軍到武昌後，「漢地驚慌至極，大小居民、鋪戶四外亂逃」，票號、銀號、當鋪「一律歇閉」、「蕩然無存」，多種商事，「兵燹以後無繼起者」。太平軍到蘇州後，「商賈流離」、「江路不通」、「城內店鋪亦歇，相繼逃散」。太平軍逼近天津時，帳局停歇，街市十三行中所有自食其力的勞動者「皆已失業」。受其影響，北京也是「各行業閉歇，居民生活處於困境」。至於全國各地一般中小城鎮，兵伍所及，「一路蹂躪」、「死傷遍野」，經濟上更是「商賈裹足，釐源梗塞」。十餘年間，有不少地方太平軍和清軍進行過多次拉鋸戰，每次又把災難重複一遍。到最後太平天國自己內訌，石達開率十萬餘人馬離開天京在華東、華中、西南地區獨立作戰，重把沿途的經濟大規模地洗刷了一遍，所謂「蕩然無存」往往已不是誇張之言。面對這種情況，山西商號在全國各地的分號只得紛紛撤回。我看到一份材料，一八六一年一月，日升昌票號總部接成都分號信，報告「賊匪擾亂不堪」，總部立卽命令成都分號歸入重慶分號「暫作躲避」，又命令廣州分號隨時觀察重慶形勢；但三個月後，已經必須命令廣州分號也立卽撤回了，命令說：「務以速歸早回爲是，萬萬不可再爲遲延，早回一天，卽算有功，至要至要！」一個大商號的慌亂神情溢於言表。面對著在中國大地上流蕩不已的暴力洪流，山西商人只能慌忙地龜縮回家鄉的小縣城裏去了，他們的事業遭受到何等的創傷，不言而喻。

令人驚嘆的是，在太平天國之後，山西商家經過一段時間的休養生息，竟又重整旗鼓，東山再起。後來一再地經歷英法聯軍入侵、八國聯軍進犯、庚子賠款攤派等七災八難，居然都能艱難撐持、絕處逢生，甚至獲得可觀的發展。這證明，人民的生活本能、生存本能、經濟本能是極其強大的，就像野火之後的勁草，岩石底下的深根，不屈不撓。在我看來，一切社會改革的舉動，都以保護而不是破壞這種本能為好，否則社會改革的終極目的又是什麼呢？可惜慷慨激昂的政治家們常常忘記了這一點，離開了世俗尋常的生態秩序，只追求法蘭西革命式的激動人心。在激動人心的呼喊中，人民的經濟生活形態和社會生存方式是否眞正進步，卻很少有人問津。

終於，又遇到了辛亥革命。這場革命最終推翻了清王朝的統治，自有其歷史意義，但無可諱言的是，無窮無盡的社會動亂、軍閥混戰也從此開始，山西商家怎麼也挺立不住了。

民軍與清軍的軍事對抗所造成的對城市經濟的破壞可以想像，各路盜賊趁亂搶劫、兵匪一家掃蕩街市更是沒完沒了，致使各大城市工商企業破產關閉的情景比太平天國時期還要嚴重。工商企業關門了，原先票號貸給他們的巨額款項也收不回了，而存款的民衆卻在人心惶惶中爭相擠兌，票號頃刻之間垮得氣息奄奄。本來山西商家的業務遍及全國各地，辛亥革命後幾個省分一獨立，業務中斷，欠款不知向誰索要，許多商家的經理、伙計害怕別人討帳竟然紛紛相率逃跑，一批批票號、商號倒閉清理，與它們有聯繫的民衆怨聲如沸又束手無策。

走投無路的山西商人傻想，北洋政府總不會眼看著一系列實業的癱瘓而見死不救吧，便公推六位代表向政府請願，希望政府能貸款幫助，或由政府擔保向外商借貸。政府對請願團的回答是：山西商號信用久孚，政府從保商恤商考慮，理應幫助維持，可惜國家財政萬分困難，他日必竭力斡旋。

滿紙空話，一無所獲，唯一落實的決定十分出人意外：政府看上了請願團首席代表范元澍，發給月薪二百元，委派他到破落了的山西票號中物色能幹的伙計到政府銀行任職。這一決定如果不是有意諷刺，那也足以說明，這次請願活動是眞正的慘敗了。國家財政萬分困難是可信的，山西商家的最後一線希望徹底破滅。「走西口」的旅程，終於走到了終點。

於是，人們在一九一五年三月份的《大公報》上讀到了一篇發自山西太原的文章，文中這樣描寫那些一一倒閉的商號：

彼巍巍燦爛之華屋，無不鐵扉雙鎖，黯淡無色。門前雙眼怒突之小獅，一似淚涔涔下，欲作河南之吼，代主人喝其不平。前月北京所宣傳倒閉之日升昌，其本店聳立其間，門前尚懸日升昌金字招牌，聞其主人已宣告破產，由法院捕其來京矣。

這便是一代財雄們的下場。

如果這是社會革新的代價，那麼革新了的社會有沒有爲民間商業提供更大的活力呢？有沒有創建山西商人創建過的世紀性繁華呢？

對此，我雖然代表不了什麼，卻要再一次向山西抱愧，只爲我也曾盲目地相信過某些經不住如此深問的糊塗觀念。

6

我的山西之行結束了，心頭卻一直隱約著一羣山西商人的面影，怎麼也排遣不掉。細看表情，仍然像那張模糊的照片上的，似笑非笑。

離開太原前，當地作家華而實先生請我吃飯，一問之下他竟然也在關注前代山西商人。但他沒有多說什麼，只是遞給我他寫給今天山西企業家們看的一篇文章，題目叫做《海內最富》。我一眼就看到了這樣一段：

> 海內最富！海內最富！
>
> 山西在全國經濟結構中曾經佔據過這樣一個顯赫的地位！
>
> 很遙遠了嗎？晉商的鼎盛春秋長達數百年，它的衰落也不過是近幾十年的事。

——底下還有很多話，慢慢再讀不遲，我抬起頭來，看著華而實先生的臉，他竟然也是似笑非笑。

席間聽說，今天，連大寨的農民也已開始經商。

鄉關何處

1

本文的標題，取自唐代詩人崔顥《黃鶴樓》一詩中的名句「日暮鄉關何處是？煙波江上使人愁。」看來崔顥是在黃昏時分登上黃鶴樓的，孤零零一個人，突然產生了一種強烈的被遺棄感。被誰遺棄？不是被什麼人，而是被時間和空間。在時間上，古人飄然遠去不再回來，空留白雲千載；在空間上，眼下雖有晴川沙洲、茂樹芳草，而我的家鄉在那裏呢？

崔顥的家鄉在河南開封，離黃鶴樓有點遠又不太遠，這是很多人都知道的，那他爲什麼還要這樣發問呢？我想任何一個早年離鄉的遊子在思念家鄉時都會有一種兩重性：他心中的家鄉既具體又不具體。具體可具體到一個河灣，幾棵小樹，半壁蒼苔；但是如果僅僅如此，焦渴的思念完全可以轉換成回鄉的行動，然而眞的回鄉又總是失望，天天縈繞我心頭的這一切原來是這樣的嗎？就像在一首激情澎湃的名詩後面突然看到了一幅太逼眞的插圖，詩意頓消。因此，眞正的遊子是不大願意回鄉的，即便偶爾回去一下也會很快出走，走在外面又沒完沒了地思念，結果終於傻傻地問自己家鄉究竟在那裏。

據說李白登黃鶴樓時看到了崔顥題在樓壁上的這首詩很爲讚賞，認爲既然有了這樣的詩，自己也就用不著寫了。我覺得，高傲的李白假如眞的看上了這首詩，一定不在於其他方面，而在於這種站在高處自問家鄉何在的迷茫心態。因爲在這一點上，李白深有共鳴。

只要是稍識文墨的中國人大概沒有不會背李白「牀前明月光，疑是地上霜。舉頭望明月，低頭思故鄉」這首詩的，一背幾十年大家都成了殷切的思鄉者。但李白的家鄉在那裏呢？沒有認眞去想過。「文化大革命」中幾乎完全沒書看的那幾年，突然出了一本郭沫若的《李白與杜甫》，趕快找來看，郭沫若對杜甫的批判和嘲弄是很少有人能接受的，但他對李白祖籍和出生地的詳盡考證，卻使我惆悵萬分。郭沫若考定李白的出生地西域碎葉是在蘇聯的一個地方，書籍出版時中蘇關係正緊張著。因此顯得更遙遠、更隔膜，幾乎是在另外一個世界。李白看罷明月低下頭去思念的竟是那個地方嗎？

奇怪的是，這位寫下中華第一思鄉詩的詩人總也不回故鄉。是忙嗎？不是，他一生都在旅行，也沒有承擔多少推卸不了的要務，回鄉並不太難，但他卻老是找陌生的路去跋涉。到了一個十字路口，一條路直通故鄉，一條路伸向異鄉，李白或許會猶豫片刻，但狠狠心還是走了第二條路。日本學者松浦友久說李白一生要努力使自己處於「置身異鄉」的體會之中，因此成了一個不停步的流浪者，我看說得很有道理。

置身異鄉的體驗非常獨特。乍一看，置身異鄉所接觸的全是陌生的東西，原先的自我一定會越來越脆弱，甚至會被異鄉同化掉。其實事情遠非如此簡單。異己的一切會從反面、側面誘發出有關自己的思考，異鄉的山水更會讓人聯想到自己生命的起點，因此越是置身異鄉越會勾起濃濃的鄉愁。鄉愁越濃越不敢回去，越不敢回越願意把自己和故鄉連在一起——簡直成了一種可怖的循環，結果，一生都避著故鄉旅行，避一路，想一路。

誰家玉笛暗飛聲，
散入春風滿洛城。
此夜曲中聞折柳，
何人不起故園情！

蘭陵美酒鬱金香，
玉碗盛來琥珀光。
但使主人能醉客，
不知何處是他鄉。

你看，只有徹底醉倒他才會丟掉異鄉感，而表面上，他已四海爲家。

我想，諸般人生況味中非常重要的一項就是異鄉體驗與故鄉意識的深刻交糅，漂泊欲念與回歸意識的相輔相成。這一況味，跨國界而越古今，作爲一個永遠充滿魅力的人生悖論而讓人品咂不盡。

前兩年著名導演潘小揚拍攝艾蕪的《南行記》，最讓我動心的鏡頭是艾蕪老人自己的出場，老人曾以自己艱辛而瑰麗的遠行記述震動中國文壇，而在鏡頭上他已被年歲折磨得滿臉憔悴，表情漠然地坐在輪椅上。畫面外歌聲響起，大意是：媽媽，我還要遠行，世上沒有比遠行更讓人銷魂。這是老人在心底呼喊嗎？他已不能行走，事實上那時已接近他生命的終點，但在這歌聲中他的眼睛突然發亮，而且顫動欲淚。他昂然抬起頭來，飢渴地注視著遠方。一切遠行者的出發點總是與媽媽告別，走得再遠也一直心存一個媽媽，一路上暗暗地請媽媽原諒，而他們的終點則是衰老，不管是否落腳於眞正的故鄉。他們的媽媽當然已經不在，因此歸來的遠行者從一種孤兒變成了另一種孤兒。這樣的回歸畢竟是淒楚的，無奈衰老的軀體使他們無法再度出走，只能向冥冥中的媽媽表述這種願望。暮年的老者呼喊媽媽是不能不讓人動容的，一聲呼喊道盡了回歸也道盡了漂泊。

不久前讀到冰心老人的一篇短小散文，題目就叫《我的家在那裏》。這位九十四高齡的老作家最早也是以一個遠行者的形象受到廣大讀者關注的，她周遊世界，曾在許多不同國家不同城市居住。最後在北京定居，可眞正稱得上一個「不知何處是他鄉」的放達之人了。但是，老人這些年來在夢中常常不經意地出現回家的情節，回那裏的家呢？照理，一個女性在自己成了家庭主婦，有了完整的家庭意識後的家才是眞正的家，冰心老人在夢中完全應該回到成年後安家的任何一個門庭，不管它在那座城市；然而奇怪的是，她在夢中每次遇到要回家的場合回的總是少女時代的那個家。一個走了整整一個世紀的圈子終於回到了原地，白髮老人與天眞少女融成了一體。那麼，冰心老人的這些回家夢是否從根本上否定了她一生的漂泊旅程呢？當然不是。如果冰心老人始終沒離開過早年的那個家，那麼今天的回家夢也就失去了任何意義。在一般意義上，家是一種生活，在深刻意義上，家是一種思念。只有遠行者才有對家的殷切思念，因此只有遠行者才有深刻意義上的家。

艾蕪心底的歌，冰心夢中的家，雖然走向不同卻遙相呼應。都是世紀老人，都有藝術家的良好感覺，人生旅程的大結構眞是被他們概括盡了。

無論是李白、崔顥，還是冰心、艾蕪，他們都是很能寫的人，可以讓我們憑藉著他們的詩文來談論，而實際上，許多更強烈的漂泊感受和思鄉情結是難於言表的，只能靠一顆小小的心臟去滿滿地體驗，當這顆心臟停止跳動，這一切也就杳不可尋，也許失落在海濤間，也許掩埋在叢林裏，也許凝凍於異國他鄉一棟陳舊樓房的窗戶中。因此，從總體而言，這是一首無言的史詩。中國歷史上每一次大的社會變動都會帶來許多人的遷徙和遠行，或義無反顧，或無可奈何，但最終都會進入這首無言的史詩，哽哽咽咽又迴腸蕩氣。你看現在中國各地那怕是再僻遠的角落，也會有遠道趕來的白髮華僑愴然飲泣，匆匆來了又匆匆走了，不會不來又不會把家搬回來，他們不說理由也不向自己追問理由，抹乾眼淚又鬚髮飄飄地走向遠方。

2

我的家鄉是浙江省餘姚縣橋頭鄉車頭村，我在那裏出生、長大、讀書，直到小學畢業離開。十幾年前，這個鄉劃給了慈溪縣，因此我就不知如何來稱呼家鄉的地名了。在各種表格上塡籍貫的時候總要提筆思忖片刻，十分爲難。有時想，應該以我在那兒的時候爲準，於是塡了餘姚；但有時又想，這樣塡了，有人到現今的餘姚地圖上去查橋頭鄉卻又查不到，很是麻煩，於是又塡了慈溪。當然也可以如實地塡上「原屬餘姚，今屬慈溪」之類，但一般表格的籍貫欄擠不下那麼多字，卽便擠得下，自己寫著也氣悶：怎麼連自己是那兒人這麼一個簡單問題，都答得如此支支吾吾、曖昧不清！

我不想過多地責怪改動行政區劃的官員，他們一定也有自己的道理。但他們可能不知道，這種改動對四方遊子帶來的迷惘是難於估計的。就像遠飛的燕子，當牠們隨著季節在山南海北繞了一大圈回來的時候，屋樑上的鳥巢還在，但屋宇的主人變了，屋宇的結構也變了，它們只能唧唧啾啾地在四周盤旋，盤旋出一個崔顥式的大問號。

其實我比那些燕子還要栖惶，因爲連舊年的巢也找不到了。我出生和長大的房屋早已賣掉，村子裏也沒有嚴格意義上的親戚，如果像我現在這個樣子回去，誰也不會認識我，我也想不出可在那一家吃飯、宿夜。這居然就是我的故鄉，我在這個世界上唯一的故鄉！早年離開時的那個清晨，夜色還沒有褪盡而朝霧已經迷濛，小男孩瞌睡的雙眼使夜色和晨霧更加濃重。這麼潦草的告別，總以為會有一次隆重的彌補，事實上世間的一切都無法彌補，我就潦草地踏上了背井離鄉的長途。

我所離開的是一個非常貧困的村落。貧困到那家晚飯時孩子不小心打破一個粗瓷碗就會引來父母瘋狂的追打，而左鄰右舍都覺得這種追打理所當然。這兒沒有正兒八經坐在桌邊吃飯的習慣，至多在門口泥地上擱一張歪斜的小木几，家人在那裏盛了飯就撥一點菜，托著碗東蹲西站、晃晃悠悠地往嘴裏扒，因此孩子打破碗的機會很多。粗黑的手掌在孩子身上疾風暴雨般的搶過，便小心翼翼地撿起碎碗片拼合著，幾天後挑著擔子的補碗師傅來了，花費很長的時間把破碗補好。補過和沒補過的粗瓷碗裏很少能夠盛出一碗白米飯，儘管此地盛產稻米。偶爾那家吃白米飯了，飯鑊裏通常還蒸著一碗梅乾菜，於是雙重香味在還沒有揭發鑊蓋時已經飄灑全村，而這雙重香味直到今天我還認為是一種經典搭配。雪白晶瑩的米飯頂戴著一撮烏黑發亮的梅乾菜，色彩的組合也是既沉著又強烈。

說是屬於餘姚，實際上離餘姚縣城還有幾十里地。餘姚在村民中唯一可說的話題是那兒有一所高山仰止般的醫院叫「養命醫院」，常言道只能醫病不能醫命，這家醫院居然能夠養命，這是何等的本事，何等的氣派！村民們感嘆著，自已卻從來沒有夢想過會到這樣的醫院去看病。沒有一個人是死在醫院裏的，他們認為寧肯早死多少年也不能不死在家裏。鄉間的出喪比迎娶還要令孩子們高興，因為出喪的目的地是山間，浩浩蕩蕩跟了去，就是一次熱熱鬧鬧的集體郊遊。這一帶的喪葬地都在上林湖四周的山坡上，送葬隊伍紙幡飄飄，哭聲悠揚，一轉入山岙全都鬆懈了，因為山岙裏沒有人家，紙幡和哭聲失去了視聽對象。山風一陣使大家變得安靜也變得輕鬆，剛剛還兩手直捧的紙幡已隨意地斜扛在肩上，滿山除了墳塋就是密密層層的楊梅樹，村民們很在行，才掃了兩眼便討論起今年楊梅的收成。

楊梅收穫的季節很短，超過一兩天它就會泛水、軟爛，沒法吃了。但它的成熟又來勢洶洶，利那間從漫山遍野一起湧出的果實都要快速處理掉，殊非易事。在運輸極不方便的當時，村民們唯一能做的事情就是放開肚子拚命吃。也送幾簍給親戚，但親戚都住得不遠，當地每座山都盛產楊梅，贈送也就變成了交換，家家戶戶屋檐下排列著附近不同山樑上採來的一筐筐楊梅，任何人都可以蹲在邊上慢慢吃上幾個時辰，咕咕噥噥地評述著今年各座山的脾性，那座山賭氣了，那座山在裝傻，就像評述著自己的孩子。孩子們到那裏去了？他們都上了山，爬在隨便那一棵楊梅樹上邊摘邊吃。鮮紅的果實碰也不會去碰，只挑那些紅得發黑但又依然硬紮的果實，往嘴裏一放，清甜微酸、挺韌可嚼，捫嘴啜足一口濃味便把梅核用力吐出，手上的一顆隨即又按唇而入。這些日子他們可以成天在山上逗留，楊梅飽人，家裏借此省去幾碗飯，家長也認爲是好事。只是傍晚回家時一件白布衫往往是果汁斑斑，暗紅淺絳，活像是從浴血拚殺的戰場上回來。母親並不責怪，也不收拾，這些天再洗也洗不掉，只待楊梅季節一過，漬跡自然消退，把衣服在河水裏輕輕一搓便什麼也看不見了。

孩子們爬在樹上摘食楊梅，時間長了，滿嘴會由酸甜變成麻澀。他們從樹上爬下來，腆著脹脹的肚子，呵著失去感覺的嘴唇，向湖邊走去，用湖水漱漱口，再在湖邊上玩一玩。上林湖的水很清，靠岸都是淺灘，楊梅收穫季節赤腳下水還覺得有點涼，但歡叫兩聲也就下去了。腳下有很多滑滑的硬片，彎腰撈起來一看，是瓷片和陶片，好像這兒打碎過很多器皿。一腳一腳趟過去，全是。那些瓷片和陶片經過湖水多年的蕩滌，邊角的碎口都不扎手了，細細打量，釉面鋥亮，厚薄勻整，弧度精巧，比平日在家打碎的粗瓷飯碗不知好到那裏去了。這究竟是怎麼回事？難道這裏曾安居過許多鐘鳴鼎食的豪富之家？但這兒沒有任何房宅的遺跡，周圍也沒有一條像樣的路，豪富人家的日子怎麼過？捧著碎片仰頭四顧，默默的山，呆呆的雲，誰也不會回答孩子們，孩子們用小手把碎片摩挲一遍，然後側腰低頭，把碎片向水面平甩過去，看它能跳幾下。這個遊戲叫做削水片，幾個孩子比賽開了，神祕的碎片在湖面上跳躍奔跑，平靜的上林湖犁開了條條波紋，不一會兒，波紋重歸平靜，碎瓷片、碎陶片和它們所連帶著的祕密全都沉入湖底。

我曾隱隱地感覺到，故鄉也許是一個曾經很成器的地方，它的「大器」不知碎於何時。碎得如此透徹，像轟然山崩，也像漸然家傾。爲了不使後代看到這種痕跡，所有碎片的殘夢都被湖水淹沒，只讓後代捧著幾個補過的粗瓷碗。盛著點兒白米飯梅乾菜木然度日。忽然覺得梅乾菜很有歷史文物的風味，不知被多少時日烘曬得由綠變褐、由嫩變乾，靠蜷曲枯萎來保存一點歲月的沉香。如果讓那些補碗的老漢也到湖邊來，孩子們撈起一堆堆精緻的碎瓷片碎陶片請他們補，他們會補出一個什麼樣的物件來？一定是碩大無朋又玲瓏剔透的吧？或許會嗡嗡作響或許會寂然無聲？補碗老漢們補完這一物件後必然又會被它所驚嚇，不得不躡手躡腳地重新把它推入湖底然後倉皇逃離。

我是一九五七年離開家鄉的，吃過了楊梅，拜別上林湖畔的祖墳，便來到了餘姚縣城，也來不及去瞻仰一下心儀已久的「養命醫院」，立即就上了去上海的火車。那年我正好十周歲，在火車窗口與送我的餘姚縣城的舅舅揮手告別，怯生生地開始了孤旅。我的小小的行李包中，有一瓶酒浸楊梅，一包梅乾菜，活脫脫一個最標準的餘姚人。一路上還一直在後悔，沒有在上林湖裏揀取幾塊碎瓷片隨身帶著，作爲紀念。

3

我到上海是爲了考中學。父親原本一個人在上海工作，我來了之後不久全家都遷移來了，從此回故鄉的必要性和可能性都已不大，故鄉的意義也隨之而越來越淡，有時，淡得幾乎看不見了。

擺脫故鄉的第一步是擺脫方言。餘姚雖然離上海不遠，但餘姚話和上海話差別極大，我相信一個純粹講餘姚話的人在上海街頭一定是步履維艱的。餘姚話與它的西鄰紹興話、東鄰寧波話也不一樣，記得當時在鄉下，從貨郎、小販那裏聽到幾句帶有紹興口音或寧波口音的話孩子們都笑彎了腰，一遍遍誇張地模仿和嘲笑著，嘲笑天底下怎麼還有這樣不會講話的人。村裏的老年人端然肅然地糾正著外鄉人的發音，過後還邊搖頭邊感嘆，說外鄉人就是笨。這種語言觀念自從我踏上火車就漸漸消解，因爲我驚訝地發現，那些非常和藹地與我交談的大人們聽我的話都很吃力，有時甚至要我在紙上寫下來他們才恍然大悟，哈哈大笑，笑聲中我講話的聲音越來越小，到後來甚至不願意與他們講話了。到了上海，幾乎無法用語言與四周溝通，成天鬱鬱寡歡，有一次大人把我帶到一個親戚家裏去，那是一個擁有鋼琴的富貴家庭，鋼琴邊坐著一個比我小三歲的男孩，照輩分我還該稱呼他表舅舅。我想同樣是孩子，又是親戚，該談得起來了吧，他見到我也很高興，友好地與我握手，但才說了幾句，我能聽懂他的上海話，他卻聽不懂我的餘姚話，彼此掃興，各玩各的了。最傷心的是我上中學的第一天，老師不知怎麼偏偏要我站起來回答問題，我紅著臉憋了好一會兒終於把滿口的餘姚話傾瀉而出，我相信當時一定把老師和全班同學都搞糊塗了，完全不知道我在說什麼。等我說完，憋住的是老師，他不知所措的眼光在厚厚的眼鏡片後一閃，終於轉化出和善的笑意，說了聲「很好，請坐。」這下輪到同學們發傻了，老師說了很好？他們以爲上了中學都該用這種奇怪的語言回答問題，全都慌了神。

幸虧當時十歲剛出頭的孩子們都非常老實，同學們一下課就與我玩，從不打聽我的語言淵源，我也就在玩耍中快速地學會了他們的口音，僅僅一個月後，當另外一位老師叫我站起來回答問題的時候，我說出來的已經是一口十分純正的上海話了。短短的語言障礙期跳躍得如此乾脆，以至我的初中同學直到今天還沒有一個人知道我是從餘姚趕到上海來與他們坐在一起的。

這件事現在回想起來仍感到十分驚訝，我竟然一個月就把上海話學地道了，而上海話又恰恰是特別難學的。上海話的難學不在於語言的複雜而在於上海人心態的怪異，廣東人能容忍外地人講極不標準的廣東話，北京人能容忍羼雜著各地方言的北京話，但上海人就不允許別人講不倫不類的上海話。有人試著講了，幾乎所有的上海人都會求他「幫幫忙」，別讓他們的耳朵受罪。這一幫不要緊，使得大批在上海生活了四十多年的「南下幹部」，至今不敢講一句上海話。我之所以能快速學會是因爲年紀小，對語言的敏感能力強而在自尊、自羞方面的敏感能力還比較弱，結果反而進入了一種輕鬆狀態，無拘無礙，一學就會。我從上海人自鳴得意的心理防範中一頭竄了過去，一下子也成了上海人。有時也想，上海人憑什麼在語言上自鳴得意呢？他們的前輩幾乎都是從外地闖蕩進來的，到了上海才漸漸甩掉四方鄉音，歸附上海話；而上海話又並不是這塊土地原本的語言，原本的語言是松江話、青浦話、浦東話，卻爲上海人所恥笑。上海話是一種類似於「人造蟹肉」之類的東西，卻能迫使各方來客擠掉本身的鮮活而進入它的盤碟。

一個人或一個家庭一旦進入上海就等於進入一個魔圈，要小心翼翼地洗刷掉任何一點非上海化的印痕，特別是自己已經學會的上海話中如果還帶著點兒鄉音的遺留，就會像逮蒼蠅、蚊子一樣努力把牠們清除乾淨。我剛到上海那會兒，街市間還能經常聽到一些年紀較大的人口中吐出的寧波口音或蘇北口音，但這種口音到了他們下一代基本上就不存在了，現在你已經無法從一個年輕的上海人的談吐中判斷他的原籍所在。與口音一樣，這些上海人與故鄉的聯繫也基本消解，但他們在填寫籍貫的時候又不可能把上海寫上去。於是上海人成了無根無基的一羣，不知自己從何而來，不知自己屬於那塊土地，既得意洋洋又可憐兮兮。由此倒羨慕起那些到老仍不改鄉音的前輩，他們活生生把一個故鄉掛在嘴邊，一張口，就告示出自己的生命定位。

我天天講上海話，後來隨著我生存空間的進一步擴大，則開始把普通話作爲交流的基本語言，餘姚話隱退得越來越遠，最後已經很難從我口中順暢吐出了。我終於成爲一個基本上不大會說餘姚話的人，只有在農曆五月楊梅上市季節，上海的水果攤把一切楊梅都標作餘姚楊梅在出售的時候我會稍稍停步，用內行的眼光打量一下楊梅的成色，腦海中浮現出上林湖的水光雲影。但一轉眼，我又匯入了街市間雨點般的腳步。

故鄉，就這樣被我丟失了。

故鄉，就這樣把我丟去了。

4

重新揀回故鄉是在上大學之後，但揀回來的全是碎片。我與故鄉做著一種捉迷藏的遊戲：好像是什麼也找不到了，突然又猛地一下直豎在眼前，正要伸手去抓卻空空如也，一轉身它又在某個角落出現……

進大學後不久就下鄉勞動，那年月下鄉勞動特別多，上一趟大學有一半多時間在鄉下。那鄉下當然不是我的故鄉。同樣的茅舍小河，同樣的草樹莊稼，我卻沒完沒了地在異鄉的泥土間勞作，那麼當初又爲什麼離鄉呢？正這麼想著，一位同樣是下鄉來勞動的書店經理站到了我身邊，他看著眼前的土地好一會兒不說話，終於輕輕問我：「你是那兒人？」

「餘姚。浙江餘姚。」我答道。

「王陽明的故鄉，了不得！」當年的書店經理有好些是讀了很多書的人，他好像被什麼東西點燃了，突然激動起來，「你知道嗎，日本有一位大將軍一輩子褲腰帶上掛著一塊牌，上面寫著『一生崇拜王陽明！』①連蔣介石都崇拜王陽明，到台灣後把草山改成陽明山！你家鄉現在大概只剩下一所陽明醫院了吧？」

我正在吃驚，一聽他說陽明醫院就更慌張了，「什麼？陽明醫院？那是紀念王陽明的？」原來我從小不斷從村民口中聽到的「養命醫院」竟然是這麼回事！

我顧不得書店經理了，一個人在田埂上呆立著，爲王陽明嘆息。他狠狠地爲故鄉爭了臉，但故鄉並不認識他，包括我在內。我，王陽明先生，比你晚生五百多年的同鄉學人，能不能開始認識你，代表故鄉、代表後代，來表達一點歉疚？

從此我就非常留心有關王陽明的各種資料。令人生氣的是，當時大陸幾乎所有的書籍文章只要一談及王陽明都採取否定的態度，理由是他在哲學上站在唯心主義的立場，在政治上站在農民起義的對立面，是雙料的反動。我不知道中國數千年歷

---

① 後從姚業鑫先生的大著《名邑餘姚》中得知，那是日本海軍大將東鄉平八郎，在隨身攜帶的一顆印章上刻著「一生低首拜陽明」七字。

史上有那一位眞正堪稱第一流的大學者是徹底的唯物主義者又堅定地站在農民起義一邊的，我只覺得有一種非學術的衞護本能從心底升起：怎麼能夠這樣欺侮我們餘姚人！得了他多少年的聲名還痛駡他，天底下那有這樣的道理？

我點點滴滴地搜集與他有關的一切，終於越來越明白，即使他不是餘姚人，我也會深深地敬佩他，而正因爲他是餘姚人，我由衷地爲他和故鄉驕傲。中國歷史上能文能武的人很多，但在兩方面都臻於極致的卻寥若晨星。三國時代曹操、諸葛亮都能打仗，文才也好，但在文化的綜合創建上畢竟未能俯視歷史；身爲文化大師而又善於領兵打仗的有誰呢？宋代的辛棄疾算得上一個，但總還不能說他是傑出的軍事家。好像一切都要等到王陽明的出現，才能讓奇蹟眞正產生。王陽明是無可置疑的軍事天才，爲了社會和朝廷的安定，他打過起義軍，也打過叛軍，打的都是大仗，從軍事上說都是獨具謀略、嫻於兵法、乾脆俐落的漂亮動作，也是當時全國最重要的軍事行爲。明世宗封他爲「新建伯」，就是表彰他的軍事貢獻。我有幸讀到過他在短兵相接的前線寫給父親的一封問安信，這封信，把連續的惡戰寫得輕鬆自如，把複雜的軍事謀略和政治謀略說得如同遊戲，把自己在瘴癘地區終於得病的大事更是毫不在意地一筆帶過，滿紙都是大將風度。《明史》說，整個明代，文臣用兵，沒有誰能與他比肩。這當然是不錯的，但他又不是一般的文臣，而是中國歷史上屈指可數的幾個最偉大的哲學家之一，因此他的特殊性就遠不止在明代了。我覺得文臣用兵眞正用到家的還有清代的曾國藩，曾國藩的學問也不錯，但與王陽明比顯然還差了一大截。王陽明一直被人們詬病的哲學在我看來是中華民族智能發展史上的一大成就，能夠有資格給予批評的人其實並不太多。請隨便聽一句：

你未看此花時，此花與汝同歸於寂；你來看此花時，則此花顏色一時明白起來……

這是多高超的悟性，多精緻的表達！我知道有不少聰明人會拿著花的「客觀性」來憤怒地反駁他，但那又是多麼笨拙的反駁啊。又如他提出的「致良知」的千古命題，對人本如此信賴，對教條如此輕視，甚至對某種人類共通規範的自然滋長抱有如此殷切的期盼，至少對我來說，只有恭敬研習的分。

王陽明奪目的光輝也使他受了不少難，他入過監獄、挨過廷杖、遭過貶謫、逃過暗算、受過冷落，但他還要治學講學、匡時濟世，因此決定他終生是個奔波九州的旅人，最後病死在江西南安的船上，只活了五十七歲。臨死時學生問他遺言，他說「此心光明，亦復何言！」

王陽明一生指揮的戰鬥正義與否，他的哲學觀點正確與否都可以討論，但誰也不能否定他是一個特別強健的人，我爲他驕傲首先就在於此。能不能碰上打仗是機遇問題，但作爲一個強健的人，卽便不在沙場也能在文化節操上堅韌得像個將軍。我在王陽明身上看到了一種楷模性的存在，但是爲了足以讓自己的生命安駐，還必須補充範例。翻了幾年史籍，發現在王陽明之後的中國文化史上最讓我動心的很少幾位大師中仍有兩位是餘姚人，他們就是黃宗羲和朱舜水。

黃宗羲和朱舜水都可稱爲滿腹經綸的血性漢子。生逢亂世，他們用自己的嶙峋傲骨支撐起了全社會的人格座標。因此亂世也就獲得了一種精神引渡。黃宗羲先生的事蹟我在以前的幾篇散文中已多次提到，可知佩服之深，今天還想說兩句。你看他十九歲那年在北京，爲報國仇家恨，手持一把鐵錐，見到魏忠賢餘孽就朝他們臉上直刺過去，一連刺傷八人，把整個京城都轟動了，這難道就是素稱儒雅的江南文士嗎？是的，是江南餘姚文士！渾身剛烈，足以讓齊魯英雄、燕趙壯士也為之一震。在改朝換代之際，他又敢於召集義軍、結寨為營，失敗後立即投身學術，很快以歷史學泰斗和百科全書式的文化巨人的形象巍然挺立。朱舜水也差不多，在刀兵行伍間奔走呼喚多年而未果之後，毅然以高齡亡命海外，把中國文化最深致和最感性的部分完整地向日本弘揚，以連續二十餘年的努力創造了中日文化交流史、亞洲文化發展史上的宏大業績。白髮蒼蒼的他一次次站在日本的海邊向西遠望，泣不成聲，他至死都在想念著家鄉餘姚，而虔誠崇拜他的日本人民卻把他的遺骨和墳墓永久性地挽留住了。

梁啓超在論及明清學術界王陽明、朱舜水、黃宗羲家族和邵晉涵家族時，不能不對餘姚欽佩不已了。他說：

> 餘姚以區區一邑，而自明中葉迄清中葉二百年間，碩儒輩出，學風沾被全國以及海東。陽明千古大師，無論矣；朱舜水以孤忠羈客，開日本德川氏三百

年太平之局，而黃氏自忠端以風節歷世，梨洲、晦木、主一兄弟父子②，為明清學術承先啓後之重心；邵氏自魯公、念魯公以迄二雲③，間世崛起，綿綿不絕。……生斯邦者，聞其風，汲其流，得其一緒則足以卓然自樹立。

梁啓超是廣東新會人，他從整個中國文化的版圖上來如此激情洋溢地褒揚餘姚，並沒有同鄉自誇的嫌疑。我也算是梁啓超所說的「生斯邦者」吧，雖說未曾卓然自立卻也曾經是「聞其風，汲其流」的，不禁自問，那究竟是一種什麼「風」、什麼「流」呢？我想那是一種神祕的人格傳遞，而這種傳遞又不是直接的，而是融入到了故鄉的山水大地、風土人情，無形而悠長。這使我想起范仲淹的名句：

雲山蒼蒼，江水泱泱，先生之風，山高水長。

② 忠端即黃宗羲父黃尊素，梨洲即黃宗羲，晦木即黃宗炎，主一即黃百家。
③ 魯公即邵曾可，念魯公即邵廷采，二雲即邵晉涵。

寫下這十六個字後我不禁笑了，因爲范仲淹的這幾句話是在評述漢代名士嚴子陵時說的，而嚴子陵又是餘姚人。對不起，讓他出場實在不是我故意的安排。

由此，我覺得眞正找到了自己的故鄉。

5

我發現故鄉也在追蹤和包圍我，有時還會達到很有趣的地步。

最簡單的例子是我進上海戲劇學院讀書後，發現當時全院學術威望最高的朱端鈞教授和顧仲彝教授都是餘姚人，這是怎麼搞的，我不是告別餘姚了嗎，好不容易進了大學又一頭撞在餘姚人的手下。

近幾年怪事更多了。有一次我參加上海市的一個教授評審組，好幾個來自各大學的評審委員坐在一起發覺彼此鄉音靠近，三言兩語便認了同鄉，然後都轉過頭來詢問沒帶多少鄉音的我是那兒人，我的回答使他們懷疑我是冒充同鄉來湊趣，直到我幾乎要對天發誓他們才相信。這時正好走進來新任評審委員的復旦大學王水照教授，大家連忙問他，王教授十分文靜地回答：「餘姚人。」

就在這次評審回家，母親愉快地告訴我，有一個她不認識的鄉下朋友來過電話，用地道的餘姚話與她交談了很久。問了半天我才弄明白，那是名揚國際的英語語言學家陸谷孫教授，我原先以爲他似乎理所當然應該是英國籍的世界公民。

前兩年我對舊上海世俗社會的心理結構產生了興趣，在研究中左挑右篩，選中了「海上聞人」黃金榮和「大世界」的創辦者黃楚九作爲重點剖析對象，還曾戲稱爲「二黃之學」。但研究剛開始遇到二黃的籍貫我不禁頹然廢筆，傻坐良久。二黃並沒有給故鄉增添多少美譽，這兩位同鄉在上海一度發揮的奇異威力使我對故鄉的內涵有了另一方面的判斷。

故鄉也有很丟人的時候。「文化大革命」時期把嚴子陵、王陽明、黃宗羲、朱舜水的紀念碑亭全部砸爛，這雖然痛心卻也可以想像，因爲當時整個中國大陸沒有一個地方不是這樣做的，但餘姚發生的武鬥之慘烈和長久，則是出乎想像之外的。餘姚人打殺餘姚人，打到長長的鐵路線獨獨因餘姚而癱瘓在那裏，上海的街頭貼滿了武鬥雙方的宣言書，實在丟人現眼，讓一切在外的餘姚人都抬不起頭來。難道黃宗羲、朱舜水的剛烈之風已經演變成這個樣子了？王陽明呼喚的良知已經纖毫無存？在那些人心惶惶的夜晚，我在上海街頭尋找著那些宣言書，既怕看又想看。昏黃的燈光照著血腥的詞句，就文詞而言，也許應該說是當時全國各地同類宣言書中寫得最酣暢漂亮的，但這使我更加難過，就像聽到用華麗的男中音罵出了一串髒話，而這個男中音又恰恰是從我家舊門庭傳出，如何消受得住。如果前後左右沒有人看見，我會從牆上撕下這些宣言書，扯成最細的紙丁，塞進陰溝，然後做賊般逃走。

我怕有人看見，卻又希望故鄉能在冥冥中看到我的這些舉動。我懷疑它看到了，我甚至能感覺到它蒼老的顫抖。它多麼不願意掏出最後的老底來爲自己正名，苦苦憋了幾年，終於忍不住，就在武鬥現場附近，一九七三年，祖露出一個震驚世界的河姆渡！祖露在不再有嚴子陵、王陽明、黃宗羲、朱舜水任何遺跡的土地上，祖露在一種無以言表的荒涼之中。要不然，有幾位大師在前面光彩著，河姆渡再晚個千把年展示出來也是不慌的。

河姆渡著實又使家鄉風光頓生。一個整整七千年的文化遺址，而人們平日說起華夏歷史總是五千年。河姆渡雄辯地證明，長江流域並不長久是茹毛飲血的南蠻之地而愧對黃河文明，恰恰相反，這兒也是中華民族的溫暖故鄉。當自己的故鄉突然變成了全民族的故鄉，這種心理滋味是很複雜的，既有榮耀感又有失落感。總算是一件不同凡響的好事吧，從七十年代開始，中國的一切歷史教科書的前面幾頁都有了餘姚河姆渡這個名稱。

後來，幾位大師逐一恢復名譽，與河姆渡遙相呼應，故鄉的文化分量就顯得有點超重。記得前年我與表演藝術家張瑞芳和畫家程十髮一起到日本去，在東京新大谷飯店的一個宴會廳裏，與一羣日本的漢學家坐在一起閒聊，不知怎麼說起了我的籍貫，好幾個日本朋友誇張地瞪起了眼，嘴裏發出「嗬——嗬——」的感嘆聲，像是在倒吸冷氣。他們雖然不太熟悉嚴子陵和黃宗羲，卻大談王陽明和朱舜水，最後又談到了河姆渡，倒吸冷氣的聲音始終不斷。他們一再把手按在我的手背上要我確信，我的家鄉是神土，是福地。

同桌只有兩位陶藝專家平靜地安坐著，人們向我解釋，他們來參加宴會是因爲過幾天也要去中國大陸考察古代陶瓷。我想中止一下倒吸冷氣的聲音，便把臉轉向他們，隨口問他們將會去中國什麼地方，他們的回答譯員翻不出來，只能請他們寫，寫在紙條上的字居然是「慈溪——上林湖」！

我無法說明慈溪也是我的家鄉，因為這會使剛才還在為餘姚喝采的日本朋友疑惑不解，但我實在壓抑不住內心的激動，告訴兩位陶藝專家：「上林湖，是我小時候三天兩頭去玩水的地方。」兩位陶藝專家驚訝地看了我一眼，從口袋裏取出一疊照片，上面照的全是陶瓷的碎片。

——一點不錯，這正是我當年與小朋友一起從湖底摸起，讓它們在湖面上跳躍奔跑的那些碎片！

兩位陶藝專家告訴我，據他們所知，上林湖就是名垂史册的越窰所在地，從東漢直至唐、宋，那裏曾分布過一百多個窰場，既有官窰又有民窰，國際陶瓷學術界已經稱上林湖為舉世罕見的露天青瓷博物館。我專注而又失神地聽著，連點頭也忘了。竟然是這樣！一個從小留在心底的謎，輕輕地解開於異國他鄉。謎底的輝煌，超過我曾經作過的最大膽的想像。想想從東漢到唐、宋這段漫長的風華年月吧，曹操、唐明皇、武則天的盤盞，王羲之、陶淵明、李白的酒杯，都有可能燒成於上林湖邊。家鄉細潔的泥土、家鄉清澈的湖水、家鄉熱烈的炭火，曾經鑄就過無數哺育民族生命的美麗載體，天天送到那些或是開朗、或是苦澀的嘴邊。這便是我從小就想尋找的屬於故鄉的「大器」嗎？我難道已經如此迅速地在一家遙遠的外國旅館裏把它修復了嗎？我不知道今天上林湖邊，村民們是否還在用易碎的粗瓷飯碗，不知道今天上林湖底，是否還沉積著那麼多碎片，聽這兩位日本陶藝專家說，這些碎片現今在國際市場上的標價極其昂貴。

6

從日本回來後，我一直期待著一次故鄉之行，對於一個好不容易修補起來了的家鄉，我不應該繼續躲避。正好餘姚市政府聘請我擔任文化顧問，我就在今年秋天回去了一次。一直好心陪著我的餘姚鄉土文化的研究者姚業鑫先生執意要我在進餘姚城之前先去看看河姆渡博物館，博物館館長邵九華先生為了等我，前一夜沒有回家，在館中過夜。兩位學者用餘姚話給我詳細介紹了河姆渡的出土文物，那一些是足夠寫幾篇大文章的，留待以後吧；我在參觀中最驚訝的發現是，這兒，七千年前，人們已經有木構建築、已經在摘食楊梅、已經在種植稻穀、已經在燒製炊具，甚至在陶甑所盛的香噴噴白米飯上已經有可能也蓋著一層梅乾菜！有的學者根據一個陶碗上所刻的馴良的野豬圖形，判斷當時的河姆渡人不僅燒食豬肉，而且極有可能正是由梅乾菜燒成。難道故鄉的生態模式，早在七千年前就已經大致形成？如此說來，七千年過得何其迅速又何其緩慢。

我在河姆渡遺址上慢慢地徘徊，在這塊小小的空間裏，漫長的時間壓縮在一起，把洋洋灑灑永遠說不完道不盡的歷史故事壓縮在泥土層的尺寸之間。我想，文明的人類總是熱衷於考古，就是想把壓縮在泥土裏的歷史爬剔出來，舒展開來，窺探自己先輩的種種眞相。那麼，考古也就是回鄉，也就是探家。探視地面上的家鄉往往會有歲月的唏噓、難言的失落，使無數遊子欲往而退；探視地底下的家鄉就沒有那麼多心理障礙了，整個兒洋溢著歷史的詩情、想像的愉悅。我把這個意思說給了陪著我的兩位專家聽，他們點頭，但轉而又說，探視地底下的家鄉也不輕鬆。

我終於約略明白了他們的意思。就在我們腳下，當一批批七千年前的陶器、木器、骨器大量出土引起人們對河姆渡的先人熱烈歡呼的時候，考古學者在陶釜和陶罐裏發現了煮食人肉的證據，而且，煮食的是嬰兒，多麼不希望是這樣，他們鄭重地請來了著名古人類學家賈蘭坡教授，老教授親自鑑定後作出了確證無疑的結論。此外，又挖掘出了很多無頭的骨架，證明這裏盛行過可以稱爲「獵首」的殺人祭奠儀式。當然這一切絕不僅僅發現在河姆渡遺址中，但這兒的發現畢竟說明，使故鄉名聲大震的悠久文化中包含著大量無法掩飾的蒙昧和野蠻。

可以爲祖先諱，可以爲故鄉諱，但諱來諱去只是一種虛假的安慰。遠古的祖先在地底下大聲咆哮，兒孫們，讓我眞實，讓我自在，千萬別爲我妝扮！於是，遠年的榮耀負載出遠年的惡濁，精美的陶器貯存著怵目的殘忍。我站在這塊土地上離祖先如此逼近，似乎伸手便能攙扶他們，但我又立即跳開了，帶著恐懼和陌生。

美國人類學家摩爾根指出，蒙昧——野蠻——文明這三個段落，是人類文化和社會發展的普遍階梯。文明是對蒙昧和野蠻的擺脫，人類發展的大過程如此，每個歷史階段的小過程也是如此。王陽明他們的產生，也同樣是爲了擺脫蒙昧和野蠻吧，擺脫種種變相的食人和獵首。直到今天，我們大概還躱不開與蒙昧和野蠻的周旋，因此文明永遠顯得如此珍貴。蒙昧和野蠻並不是一回事，蒙昧往往有樸實的外表，野蠻常常有勇敢的假相，從歷史眼光來看，野蠻是人們逃開蒙昧的必由階段，相對於蒙昧是一種進步；但是，野蠻又絕不願意就範於文明，它會回過身去與蒙昧結盟，一起來對抗文明。結果，一切文明都會遇到兩種對手的圍攻：外表樸實的對手和外表勇敢的對手，前者是無知到無可理喻，後者是強蠻到無可理喻。更麻煩的是，這些對手很可能與已有的文明成果混成一體，甚至還會悄悄地潛入人們的心底，使我們在尋找它們的時候常常尋找到自己的父輩，自己的故鄉，自己的歷史。

我們的故鄉，不管是空間上的故鄉還是時間上的故鄉，究竟是屬於蒙昧、屬於野蠻，還是屬於文明？我們究竟是從何處出發，走向何處？我想，即便是家鄉的陶瓷器皿也能證明：文明有可能盛載過野蠻，有可能掩埋於蒙昧；文明易碎，文明的碎片有可能被修補，有可能無法修補，然而即便是無法修補的碎片，也會保存著高貴的光彩，永久地讓人想像。能這樣，也就夠了。

告別河姆渡遺址後，幾乎沒有耽擱，便去餘姚市中心的龍泉山拜謁重新修復的四位先賢的碑亭。一路上我在想，區區如我，畢生能做的，至多也是一枚帶有某種文明光澤的碎片罷了，沒有資格躋身某個遺址等待挖掘，沒有資格裝點某種碑亭承受供奉，只是在與蒙昧與野蠻的搏鬥中碎得於心無愧。無法躲藏於家鄉的湖底，無法奔跑於家鄉的湖面，那就陳之於異鄉的街市吧，即便被人踢來踢去，也能鏗然有聲。偶爾有那個路人注意到這種聲音了，那就順便讓他看看一小片潔白和明亮。

7

第二天我就回上海了。出生的村莊這次沒有去，只在餘姚城裏見了一位遠房親戚：比我小三歲的表舅舅。記得嗎？當年我初到上海時在鋼琴邊與我握手的小男孩，終於由於語言不通而玩不起來；後來「文化大革命」中陰錯陽差他到餘姚來工作了，這次相見我們的語言恰好倒轉，我只能說上海話而他則滿口鄉音。倒轉，如此輕易。

我就算這樣回了一次故鄉？不知怎麼，疑惑反而加重了：遠古滄桑、百世英才，但它屬於我嗎？我屬於它嗎？身邊多了一部《餘姚志》，隨手翻開姓氏一欄，發覺我們余姓在餘姚人數不多。也查過姓氏淵源，知道余姓是秦代名臣由余氏的後裔，唐代之後世居安徽歙州，後由安徽繁衍到江西南昌。歷史上姓余的名人很少，勉強稱得上第一個的，大概是宋代天聖年間的官僚余靖，但他是廣東人。後來又從福建和湖北走出過幾個稍稍有點名氣的姓余的人。我的祖先，是什麼時候漂泊到浙江餘姚的呢？我口口聲聲說故鄉、故鄉，究竟該從什麼時候說起呢？河姆渡、嚴子陵時代的餘姚，越窰鼎盛時期的上林湖，肯定與我無關，我眞正的故鄉在那兒呢？

正這麼傻想著，列車員站到了我眼前，說我現在坐的是軟蓆，乘坐需要有級別，請我出示級別證明。我沒有這種證明，只好出示身分證，列車員說這沒用，爲了保護軟蓆車廂旅客的安全，請我到硬蓆車廂去。車廂裏大大小小持有「經理」證明或名片的旅客和他們的家屬開始用提防的眼光注視我，我趕緊抱起行李低頭逃離，可是我車票上的座位號碼本不在硬蓆車廂，怎麼可能在那裏找到座位呢？只好站在兩節車廂的接口處，把行李放在腳邊。我突然回想起三十多年前第一次離開餘姚到上海去時坐火車的情景，也是這條路，也是這個人，但那時是有座位的，行李裏裝著酒浸楊梅和梅乾菜，嘴上咕噥著餘姚話；今天，座位沒有了，身分模糊了，鄉音丟失了，行李裏也沒有土產了，哐啷哐啷地又在這條路上走一趟。

從一個沒有自己家的家鄉，到一個有自己家的異鄉，離別家鄉恰恰是爲了回家，我的人生旅行，怎麼會變得如此怪誕？

火車外面，陸游、徐渭的家鄉過去了，魯迅、周作人的家鄉過去了，郁達夫、茅盾的家鄉過去了，豐子愷、徐志摩的家鄉過去了……

他們中有好多人，最終都沒有回來。有幾個，走得很遠，死得很慘。

其中有一個曾經瀟脫地吟道：

悄悄的我走了，
正如我悄悄的來；
我揮一揮衣袖，
不帶走一片雲彩。

車窗外的雲彩暗了，時已薄暮，又想起了崔顥的詩句。淅淅瀝瀝，好像下起雨來了。

天涯故事

1

幾年前讀到過一篇外國小說，作家的國別和名字已經忘記，但基本情節還有印象。一對親親熱熱的夫妻，約了一位朋友到山間去野營狩獵，一路上丈夫哼著曲子在開車，妻子和朋友坐在後座。但突然，丈夫嘴上的曲子戛然而止，因爲他在反光鏡中瞥見妻子的手和朋友的手悄悄地握在一起。丈夫眩暈了，怒火中燒又不便發作，車子開得搖晃不定，恨不得出一次車禍三人同歸於盡。好不容易到了野營地，丈夫一聲不吭騎上一匹馬獨個兒去狩獵了，他發瘋般地縱馬狂奔，滿心都是對妻子和朋友的痛恨。他發現了一頭鹿，覺得那就是讓他排遣痛恨的對象，那就是自己不忠誠的妻子的借體，便握繮狠追，一再舉槍瞄準，那頭鹿當然拚命奔逃。不知道追了多遠，跑了多久，只知道耳邊生風、羣山急退，直到暮色蒼茫。突然那頭鹿停步了，站在一處向他回過頭來，他非常驚訝，抬頭一看，這兒是山地的盡頭，前面是深不可測的懸崖。鹿的目光，清澈而美麗，無奈而淒涼。他木然地放下獵槍，頹然回繮，早已認不得歸去的路了，只能讓馬馱著一步步往前走。仍然不知走了多久，忽然隱隱聽到遠處一個女人呼喊自己名字的聲音，走近前去，在朦朧月光下，妻子臉色蒼白，她的目光，清澈而美麗，無奈而淒涼。

我約略記得，這篇小說在寫法上最讓人注目的是心理動態和奔馳動態的漂亮融合，但對我來說，揮之不去的是那頭鹿面臨絕境時猛然回首的眼神。

這種眼神對全人類都具有震撼力，一個重要證據是中國居然也有一個相似的民間故事。故事發生在海南島，一個年輕的獵手也在追趕著一頭鹿，這頭鹿不斷向南奔逃，最後同樣在山崖邊突然停住，前面是一望無際的大海，牠回過頭來面對獵手，雙眼閃耀出渴求生命的光采。獵手被這種光采鎮住，剎那間兩相溝通，這頭鹿變成一位少女與他成婚。這個故事的結尾當然落入了中國式的套數，但落入套數之前的那個眼神，仍然十分動人。

兩個故事的成立有一個根本的前提，那就是必須發生在前面已經完全沒有路可走的地方。如果還有路可走，那回首的目光就成了一種半途而廢的求和，味道不大對了。只有在天涯海角、絕壁死谷，生命被逼到了最後的邊界，一切才變得深刻。

進入這種境地，可能是被人追逼的，可能是不小心自己闖入的，也可能是有意去尋找什麼的；一旦進入，可能倉皇逃離，可能不再回返，可能由獸變人，可能由人變獸，可能煥發哲思，可能逆轉情感，可能蔑視尋常，也可能渴求尋常，總之，全都升騰得不同一般。上面所說的兩個故事都是以戀情爲構架的，如果把這種構架拆除，天涯海角、絕壁死谷的深刻性可能更加顯然。

海明威在他的《乞力馬扎羅的雪》一開頭寫道：

乞力馬扎羅是一座海拔一萬九千七百一十英尺高的長年積雪的高山，據說它是非洲最高的一座山。西高峯叫馬塞人的「鄂阿奇鄂阿伊」，卽上帝的廟殿。在西高峯的近旁，有一具已經風乾凍僵的豹子的屍體。豹子到這樣高寒的地方來尋找什麼，沒有人作過解釋。

這頭豹子，就比那兩頭鹿莊嚴。

我們海南島那頭鹿的厲害之處，在於牠從傳說跳進了地理：島的南端，眞有一個山崖叫「鹿回頭」，山崖前方，眞叫「天涯海角」，再前方，便是茫茫大海。人們知道，儘管海南島的南方海域中還有一些零星小島，就整塊陸地而言那兒正恰是中華大地的南端，於是，那兒也便成了中華民族眞正的天涯海角。既然如此，那頭鹿的回頭也就回得非同小可了。中國的帝王面南而坐，中國的民居朝南而築，中國發明的指南針永遠神奇地指向南方，中國大地上無數石獅、鐵牛、銅馬、陶俑也都面對南方站立著或匍匐著，這種種目光穿過羣山、越過江湖，全都迷迷茫茫地探詢著碧天南海，探詢著一種宏大的社會心理走向的終點，一種延綿千年的爭鬥和嚮往的極限，而那頭美麗的鹿一回頭，就把這所有的目光都兜住了。這一來，牠比海明威的豹子更莊嚴了。

這些年，海南島成了一個熱鬧的去處，我的許多朋友和學生經常從那裏打電話來報告各種消息，他們興高采烈地在那裏創業和冒險，我自己也已去過不止一次。與大陸相比，即便是與大陸的沿海開放區域相比，那兒的生活也是奇特而新鮮的。在「鹿回頭」的巨大塑像下，在「天涯海角」的石刻前，在通什的山寨中，在椰林夾道的環島公路上，我一直在想，這究竟是一個什麼樣的島嶼呢？它對於隔海相望的大陸有什麼獨特的意義？一切踏上了它的土地而又自稱爲「闖海者」的大陸人，是否能夠眞正領悟它？前不久讀到海外作家陳若曦寫海南島的一篇文章，一種小心翼翼的愛惜之情令人感動。至今沒有找到過一部完整、系統地記述海南島歷史的著作，據說有一個日本人寫過一本，也還未曾讀到。不管怎麼說，大家對海南的歷史都知之甚少，這是無法掩蓋的事實。不太認識它而又偏偏讓它來承擔現代的重任，我覺得對它是不公正的。這些年我在對中原大地上各個地域文化逐一進行探測的時候，總會隱隱感到一種從天涯海角向中原大地回首的遙遠目光。我開始關注它，在歷史資料中爬剔點點滴滴有關它的遠年信號。今天，我覺得已經有可能來粗略地談談它的故事了。

2

海南島很早就有人住，這些人很早就與大陸有過往來，往來過程中有過友情也有過怨仇，這些都是沒有問題的。在漫長的時期中，不管是海南島還是南粵基本上都處於荒昧狀態，荒昧中為數不多的先民保持著一種我們今天很難猜度的原始生態。戰國時的《尚書・禹貢》和《呂氏春秋》中所劃定的九州中最南的兩州是揚州和荆州，可見海南還遠遠處於文明的邊界之外。戰國顧名思義是政治家和軍事家特別繁忙的年代，而在海南島，只聽到一個個熟透的椰子從樹上靜靜地掉下來，啪嗟、啪嗟，掉了幾千年。椰樹邊，海濤日夜翻捲，藤葛垂垂飄拂。

看起來，大陸人比較認眞地從行政眼光打量這座島嶼是在漢代。打量者是兩個都被稱之爲「伏波將軍」的南征軍官，西漢時的路博德和東漢時的馬援。他們先後在南中國的大地上左右馳騁、開疆拓土，順便也把這個孤懸於萬頃碧波之外的海島粗粗地光顧了一下，然後設了珠崖、儋耳兩郡，納入中華版圖。但是這種納入實在是很潦草的，土著的俚族與外來的官吏士兵怎麼也合不來，一次次地爆發尖銳的衝突，連那些原先自然遷來的大陸移民也成了土著轟逐的對象。有很長一段時間，所有的外來人不得不統統撤離，擠上木船渡海回大陸，讓海南島依然處於一種自在狀態。當然過後又會有軍人前去征服，但要在那裏安安靜靜地待下去幾乎是不可能的。幾番出入進退，海南島成了一個讓人害怕的地方。害怕的原因又不能說是對付不了本地人反抗，這會引起統治者的氣惱：我聖朝雄威、堅兵重甲，還能被這些土人抵擋住？因此將軍們只能說是水土不服，地氣有毒，容易染病，兵士們去了回不來。

前些日子爲找海南的資料隨手翻閱二十五史，在《三國志》中讀到一段材料，說赤烏年間東吳統治者孫權一再南征海南島，羣臣一致擁護，惟獨有一位叫全琮的浙江人竭力反對。他說：

> 聖朝之威，何向而不克？然殊方異域，隔絕障海，水土氣毒，自古有之。

兵入民出，必生疾病，轉相汚染，往者懼不能返，所獲何可多？

（上海古籍出版社、上海書店一九八六年版《二十五史》第二册，《三國志》第一六八頁）

孫權沒有聽他的，意氣昂昂地派兵向海南進軍了。結果是，如此遙遠的路途，走了一年多，士兵死亡百分之八、九十。孫權後悔了，又與全琮談及此事，稱讚全琮的先見之明，全琮說，當時羣臣中有不少人也是明白的，但他們不提反對意見，我認爲是不忠。

三國是一個英雄的時代，而英雄也未能眞正征服海南。那麼，海南究竟要等待一個什麼樣的人物呢？

完全出乎人們意料，在孫權南征的三百多年之後，一個出生在今天廣東陽江的姓冼的女子，以自己的人格魅力幾乎是永久地安頓了海南。公元五二七年，亦即特別關心中華版圖的地理學家酈道元去世的那一年，這位姓冼的女子嫁給了高涼太守馮寶，便開始有力地輔佐丈夫管理起中華版圖南端傍海的很大一塊地面，海南島也包括在內。丈夫馮寶因病去世，中原地區頻繁的戰火也造成南粤的大亂，這位已屆中年的女子只得自己跨上了馬背。爲了安定，爲了民生，爲了民族間的和睦，她幾十年一直指揮若定，威柔並施。終於，她成了南粤和海南島很大一部分地區最有聲望的統治者，「冼夫人」的稱呼在椰林海灘間響亮地翻捲。直到隋文帝統一中國，冼夫人以近似於「女酋長」的身分率領屬下各州縣歸附，迎接中央政權派來的官員，消滅當地的叛反勢力，使嶺南與中原眞正建立了空前的親和關係。

冼夫人是個高壽的女人，如果說結婚是她從政的開始，那麼到她去世，她從政長達七十餘年。從中原文化的座標去看，那是一個劉勰寫《文心雕龍》、顏之推寫《顏氏家訓》的時代；而他們的南方，一個女人，正威鎮海天。她不時回首中原，從盈盈秋波到朦朧慈目，始終是那樣和善。中原人士從「隔絕障海」、「水土氣毒」的方向看到這種目光很是驚訝和慌亂，此間情景正有點像那個追鹿的青年。

那麼，收起弓箭，勒住馬繮，也報以最溫暖的笑容吧。隋朝政府先册封她爲宋康郡夫人，後又册封她爲譙國夫人，她去世後，又追謚爲誠敬夫人。沒有什麼資料可以讓我們知道冼夫人年輕時的容貌和風采，但她的魅力似乎是不容懷疑的。直到一千多年後的今天，瓊州海峽兩岸還有幾百座冼夫人廟，每年都有紀念活動，自願參與者動輒數十萬，令人吃驚。我的學生文新國畢業後在廣東工作，被一個女性保持著千餘年的巨大魅力所震撼，花費整整十年時間研究冼夫人，寫出了一系列成功的文學作品。在他筆下，冼夫人是現今黎族的先輩俚人，而她的丈夫馮寶則是漢人。這使我突然想起，在我國衆多的少數民族中，長相特別美麗的民族有好幾個，而黎族則是其中之一。黎族姑娘的美首先是眼睛，大海的開闊深沉、熱帶的熾烈多情全都躲藏在睫毛長長的忽閃間。冼夫人把這種眼神投注給了中華歷史，這在中華歷史中顯得既罕見又俏皮。

一種在依然荒昧、原始背景下的女性化存在——這便是盛唐之前便已確立的海南島形象。此後，中國將在無窮無盡的民族紛爭中走過千百年血腥殘殺的路程，但在海南島卻大體平靜。

3

由唐至宋，中國的人文版圖漸漸發生了變化，越來越多的文明因子向南傾注。

海南島，是這種整體變化的終極性領受者。

本來中國自殷商以來一直以黃河中下游的中原地區爲經濟、政治中心，但是，因重要而產生爭奪，因爭奪而產生戰亂，因戰亂而產生流離，每次中原的戰亂總引起百姓的紛紛南逃。晉永嘉年間曾發生過因戰亂而有數十萬北方士女南遷的典故，這典故在唐宋年間越演越烈。詩人李白曾多次看到北方人因社會大亂而像永嘉年間那樣奪命南奔的景象，寫詩道：「三川北虜亂如麻，四海南奔似永嘉」。除了大規模的南奔之外，在政治傾軋中失敗的勢力常常被貶謫到嶺南，某些有隱潛思想的仕人則通過多方選擇把這裏看作安全地帶。

歐陽修編撰的《新五代史》卷六十五中有一篇傳記寫一位叫劉隱的嶺南軍官如何保護由於種種原因而南下的「中朝人士」的，其中提到當時的整體背景：

是時天下已亂，中朝人士以嶺外最遠，可以闢地，多遊焉；唐世名臣謫死南方者往往有子孫，或當時仕宦遺亂不得還者，皆客嶺表。

（上海古籍出版社、上海書店一九八六年版《二十五史》第六册，《新五代史》第八七頁）

這裏「唐世名臣謫死南方者往往有子孫」一句，可以李德裕爲證。李德裕是唐朝名相李吉甫的兒子，自己也做過宰相，在宦海風波中數度當政，最後被政敵貶到海南島崖州（卽今瓊山縣），才一年就去世了。這麼一個高官的流放，勢必是拖家帶口的，因此李德裕的子孫就在海南島代代繁衍，據說，今天島上樂東縣大安鄉南仇村的李姓，基本上都是他的後裔。在島上住了一千多年，當然已經成了再地道不過的海南人，這些生息於椰林下的普通村民不知道，他們家族在海南的傳代系列是在一種強烈的異鄉感中開始的。

在交通工具十分落後的古代，水急浪高的瓊州海峽所造成的心理障礙幾乎難以逾越。當時朝廷的當權者也因爲這個海峽的存在而把流放海南看作是最嚴厲，也是最後的一個流放等級，離滿門抄斬只有幾步之遙了。像李德裕這樣被流放到這兒還保留著濃重的「帝京意識」的人，痛苦自然就更大。從留下的詩作看，他也注意到了海南島的桄榔、椰葉、紅槿花，但這一切反都引發起他對故鄉風物的思念，結果全成了刺心的由頭，什麼美感也談不上了。他沒有想到，這種生態環境遠比他時時關切著的政治環境重要，當他的敵人和朋友全都煙消雲散之後，他的後代卻要在這種生態環境中永久性地生活下去。他竟然沒有擦去淚花多看一眼，永遠的桄榔、椰葉、紅槿花。

海南島人民把他和其他貶謫海南的四位官員通稱爲「五公」進行紀念，認認眞眞造了廟，端端正正塑了像，一代又一代。「五公」中的其他四位都產生在宋代，都是爲主張抗金而流放海南的，而且都是宰相、副宰相的級別。一時間海南來了那麼些宰相，煞是有趣。主張求和的當權者似乎想對這些慷慨激昂的政敵開個小玩笑：你們怎麼老是盯著北方疆土做文章，沒完沒了地唸叨著抗金、抗金？那就抗去吧——一下被扔到了最南面。

但這些人不管誰來了都是島上大事，都應該說幾句。

先說李綱。宋高宗時做宰相，後來宋高宗自己改變了主意，也就把他流放到海南萬安（今萬寧）來了。一一二八年十一月李綱和兒子渡海到瓊州，向人打聽萬安的去處，人家說，萬安離這裏還有五百里路程，僻陋之地，去了根本找不到生活用品。走山路過去難免遭到搶劫，一般人總是先到文昌搭海船過去，如果運氣好遇到順風，三天可以到達那裏。李綱一聽，大吃一驚，已經到了瓊州竟然還有那麼多艱難的路程要走！他搖搖頭長嘆一聲，先找一個地方住下來準備上路，沒想到才三天，大陸方面來人急急通報，他已經被赦免了。那是求之不得的大喜事。涕淚交加地高興了好幾天，選了一個吉日，於十二月十六日渡海回去，在海南島共逗留了二十來天，像一次短期旅遊。短期就短期吧，海南島依然認帳，認認真真地算你來過了，而且算你帶著冤屈帶著氣節來過了，供奉在廟堂裏永久地紀念下去。

再說趙鼎。也在宋高宗時兩度擔任宰相，因主張抗金與秦檜鬧翻，貶謫海南島吉陽軍（今崖城）。他是一一四五年上島的，門人故吏不敢再與他通信往來而秦檜卻時時隔海關注著他，他又一直在疾病和飢餓中掙扎。上島第三年他托人渡海帶話給兒子：「秦檜不會放過我，我如果死了，你們也沒事了，我如果不死，你們卻會麻煩。」於是絕食而死，死前為自己手書了出喪銘旌，文為：

身騎箕尾歸天上，

氣作山河壯本朝。

與趙鼎同案的是曾任副宰相的李光和曾任樞密院編修官的胡銓，他們也在差不多的時候被流放到海南島。李光與趙鼎有過詩作上的唱和，胡銓來時趙鼎剛剛絕食自盡。李光和胡銓在海南島住的時間很長，直到一一五六年秦檜死後才返回大陸。這樣，他們就有可能平心靜氣地來體驗海南島了。尤其是李光，他在海南島居留十餘年直至八十多歲，他的案子曾禍及五十餘家，跟隨自己一起來海南島的長子又死在自己前面，自己的案情由於不斷被人告發而一再升級，實在也是夠慘的，但他的心態越來越強健，原因是他與海南島產生了認同，可以有滋有味地享受四周的自然風物了。生活十分艱苦，但只要聽說市上有豬肉賣，他也會樂呵呵地讓小兵通知幾個朋友來吃飯：

顏樂簞瓢孔飯蔬，
先生休嘆食無魚。
小兵知我須招客，
市上今晨報有豬。

李光喜歡上了海南，由衷地希望它好起來。他支持發展當地的教育事業，遙想當年孔子曾希望魯國變成一個文明的周王朝，如果海南也能大力推進儒學教化，孔子的理想說不定要在這裏實現呢！「尼父道行千載後，坐令南海變東周」——他用詩句寫出了自己對海南島的信心。郡學落成那一天，他比誰都高興。

他甚至並不盼望自己被赦回歸，而是浪漫地幻想著如何在瓊州海峽間架起一座長橋，把海南島與大陸聯結起來：

海北與海南，
各在天一方。
我老歸無期，
兩地遙相望。
宴坐桄榔庵，
守此歲月長。
顧子一咄嗟，

跨空結飛樑。
度此往來人，
魚鹽變耕桑！

實在是一種異想天開的祝願，海南島已經讓他放不下了。

這便是「海南五公」。五公祠二樓的大柱上有一副引人注目的楹聯，文曰：

唐宋君王非寡德，
瓊崖人士有奇緣。

意思是，這些氣節學識都很高的人傑被流放到海南島，並不是唐代和宋代的統治者缺德，而是我們海南島的一種緣分，要不然我們怎麼結交得了這樣的大人物呢！這番意思，這番語句，出於海南人之手，眞是憨厚之至，我仰頭一讀就十分感動。

在被貶海南島的大人物中，比「五公」更有名的還是那位蘇東坡。蘇東坡流放到海南島時已六十多歲，那些與他爲敵的政界小人捉弄了他那麼多年依然不放過他，最終還要把他驅趕到孤島上來，要說他對此很超然是不眞實的。原先他總以爲貶謫到遠離京城、遠離故鄉的廣東惠州也就完了，辛辛苦苦地在那裏造了一棟房，把兒孫一一接過來聚居，剛喘一口氣，又一聲令下要他渡海。蘇東坡想，已經這麼老了，到了海南先做一口棺材，再找一塊墓地，安安靜靜等死，葬身海外算了。一到海南，衣食住行都遇到嚴重困難。他自己耕種，自己釀酒，想寫字還自己製墨，憂傷常常爬上心頭。然而，他畢竟是他，很快在艱難困苦中抬起了專門發現生趣、發現美色的雙眼，開始代表中國文明的最高層次，來評價海南島。

他發現海南島其實並沒有傳聞中的所謂毒氣，明言「無甚瘴也」。他在流放地憑弔了冼夫人廟，把握住了海島的靈魂。由此伸發開去，他對黎族進行了考察，還朝拜了黎族的誕生地黎母山，題詩道：「黎母山頭白玉簪，古來人物盛江南」，認爲歷來海南島所產生的優秀人物之多並不比江南差。

蘇東坡在海南過得越來越興致勃勃。病弱，喝幾口酒，臉紅紅的，孩子們還以爲他返老還童了：

寂寂東坡一病翁，
白鬚蕭散滿霜風。
小兒誤喜朱顏在，
一笑那知是酒紅！

有時酒沒有了，米也沒有了，大陸的船隻好久沒來，他便掐指算算房東什麼時候祭灶，準備美滋滋地飽餐一頓：

北船不到米如珠，
醉飽蕭條半月無。
明日東家當祭灶，
隻鷄斗酒定膰吾。

他有好幾位姓黎的朋友，經常互相往訪，遇到好天氣，他喜歡站在朋友的家門口看行人，下雨了，他便借了當地的椰笠、木屐穿戴上回家，一路上婦女孩子看他怪模怪樣哈哈大笑，連狗羣也向著他吠叫。他銜著婦女孩子和狗羣發問：「笑我怪樣子吧？叫我怪樣子吧？」

有時他喝酒半醉，迷迷糊糊地去拜訪朋友，孩子們ㄇ吹葱葉迎送，他只記得自己的住處在牛欄西面，一路尋著牛糞摸回去。有兩首可愛的短詩記述這種情景：

半醒半醉問諸黎，
竹刺藤梢步步迷。
但尋牛矢覓歸路，
家在牛欄西復西。

總角黎家三四童，
口吹葱葉送迎翁。
莫作天涯萬里意，

溪邊自有舞雩風。

最後兩句，詩人已把萬里天涯當作了理想境界。

春天來了，景象更美，已經長久不塡詞的蘇東坡忍不住又哼出來一闋《減字木蘭花》：

春牛春杖，無限春風來海上。使丐春工，染得桃紅似肉紅。

春幡春勝，一陣春風吹酒醒。不似天涯，捲起楊花似雪花。

這種壓抑不住的喜悅節奏，誰能想得到竟然出自一位年邁貶官的心頭呢。蘇東坡在海南島居留三年後遇赦北歸，歸途中所吟的兩句詩可作爲這次經歷的總結：

九死南荒吾不恨，

茲遊奇絕冠平生。

這麼說來，海南之行竟是他一生中最奇特，也最有意思的一段遭遇！文化大師如是說，海南島也對得起中國文化史了。

至此我們不妨重新來端詳一下唐宋時代海南島的整體形象。無論是「五公」的恨，還是蘇東坡的冤，它都不清楚。唐宋朝廷的派別和政見，對它來說都太艱深。它沒有準備太多的言詞可以鼓勵受屈者報仇雪恨，它更沒有心思和力量去動員人們對抗朝廷。它只有滋潤的風，溫暖的水，暢快的笑，潔白的牙齒忽閃的眼，大陸的人士來了不管如何傷痕斑斑先住下，既不先聽你申訴也不陪著你嘆息，只讓你在不知不覺間稍稍平靜，然後過一段饒有趣味的日子試試看。來了不多久就要回去熱烈歡送，盼不到回去的時日也儘管安心。回去時已經恢復名譽爲你高興，回去時依然罪名深重也輕輕慰撫。初來時是青年是老年在所不計，是獨身是全家都可安排。離開時徹底搬遷爲你挎包抬箱，要留下一些後代繼續生活更悉聽尊便，椰林下的木屋留著呢。

——這一切，使我想到帶有母性美的淳樸村婦。

於是我們也就觸及到了有關海南島的一個恆久的祕密。蘇東坡用那樣神祕的語氣說「九死南荒吾不恨，茲遊奇絕冠平生」，也該被人們領悟了。老詩人就像撞到了一樁意想不到的豔遇，不經意地遇上了一種柔麗平和、崇尙自然的女性文明。

這裏所說的女性文明，與老子「貴柔守雌」的主張有點關係。老子說，養育萬物的母性文明（玄牝之門）是綿綿不斷的，有時好像若有若無，需要時卻用之不盡。他又說，這種文明不管多麼雄剛都保持著一種溫柔的女性態，雖然不見得多麼機智卻能固守尋常道義，純眞如嬰兒，寬容如溪谷，外部名聲欠佳不去管它，內心有點糊塗也不在乎，只見淸淸濁濁的水流向著自己歸注。

4

宋朝的流放把海南搞得如此熱鬧，海南迎來送往，溫和地一笑；宋朝終於氣數盡了，流亡將士擁立最後一個皇帝於南海崖山，後又退據海南島抗元，海南接納了他們，又溫和地一笑；不久元將收買叛兵完全佔領海南，海南遲疑片刻也接受了，依然溫和地一笑。在這兵荒馬亂的年月間，驚心動魄的政治、軍事事件接連不斷，有一個非常瑣碎的歷史細節肯定不會引起任何人注意：有一天，一艘北來的航船在海南島南端的崖州靠岸，船上走下來一名來自江蘇松江烏泥涇的青年女子，抖抖縮縮，言語不通，唯一能溝通的也就是那溫和的一笑，當地的黎族姊妹回以一笑，沒多說什麼就把她安頓了下來。就在這些青年女子間，將會發生一個眞正的大事件，使那些名震一時的社會抗爭相形見絀。

這位青年女子原是個童養媳，爲逃離婆家的凌辱躲進了一條船，沒想到這條船走得那麼遠，更沒想到她所到達的這個言語不通的黎族地區恰恰是當時中國和世界的紡織聖地。女人學紡織天經地義，她在黎族姊妹的傳授下很快也成了紡織高手。一過三十年她已五十出頭，因思鄉心切帶著棉紡機具坐船北歸。她回到松江老家後被人稱爲黃道婆，成了一位聞名遐邇的棉紡織改革家，從彈花、紡紗到織布的每一道工藝都根據黎族已有的先進技術進行了系統的傳授，一種全新的紡織品馳譽神州大地，四方人士讚美道：「松郡棉布，衣被天下」。

從海南島黎族姊妹手中汲取了技能，竟然給整個中原都帶來了溫暖！黃道婆北返時元朝滅宋已有十七、八年，流放海南的主戰派人士的幻想早成泡影，海南給予中原的，不是舊朝的殘夢，不是勃鬱的血性，而只是纖纖素手中的縷縷棉紗、柔柔布帛。元代統治者是騎著蒙古馬、挾著朔風南下的，元代寒冷嗎？不怕，海南回來的黃道婆已經「衣被天下」。改朝換代的是非曲直很難爭得明白，但不必爭論的是，我們每一個人的前輩都穿過棉衣棉布，都分享過海南島女性文明的熱量。

5

元代易過，到了明代，海南島開始培育出了接受儒家正規教育而又土生土長的文化名人。蘇東坡、李光等流放者當年在教育事業上的播種終於有了收成，契合老子「貴柔守雌」哲學的土地開始需要補充一種「治國平天下」的儒家責任。

最著名的自然是邱濬。還在少年時代，這位出生在海南島瓊山下田村的聰明孩子已經吟出一首以五指山爲題的詩。讓人吃驚的不是少年吟詩，而是這首詩居然眞的把巍巍五指山比作一隻巨大無比的手，撐起了中華半壁雲天，不僅在雲天中摘星、弄雲、逗月，而且還要遠遠地指點中原江山！這不是在伸張一種雄心勃勃、問鼎中原的男子漢精神嗎？

果然，這位邱浚科舉高中，仕途順達，直至禮部尚書、戶部尚書、文淵閣大學士、武英殿大學士，不僅學問淵博，而且政績卓著，官聲很好。多年前我在《中國戲劇文化史述》一書中曾嚴厲批評過他寫的傳奇《五倫全備記》，我至今仍不喜歡這個劇本，但當我接觸了不少前所未見的材料之後卻對他的人品有了更多的尊重。特別是他官做得越大越思念家鄉的那番情意，讓我十分動心。孝宗皇帝極信任他，喜歡與他下棋，據說他每下一子就在口中唸唸有詞：「將一軍，海南錢糧減三分」，皇帝以爲是民間下棋的口頭禪，也跟著唸叨，沒想到皇帝一唸邱浚就立即下跪謝恩，君無戲言，海南賦稅也就減免三分。即便這事帶點玩鬧性質，年邁的大臣爲了故鄉撲通跪下的情景還是頗爲感人的。邱浚晚年一再要求辭官回鄉，寫了大量的思鄉詩：

百計思歸未得歸，
夢魂夜夜到庭闈。

愁心苦似丸和膽，
淚點多如線在衣。
老來肌骨怕寒侵，
無夜家園不上心。
預報吾兒掃門徑，
乞骸早晚便投簪。

一位早年意欲指點中原江山的高官，到頭來只想逃離中原回歸故鄉，海南島怎麼會有如此巨大的魅力呢？邱濬晚年思鄉病之嚴重，在歷代官場中都是罕見的。七十老人絮絮叨叨、沒完沒了的回鄉囈語，把「治國平天下」的儒家豪情消蝕得差不多了，心中只剩下那個溫柔寧靜的海島。

邱濬最終死於北京，回海南的只是他的靈柩。邱濬的後人一代代住在他生前天天想念的下田村，他的曾孫叫邱郊，在村中結識了一個在學問上很用功的朋友，經常過從，這位朋友的名字後來響徹九州，到了二十世紀六十年代幾乎婦孺皆知了：海瑞。海瑞的行止體現了一種顯而易見的陽剛風骨，甚至身後數百年依然讓人害怕讓人讚揚。與邱濬一樣，海瑞對家鄉也是情深意篤：罷了官，就回家鄉安靜住著；復了職，到了那兒都要踮腳南望。他一直認爲海南島完全可以成爲一個政善民安、風調雨順的理想王國，而他的錚錚風骨，正出自於這種樸實的理想。海瑞最後也像邱濬一樣死於任上，靈柩回鄉時抬到瓊山縣濱涯村時纜繩突然神祕地綳斷，於是就地安葬。

邱濬和海瑞這兩位同村名人還有一個共同點，他們都是幼年喪父，完全由母親一手帶大的。我想這也是他們到老都對故鄉有一種深刻依戀的原因，儘管那時他們的母親早已不在。衝天撼地的陽剛，冥冥中仍然偎依在女性的懷抱。

他們身居高位而客死異鄉，使我聯想到海明威筆下那頭在「上帝的廟殿」高峯近旁凍僵風乾的豹子。海明威問：「到這樣高寒的地方來尋找什麼？」我相信邱濬、海瑞臨死前也曾這樣自問。答案還沒有找到，他們已經凍僵。

凍僵前的最後一個目光，當然投向遠處溫熱的家鄉，但在家鄉，又有很多豹子願意向別處出發去尋找一點什麼。正當邱浚和海瑞在官任上苦思家鄉的時候，家鄉的不少百姓卻由於種種原因揮淚遠航，向南洋和世界其他地方去謀求生路，從天涯走向更遠的天涯，這便形成了明清兩代不斷增加的瓊僑隊伍。海南的風韻，從此在世界各地播揚。

不管走得多遠，關鍵時刻還得回來。一八八七年五月，海南島文昌縣昌灑鎮古路園村回來一位年輕的華僑，他叫宋耀如，專程從美洲趕來看看思念已久的家鄉，每天手搖葵扇在路口大樹下乘涼，很客氣地與鄉親們聊天，住了一個多星期便離開了。後來才知道，這是他在操辦自己的人生大事前特地到家鄉來默默地請一次安。他到了上海即與浙江餘姚的女子倪桂珍結婚，他們的三個女兒將對中國的一代政治生活產生重大影響。宋氏三姊妹誰也沒有忘記自己是海南人，現代中國人則從她們高人一籌的見識和儀態萬方的姿容中，重新領略了海南的女性文明。

但是，她們一輩子浪跡四海，誰也沒能回去。有一次，宋慶齡女士遇見一位原先並不認識的將軍，聽說將軍是海南文昌人就忍不住脫口叫一聲「哥哥」，將軍也就親熱地叫這位名揚國際的高貴女性「妹妹」。與此同時，遠在台灣的宋美齡女士爲重印清朝咸豐八年的《文昌縣志》鄭重其事地執筆題寫了書名。

對她們來說，家鄉，竟成了眞正難於抵達的天涯。

只能貿然叫一聲哥哥，只能悵然寫一個書名。而她們作爲海南女性的目光，給森然的中國現代史帶來了幾多水氣，幾多溫馨。

6

不怕歷史學家見笑，以上所述，便是我心目中的海南歷史。讀者從我的敍述中已經可以感到，我特別看重海南歷史中的女性文明和家園文明。我認爲這是海南的靈魂。

這並不是胡亂臆斷。你看不管這座島的實際年齡是多少，正兒八經把它納入中華文明的是那位叫冼夫人的女性；海南島對整個中國的各種貢獻中，最大的一項是由另一位叫黃道婆的女性完成的；直到現代，還出了三位海南籍的姊妹名播遠近。

使我深感驚訝的是，這些女性幾乎都產生在亂世，冼夫人出現於南北朝時代，黃道婆來往於宋、元兩代更替期，宋氏三姊妹則活躍於二十世紀的戰亂中，越是亂世越需要女性，因此也總是在亂世，海南島一次次對整個中國發揮著獨特的功能。

女性文明很自然地派生出了家園文明。蘇東坡、李光他們淚涔涔地來了，遇到了家園文明，很快破涕為笑；海瑞、邱浚他們氣昂昂地走了，放不下家園文明，終於樂極生悲。海南籍的華僑闖蕩四海，在所有的華僑中他們可能是鄉土意識最濃的一羣，也是由於這種家園文明。

女性文明和家園文明的最終魅力，在於尋常形態的人情物理，在於自然形態的人道民生。本來，這是一切文明的基礎部位，不值得大驚小怪，但在中國，過於漫長的歷史，過於發達的智謀，過於鋪張的激情，過於講究的排場，使尋常和自然反而變得稀有。儘管釋、儒、道的大師們都曾呼喚過它們，但呼喚的原因正在於有太多的失落。

失落了尋常形態和自然形態，人們就長久地為種種反常的設想激動著、模擬著。怎麼成為聖賢？如何做英豪？大忠大奸怎樣劃分？豐功偉績如何創建？什麼叫氣貫長虹？什麼叫名垂青史？什麼叫中流砥柱？什麼叫平反昭雪？……這些堂皇而激烈的命題，竟然普及於社會、滲透於歷史，而事實上這些命題出現的概率究竟有多大，而且又有多少眞實性呢。與之相反，有關一個普通人的存在狀態，有關日常生活中的種種物件，有關人類周圍的植物和動物，有關世俗風習、人間情懷，雖然天天遇到，人人遇到，處處遇到，卻一直被中國主流文化擱棄著、冷落著。於是，偌大一塊國土，反常形態嚴重飽和，尋常形態極其稀薄。事實上並沒有幾個人做得了聖賢和英豪，那就只能憑藉爭鬥來決定勝負；爭鬥一旦開始，非此卽彼，你死我活，更不會有尋常形態的存身之地了。結果，九州大地時時成爲一塊廣闊無比的「鐵板燒」，負載著一個個火燙的話題嗤嗤地冒著熱氣，失去了可觸可摸的正常溫度。

幸好有一道海峽，擋住了中原大地的燥熱和酷寒，讓海南島保留住了尋常形態和自然形態，固守著女性文明和家園文明怡然自得。然而，只要它與大陸發生關係，它的這種文明形態就具有了反叛性和挑戰性。它對海峽對岸那種反常的激動表現出漠然，它對代代相傳的價值觀念表現出蔑視，它讓副宰相李光興沖沖地去打聽豬價，它讓大詩人蘇東坡醉迷迷地去尋覓牛糞，它讓朝廷重臣邱浚夜夜垂淚，它讓千古清官海瑞樂而忘返，它借用冼夫人和黃道婆的雙手，輕鬆而又麻利地對一個個流落到海南的英雄或敗將作尋常化處理，把他洗刷、還原，還原成平靜而實在的普通人。

中國歷史上有許多違反生活常態的爭鬥說到底是沒有多少是非曲直可言的，而海南島天眞未鑿的尋常生態則常常使爭鬥雙方同時顯得無聊。違反生活常態的爭鬥會使參與者和旁觀者逐漸迷失，而尋常生態卻以一種人類學意義上的基元性和恆久性使人們重新清醒，敗火理氣，返樸歸眞。我認爲，中國歷史上每一次實質性的進步，都是由於從種種不正常狀態返回到了常識、常理、常態，返回到了人情物理、人道民生。包括我們親歷的當代歷史進程，也是如此。中國人在二十世紀末期終於開始了這種返回，實在是中國人，也是二十世紀的莫大福分。

回想起來，我們從小就是在一種反常的文化氣氛中長大的，周圍的一切都在誘使我們努力去做一種不尋常的人。所有聽得到的精采故事都讓人熱淚盈眶，所有可想像的重要景象都鮮血淋淋。那時我還是小學生，經常在禮堂裏排隊聽各種戰鬥故事，禮堂牆壁上畫著一幅中國地圖，每個戰鬥故事發生的地點都可以在地圖上找到。我太小，伸手只能摸到海南島，抬頭一看，海南島只是中國地圖下的一個點，有了這個點，中國也就成了一個碩大無朋的大問號。幾十年過去了，我到今天才明白，真的，海南島的存在讓整個中國成了大問號。我沒有及時地被這個問號驚醒於反常的幻想中，拖拖拉拉直到中年，才依稀知道一點尋常和反常。實在太晚了，那種反常的思維模式和奮鬥方式，早已把我們的人生灼傷。

7

在飛往海南的飛機上，我一直貼窗俯視。機翼下的羣山剛下過雪，黑白分明，猶如版畫，越往南飛，線條越見明麗，瓊州海峽一過，完全成了一幅水彩畫。我想，中國歷史上各種黑白分明的圖景，一到海南島也會一一暈化了吧。

色彩濃處，野性猶存。今天的海南島還有大量的落後乃至混亂極須改進，但我更不希望看到它自身生態方式的失落。不管多麼繁榮多麼現代，它對於整個中國版圖而言仍然應該是一個人文氣息濃重的休閒所在，溫暖和祥和，尋常而自然，堵住非人文的工業噪音，刪削急功近利的短視作爲，使急急趕路的中國人那怕是在地圖上看到它也能獲得一種全身心的撫慰。好生安頓下冼夫人的潔白海灘、黃道婆的啓航碼頭、蘇東坡的春花春草、宋氏三姊妹的夢中故居，讓一切有機會上島的人都能吟一句：「茲遊奇絕冠平生」。

如能這樣，海南島在中華文明中的地位將更加奪目。它過去曾彌補過中國歷史的一種重大遺漏，那麼今後將會進一步把歷史的缺口修復。曾因海南島而構成問號的中國，將因海南島而變得更加健全。

又想起了文章開頭提到的那兩個追鹿故事。是的，我們歷來是馳騁於中原大地的躁急騎手，總在驅逐，總在追趕，不知已經多久。不斷地尋找獵物，不斷地尋找對手，不斷地尋找名聲，不斷地拉起弓箭。但是前面還有什麼路呢，這裏已經是天涯海角。獵物回頭了，明眸皓齒，嫣然一笑。

嫣然一笑，天涯便成家鄉。

嫣然一笑，女性的笑，家園的笑，海南的笑，問號便成句號。

十萬進士

1

最近一個時期我對中國古代的科舉制度產生了越來越濃厚的興趣，其原因，可以說是「世紀性」的。

二十世紀已接近末尾，如果沒有突然的不幸事件，我們看來要成爲跨世紀的一羣了。能夠橫跨兩個世紀的人在人類總體上總是少數，而能夠頭腦清醒地跨過去的人當然就更少。稱得上頭腦清醒，至少要對已逝的一個世紀有一個比較完整的感悟吧？因此我們不能不在這繁忙的年月間，讓目光穿過街市間擁擠的肩頭，穿過百年來一台台已經凝固的悲劇和喜劇，一聲聲已經蒸發的低吟和高喊，直接抵達十九世紀末尾，二十世紀開端的那幾年。在那兒，一羣頭懸長辮、身著長袍馬褂的有識之士正在爲中華民族如何進入二十世紀而高談闊論、奔走呼號。他們當然不滿意中國的十九世紀，在痛切地尋找中國落後的原因時，他們首先看到了人才的缺乏，而缺乏人才的原因，他們認爲是科舉制度的禍害。

他們不再像前人那樣只是在文章中議論議論，而是深感時間緊迫，要求朝廷立即採取措施。慈禧太后在一九〇一年夏天頒布上諭改革科舉考試內容，有識之士們認爲科舉制度靠改革已不能解決問題，遲早應該從根本上廢止。一九〇三年的一份奏摺中說：

> 科舉一日不廢，即學校一日不能大興，士子永遠無實在之學問，國家永無救時之人才，中國永遠不能進於富強，即永遠不能爭衡各國。

說這些英氣勃勃的衝決性言詞的是誰？一位是科舉制度的受惠者，同治年間進士張之洞，而領頭的那一位則是後來讓人不太喜歡的袁世凱。於是大家與朝廷商量，能不能制訂一份緊湊的時間表，以後三年一次的科舉考試每次都遞減三分之一，減下來的名額加到新式學校裏去，十年時間就可減完了。用十年時間來徹底消解一種延續了一千多年的制度，速度不能算慢了吧，但人們還是等不及了。袁世凱、張之洞他們說：人才的培養不比其他，拖不得。如果現在立卽廢止科舉、興辦學校，人才的出來也得等到十幾年之後；要是我們到十年後方停科舉，那麼從新式學校裏培養出人才來還得等二十幾年，中國等不得二十幾年了——「強鄰環伺，豈能我待！」

這筆時間帳算得無可辯駁，朝廷也就在一九〇五年下諭，廢除科舉。因此不妨說，除了開頭幾年有一番匆忙的告別，整個二十世紀基本上已與科舉制度無關。

二十世紀的許多事情，都由於了結得匆忙而沒能作冷靜的總結。科舉制度被廢止之後立卽成了一堆人人唾罵的陳年垃圾，很少有人願意再去撥弄它幾下。唾罵當然是有道理的，孩子們的課本上有《范進中舉》和《孔乙己》，各地的戲曲舞台上有《琵琶記》和《秦香蓮》，把科舉制度的荒唐和凶殘表現得令人心悸，使二十世紀的學生和觀眾感覺到一種擺脫這種制度之後的輕鬆。但是，如果讓這些優秀動人的藝術作品來替代現代人對整個科舉制度的理性判斷，顯然是太輕率了。

科舉制度在中國整整實行了一千三百年之久，從隋唐到宋元到明清，一直緊緊地伴隨著中華文明史。科舉的直接結果，是選拔出了十萬名以上的進士，百萬名以上的舉人。這個龐大的羣落，當然也會混雜不少無聊或卑劣的人，但就整體而言，卻是中國歷代官員的基本隊伍，其中包括著一大批極爲出色的、有著高度文化素養的政治家和行政管理專家。沒有他們，也就沒有了中國歷史中最重要的一些部位。有一種曾經風行一時的說法，認爲古代考上狀元的那些人沒有一個是有學問的，情況好像並非如此。考狀元的要求過於特殊，難於讓更多的傑出人物獲得機會是事實，但狀元中畢竟有一大批諸如王維、柳公權、賀知章、張九齡、呂蒙正、張孝祥、陳亮、文天祥、楊愼、康海、翁同龢、張謇這樣的人物，說他們沒有學問是讓人難以置信的。這還只是在說狀元，如果把範圍擴大到進士，那就會開出一份極爲壯觀的人才名單來。爲了選出這些人，幾乎整個中國社會都動員起來了，而這種歷久不衰的動員也就造就了無數中國文人的獨特命運和廣大社會民衆的獨特心態，成爲中華民族在羣體人格上的一種內在烙印，絕不是我們一揮手就能驅散掉的。科舉制度後來積重難返的諸多毛病，其實從一開始就有人覺察到了，許多智慧的頭腦曾對此進行了反覆的思考、論證、修繕、改良，其中包括我們文學界所熟知的韓愈、柳宗元、歐陽修、蘇東坡、王安石等等，不能設想，這些文化大師會如此低能，任其荒唐並身體力行。

科舉制度發展到范進、孔乙己的時代確已弊多利少，然而這種歷史的蛻變也是非常深刻的。蛻變何以發生？有無避免的可能？一切修補的努力是怎麼失敗的？這些問題，都值得我們細細品味。二十世紀一開始就廢止了科舉，當然也就隨之廢除了它的弊端，但是它從創立之初就想承擔的社會課題，是否已經徹底解決？我怎麼一直有一種預感，這裏埋藏著一些遠非過時的話題？

在我的藏書中，有關這一課題的專著不多，很容易一本本找出來集中研讀。讀了程千帆先生的《唐代進士行卷與文學》（上海古籍出版社）、魯威先生的《科舉奇聞》（遼寧教育出版社）、張晉藩、邱遠猷先生的《科舉制度史話》（中華書局），特別是讀了傅璇琮先生那部藍底銀紋的厚實著作《唐代科舉與文學》（陝西人民出版社）之後，想的問題就更多了。其中有不少問題，世紀初的有識之士們來不及細想，甚至來不及發現。我們現在來彌補，有點晚，但還來得及，而且時間既久，態度也可平靜一些。

2

談論中國古代的科舉制度，有一個慣常的誤會需要消除，那就是，在本質上，這是一個文官選拔制度，而不是文學創作才華和經典闡述能力的考查制度。明白了這一點，對它的許多抱怨就可能會有所緩和。

我們可以設想一下，如果不是科舉，古代中國該如何來選擇自己的官吏呢？這實在是政治學上一個眞正的大問題。不管何種政權，何種方略，離開了可靠、有效的官吏網絡，必定是空洞而脆弱的；然而僅僅可靠、有效還不夠，因爲選官吏不比選工匠，任何一個政權只要尚未邪惡到無所顧忌，就必須考慮到官吏們的社會公衆形象，不僅要使被管理的百姓大致服氣，而且還要讓其他官吏乃至政敵也沒有太多的話可說，那就需要爲官吏們尋求或創造一種資格；這樣做已經是夠麻煩的了，更麻煩的是中國的版圖如此遼闊，政權結構如此複雜，需要的官吏數額也就十分驚人，把那麼多的官吏編織在同一張大一統的網絡裏，其間之艱難可以想像；好不容易把一張網絡建立起來了，但由於牽涉面太大，偶然性因素太多，過不久自然會發生種種變更，時間長了還會出現整體性的代謝，因此又要辛辛苦苦地重尋線頭，重新綰接……這一連串的難題，如此強烈地擺在歷代帝王和一切意欲問鼎九州的政治家面前，躲也躲不開。全部難題最終歸結在一點上：毫無疑問需要確立一種能夠廣泛承認、長久有效的官吏選擇規範，這種規範在那裏？

世襲是一種。這種方法最簡便，上一代做了官，下一代做下去。中國奴隸制社會中基本上採取這種辦法，後來在封建社會中也局部實行，稱之爲「恩蔭」。世襲制的弊病顯而易見，一是由於領導才幹不可能遺傳，繼承者能否像他的前輩那樣有效地使用權力越來越成爲嚴重的問題；二是這種權力遞交在很大程度上削減了朝廷對官吏的任免權，分散了政治控制力。

世襲強調做官的先天資格而走進了死胡同，因此有的封建主開始尋求做官的後天資格，而後天資格主要表現於文才和武功這兩個方面。平日見到有文才韜略的，就養起來，家裏漸漸成了一個人才倉庫，什麼時候要用了，隨手一招便派任官職，這叫「養士」，有的君主在家裏養有食客數千。這種辦法曾讓歷代政治家和文化人一想起都有點心動，很想養一批或很想被養，但仔細琢磨起來問題也不少。食客雖然與豢養者沒有血緣關係，但是養和被養的關係其實也已成了血緣關係的延長，由被養而成為官吏的那些人主要是執行豢養者的指令，很難成為平正的管理者，社會很可能因他們而添亂。更何況，君主選養食客，無論是標準還是審查方法都帶有極大的隨意性，所養的遠非全是人才。至於以武功軍功賞給官職，只能看成是一種獎勵方法，不能算作選官的正途，因為衆所周知，打仗和管理完全是兩回事。武士誤國，屢見不鮮。

看來，尋求做官的後天資格固然是一種很大的進步，但後天資格畢竟沒有先天資格那樣確證無疑，如何對這種資格進行令人信服的論定，成了問題的關鍵。大概是在漢代吧，開始實行「察舉」制度，即由地方官員隨時發現和考察所需人才，然後向政府推薦。考察和推薦就是對做官資格的論定，比以前的各種方法科學多了。但是不難想像，各個地方官員的見識眼光大不一樣，被推薦者的品位層次也大不一樣，如果沒有一個起碼的標準，一切都會亂套。你說這個好，他說那個好，結果，小才任大職，大才任小職，造成行政價值系統的無序。爲了克服這種無序，到了三國兩晉南北朝時期，便形成了選拔官吏的「九品中正」制度。這種制度是由中央政府派出專門選拔官吏的「中正官」，把各個推薦人物評爲九個等級，然後根據這個等級來決定所任官階的高低。這樣一來，相對統一的評判者有了，被評判的人也有了層次，無序走向了有序。

但是明眼人一看就會發現，這種「九品中正」制的公正與否完全取決於那些「中正官」。這些在選拔官吏上握有無限權力的大人物的內心厚薄，成了生死予奪的最終標尺。如果他們把出身門第高低作爲劃分推薦等級的主要標尺，那麼這種看似先進的制度也就會成爲世襲制度的變種。不幸事實果眞如此，排了半天等級，沒想到最後拿出來一看，重要的官職全都落到了豪門世族手裏。

就是在這種無奈中，隋唐年間，出現了科舉制度。我想，科舉制度的最大優點是從根本上打破了豪門世族對政治權力的壟斷，使國家行政機構的組成向著盡可能大的社會面開放。科舉制度表現出這樣一種熱忱：凡是這片國土上的人才，都有可能被舉拔上來，而且一定能舉拔上來，即便再老再遲，只要能趕上考試，就始終爲你保留著機會。這種熱忱在具體實施中當然大打折扣，但它畢竟在中華大地上點燃了一種快速蔓延的希望之火，使無數眞正和自認的人才陡然振奮，接受競爭和挑選。國家行政機構與廣大民衆產生了一種空前的親和關係，它對社會智能的吸納力也大大提高了。在歷代的科舉考試中，來自各地的貧寒之士佔據了很大的數量，也包括不少當時社會地位很低的市井之子。據《北夢瑣言》記載，唐代一位姓畢的鹽商之子想參加科舉考試，請人爲他改一個吉利一點的名字，那人不無嘲謔地把鹹味化進了他的名字，爲他取名爲畢諴，畢諴沒有惱怒，快樂接受。後來他不僅考上了，而且逐級升官一直做到宰相。這說明科舉制度確實是具有包容性和開放性的，不太在乎原先家族地位的貴賤。白居易在一篇文章中表述了這種科舉原則：

> 惟賢是求，何賤之有……揀金於沙礫，豈為類賤而不收？度木於澗松，寧以地卑而見棄？但恐所舉失德，不可以賤廢人。
>
> （《白居易集》卷六十七）

科舉制度的另一個優點是十分明確地把文化水準看作選擇行政官吏的首要條件。考來考去主要是考文學修養和對諸子經典的熟悉程度，這種考法當然未必合適，越到後來越顯現出很多負面效應，但至少在唐宋時代，無疑對社會重心和人格重心產生了有趣的引導。大批書生從政，究竟是加重了社會的文明，還是加速了社會的腐朽？我偏向於前者。此外，由於做了書生才能做官，這種誘惑也極大地擴充了書生的隊伍，客觀上拓寬了社會的文明面。

由於科舉制度重視文化，考試中要寫作詩賦文章，因而天南地北的無數考生就要長久地投入詩賦文章的訓練，這對文學本身倒未必是一件好事。有些研究者認為科舉考試對社會補益不大而對唐宋文學的發展有推動作用，我的觀點正恰相反，認為科舉考試最對不起的恰恰是文學。文學一進入考場已經不可能是真正意義上的創作。韓愈後來讀到自己當初在試卷中所寫的詩文，「顏忸怩而心不寧者數月」，簡直不想承認這些東西出於自己的手筆。他由此推衍，「若屈原、孟軻、司馬遷、相如、揚雄之徒進於是選，僕必知其辱焉。」（《答崔立之書》），但韓愈並不因此而否定科舉。

進士試卷中有時也會偶爾冒出來一些佳句，以我看，千餘年來科舉考試中寫出來的詩，最好的是唐代天寶年間的錢起在《湘靈鼓瑟詩》的試題下寫出的兩句：「曲終人不見，江上數峯青」，直到二十世紀魯迅、朱光潛還爲這兩句詩發生過口舌，眞不知當年坐在考場中的錢起是如何妙手偶得的。但也就是這兩句，整首詩並不見佳。可以理解的是，科舉以詩賦文章作試題，並不是測試應試者的特殊文學天才，而是測試他們的一般文化素養。測試的目的不是尋找詩人而是尋找官吏。其意義首先不在文學史而在政治史。中國居然有那麼長時間以文化素養來決定官吏，今天想來都不無溫暖。

3

然而，科舉制度實實在在地遇到了一系列可怕的悖論。這些悖論並非人爲設置，而是來自於中國文化和政治構架的深層，很難排除，因此終於使科舉制度在一次次左右爲難中逐漸疲憊、僵化，直至醜陋。據我所知，清代來華的不少西方傳教士在考察科舉制度之後曾大爲讚嘆，認爲發現了一種連西方也還沒有找到的完善的「文官選拔制度」，便急切地向世界介紹。但他們的考察畢竟是浮淺的，只是粗粗瞭望了一下科舉考試的程序和規則，而未能窺及深潛的隱患，因此他們也就無法理解，有著如此完善的「文官選拔制度」的中國，怎麼會造成國家管理人才的嚴重匱乏、整體文明素質的日益枯窘，陷於越來越混亂和貧困的境地？

外國傳教士褐綠色瞳仁中埋藏著的疑問，直到今天還對我有巨大的吸引力。我知道，這些疑問，不僅屬於科舉，也不僅屬於古代。

中國古代科舉制度所遇到的最大悖論，產生在包圍著它的社會心態中。本來是爲了顯示公平，給全社會盡可能多的人遞送鼓勵性誘惑，結果九州大地全都成了科舉賽場，一切有可能識字讀書的青年男子把人生的成敗榮辱全都抵押在裏邊，科舉考試的內涵大大超重；本來是爲了顯示權威，堵塞了科舉之外許多不正規的晉升之路，結果別無其他選擇的家族和個人不得不把科舉考試看成是你死我活的政治惡戰，創設科舉的理性動機漸漸變形。遴選人才所應該有的冷靜、客觀、耐心、平和不見了，代之以轟轟烈烈的焦灼、激奮、驚恐、忙亂。不就是考了一點文化知識嗎？不就是看看那些人有擔任行政官員的資格嗎？竟然一下子炒得那麼熱，鬧得那麼火，——一千多年都涼不下來，幾乎把長長的一段歷史都烤出火焦味來了。

我們中國從很早開始就太注重表層禮儀，好好的一件事情被極度誇張的方式一鋪陳，也就變了味。早在唐代，科舉制度剛剛形成不久就被加了太多的裝飾，太重的渲染，把全國讀書人的心情擾亂得不輕。每次進士考試總有一批人考上，不管對國家對個人，慶賀一下、宣揚一番都是應該的，但不知怎麼一來，沒完沒了的繁複禮儀把這些錄取者捧得暈頭轉向。進士們先要拜謝「座主」（考官），參謁宰相，然後遊賞曲江，參加杏園宴、聞喜宴、櫻桃宴、月燈宴等等，還要在雁塔題名，在慈恩寺觀看雜耍戲場，繁忙之極，也得意之極。孟郊詩中所謂「春風得意馬蹄疾，一日看遍長安花」，張籍詩中所謂「二十八人初上第，百千萬里盡傳名」，就寫盡了此間情景。據傅璇琮先生考證，當時的讀書人一中進士，根本應付不了沒完沒了的熱鬧儀式，長安民間就興辦了一種謀利性的商業服務機構叫「進士團」，負責為進士租房子、備酒食、張羅禮儀，直至開路喝道，全線承包。「進士團」的生意，一直十分興隆。

這種超常的熱鬧風光，強烈地反襯出那些落榜下第者的悲哀。照理落榜下第也十分正常，但是得意的馬蹄在身邊竄過，喧天的鼓樂在耳畔鳴響，得勝者的名字在街市間哄傳，輕視的目光在四周遊蕩，他們不得不低頭嘆息了。他們頹唐地回到旅舍，旅舍裏，昨天還客氣地拱手相向的鄰居成了新科進士，僕役正在興高采烈地打點行裝。有一種傳言，如能討得一件新科進士的衣服，下次考試很是吉利，於是便厚著臉皮，怯生生地向僕役乞討一件。乞討的結果常常討來個沒趣，而更多的落第者則還不至於去做這種自辱的事，只是關在房裏寫詩。這些詩寫得很快，而且比前些天在考場裏寫的詩真切多了：

年年春色獨懷羞，強向東歸懶舉頭。莫道還家便容易，人間多少事堪愁。

——羅鄴

十年溝隍待一身，半年千里絕音塵。鬢毛如雪心如死，猶作長安下第人。

——溫憲

落第逢人慟哭初，平生志業欲何如。鬢毛灑盡一枝桂，淚血滴來千里書。

——趙嘏

爲什麼「莫道還家便容易」？爲什麼「淚血滴來千里書」？因爲科舉得失已成爲一種牽連著家庭、親族、故鄉、姓氏榮辱的宏大社會命題，遠不是個人的事了。李頻說「一第知何日，全家待此身」；王建說「一士登甲科，九族光彩新」，都是當時實情。因此，一個落第者要回家，不管是他本人還是他的家屬，在心理上都是千難萬難的。據錢易《南部新書》記載，一個姓杜的讀書人多次參加科舉考試未中，正想回家，卻收到妻子寄來的詩：

良人的的有奇才，
何事年年被放回？
如今妾面羞君面，
君若來時近夜來！

這位妻子的詩句實在是夠刻薄的，但她爲丈夫害羞，希望丈夫趁著夜色偷偷回來的心情也十分眞實。收到這首詩的丈夫，還會回家嗎？因此不少人硬是困守長安，下了個死決心，不考出個名堂來絕不回家。這中間所造成的無數家庭悲劇，可想而知。《唐摭言》卷八載，有一個叫公乘億的人一直滯留在京城參加一次次科舉考試，離家十多年沒有回去過。有一次他在城裏生了場大病，家鄉人傳言說他已病死，他的妻子就長途來奔喪，正好與他相遇。他看見有一個粗衰的婦人騎在驢背上，有點面熟，而婦人也正在看他，但彼此相別時間太長，都認不準了，託路人相問，才知道果然是夫妻，就在路邊抱頭痛哭。

這對夫妻靠著一次誤傳畢竟團聚了，如果沒有誤傳，又一直考不上，這位讀書人可能就會在京城中長久待著，直到垂垂老去。錢易《南部新書》就記載過這樣一位老人。是一位屢試不第的老秀才吧，在京城中等著春試，除夕之夜，全城歡騰，他卻不能回家過年，正沮喪著，聽說今夜宮中有儺戲表演，就擠在人羣裏混了進去。不想進去後被樂吏看成了表演者，一把推進表演隊伍，跌跌撞撞地在宮內繞圈，繞了千百轉，摔了好幾跤，又要他執牛尾演唱，做各種動作，鬧騰了整整一夜直到第二天黎明，老人已累得走不動路，讓人抬了回去，一病六十日，把春天的科舉考試也耽誤了。看來老人還得在京城熬下去。我不知道這位老人是否還有老妻在家鄉等著，他們分別有多少年了？我不知道他有沒有子女，這些子女是否在掛念孤身在外的老父親？除夕夜他在宮中轉圈時明明體力不支爲什麼不早一點拔身而出？難道他在儺戲的扮演中獲得了某種有關人生惡作劇的感悟？

由於屢試不第給讀書人和他們的家人帶來了長久而廣泛的心理壓力，一旦中舉之後的翻身感也就不言而喻。喜報到處，怪事叢生，但次數一多，怪事也被適應，反被人們看作正常了。我在《玉泉子》中讀到一則記載曾頗覺驚異，但那則記載的語氣卻非常平靜，像是在談一宗日常小事。一位級別很高的地方官設春社盛宴，恭邀一位將軍攜家人參加。將軍的家屬人數不少，還帶來一位已出嫁的女兒，這女兒嫁給一個叫趙琮的讀書人，趙琮多年科舉不第，窮困潦倒，將軍的女兒抬不起頭來，將軍全家也覺得她沒臉見人，今天既然一起跟來參加春社盛宴了，便在她的棚座前掛一塊帷障遮羞。宴會正在進行，突然一匹快馬馳來，報告趙琮得中科舉的消息，於是將軍起座高喊：「趙郎及第矣！」家人聞之，立即將趙琮妻子棚座前的帷障撤去，把她攙出來與大家同席而坐，還爲她妝扮，而席間的她，已經容光煥發。使我驚異的是，在趙琮考中之前，他妻子也是將軍的女兒，竟然因丈夫落第而如此可憐，面對這種可憐，將軍全家竟也覺得理所當然！

家屬尙且如此，中舉者本人的反應就更複雜了。一般是聽到考中的消息欣喜若狂，疑是做夢。「喜過還疑夢，狂來不似儒」（姚合），狂喜到連儒生的斯文也丟得一乾二淨。有的人比較沉著，面對著這個盼望已久的人生逆轉，樂滋滋地品味著昨天和今天。你看那個曹鄴，得了喜訊之後首先注意到的是僮僕神情的變化，然後想到換衣服，而從舊衣服上又似乎還能看到前些年落第時留下的淚痕，他把這些都寫在詩裏，心思和筆觸都相當細緻。有的人則故作平靜，平靜得好像什麼事都沒有發生，例如韓偓及第後首次騎馬去赴期集，這本是許多進士最爲意氣昻昻的一段路程，他竟是這樣寫的：

輕寒著背雨淒淒，
九陌無塵未有泥。

還是平日舊滋味，
漫垂鞭袖過街西。

他把得意收斂住了，收斂得十分瀟灑。

不過這種收斂的內在眞實性深可懷疑，或許韓偓確實是個例外。對於多數士子來說，考上進士使他們感到一種莫名的輕鬆，長久以來的收斂和謙恭可以大幅度地解除，雖然官職未授，但已經有了一個有恃無恐的資格和身分，可以比較眞實地在社會上表現自己了。這中間最讓人瞠目結舌的例子大概要算《唐摭言》卷二所記的那位王泠然了。王泠然及第後尚未得官，突然想到了正任御史的老熟人高昌宇，便立卽握筆給高昌宇寫了一封信，信的大意是：

您現在身處富貴，我有兩件事求您，一是希望您在今年之內為我找一個女人，二是希望您在明年之內為我找一個官職。我至今只有這兩件事遺憾，您如果幫我解決了，感恩不盡；當然您也可能貴人多忘事，不幫我的忙，那麼說老實話，我既已及第，朝廷官職的升遷難以預料，說不定那一天我出其不意地與您一起並肩台閣，共處高位，到那時我會側過頭來看您一眼，你自然會深深後悔，向我道歉，請放心，我會給您好臉色看的。

這封無賴氣十足的信，可以作爲心理學研究的素材。是變態心理學還是社會心理學？都可以，但我更看重它隱藏在特殊文詞後面的社會普遍性。當年得中的士子們如果有機會讀到王泠然的這封信，也許會指責他的狂誕和唐突，但就他們的內心而言，王泠然未必孤獨。

4

面對著上述種種悲劇和滑稽，我們不能不說，由一代又一代中國古代政治家們好不容易構想出來的科舉制度，由於展開方式的嚴重失度，從一開始就造成了社會心理的惡果。

這種惡果比其他惡果更關及民族的命運，因爲這裏包含著中國知識分子羣體人格的急遽退化。科舉制度實行之後，中國的任何一個男孩子從發蒙識字開始就知道要把科舉考試當作自己的人生目標，除了不多的少年及第外，他們都將爲這種考試度過漫長的年月。一種在唐代就開始流行的說法叫「五十少進士」，意思是五十歲考上進士還算年輕，可見很多知識分子對科舉的投入是終身性的。這樣的投入勢必會產生堅硬的人格結果，不僅波及廣遠，而且代代相傳。現代文化史家總習慣從先秦諸子的各種論說中來考索中國知識分子羣體人格的哲學構成，這固然無可厚非，但據我們的切身經驗，人格主要是由一生的現實遭遇和實踐行爲塑造成的，大量中國古代知識分子一生最重要的現實遭遇和實踐行爲便是爭取科舉致仕，這當然會比曾在先秦典籍中讀到過的某一種學說更強悍地決定他們的人格構成了。

科舉制度本想對中國知識分子作一番選擇的，沒想到選擇過程變成了塑造過程，而這種塑造有很大一部分是惡性的。

科舉像一面巨大的篩子，本想用力地顛簸幾下，在一大堆顆粒間篩選良種，可是實在顛簸得太狠太久，把一切上篩的種子全給顛蔫了，顛壞了。

科擧像一個精緻的閘口，本想匯聚散逸處處的溪流，可是坡度挖得過於險峻，把一切水流都翻捲得又渾又髒。

在我看來，科擧制度給中國知識分子帶來的心理痼疾和人格遺傳，主要有以下幾個方面：

其一，伺機心理。科擧制度給中國讀書人懸示了一個既遠又近的誘惑，多數人都不情願完全放棄那個顯然是被放大了的機會，但機會究竟何時來到又無法預卜，唯一能做的是伺機以待。等待期間可以苦打苦熬、卑以自牧，心中始終暗藏著翻身的一天。「吃得苦中苦，方爲人上人」、「朝爲田舍郎，暮登天子堂」等等諺語，正是這種心理的通俗描述。歷來有這種心理的人總被社會各方讚爲胸有大志，因此這已成爲一種被充分肯定的社會意識形態。伺機心理也可稱作「苦熬心理」和「翻身心理」。本來，以奮鬥求成功、以競爭求發達是人間通則，無可非議，但中國書生的奮鬥和競爭並不追求自然漸進，而是企盼一朝發跡。成敗貴賤切割成黑白兩大塊，切割線前後雙重失態，未曾及第，連家也不敢回；一旦及第，就成了明明暗暗的王泠然，氣焰蔽天。王泠然滿口潑辣，只因爲前些天還是一個苦熬者，憋了那麼久，終於報仇雪恨般地突湧出強烈的翻身感。由此倒逆回去，可以推知中原大地上無數謙謙君子、溫文儒者，靈魂未必像衣衫那麼素淨，心底未必如面容那麼祥和。他們有世界上最驚人的氣量和耐心，可以承受最難堪的困厄和屈辱，因爲他們知道，迷迷茫茫的遠處，會有一個機會。然而，機會只是機會，不是合理的價值選擇，不是人生的終極關懷。所以，即便在氣量和耐心背後，也隱潛著自私和虛僞。偶爾，氣量和耐心也會碰撞到無法容忍的邊界，他們就發牢騷、吐怨言，但大抵不會明確抗爭，因爲一切合理的社會競爭都被科舉制度歸攏、提煉成一種官方競爭，而且只有這種競爭才高度有效，於是中國書生也就習慣了這樣怪異的平衡：憤世嫉俗而又宣布與世無爭，安貧樂道而又爲懷才不遇而忿忿不平。從總體而言他們的人生狀態都不大好，無論是對別人還是對自己，他們都缺少透徹的奉獻、響亮的饋贈。他們的生活旋律比較單一：在隱忍中期待，在期待中隱忍。

其二，騎牆態勢。科舉制度使多數中國讀書人成了政治和文化之間的騎牆派，兩頭都有瓜葛，兩頭都有期許，但兩頭都不著實，兩頭都難落地。科舉選拔的是行政官員，這些前不久還困居窮巷、成日苦吟的書生，包括那位除夕夜誤入宮廷演了通宵儺戲的老人，一旦及第之後便能處置行政、裁斷訴訟？這些從春風得意的馬背上跳下來，從杏園宴、聞喜宴的鼓樂中走出來的新科進士，授官之後便能調停錢糧、管束賦稅？即便留在中央機關參與文化行政，難道也已具備協調功夫、組織能力？是的，一切都可原諒，他們是文人，是書生。但是，作爲文人和書生，他們又失落了文化本位，因爲他們自認與文化接觸開始，就是爲了通過科舉而做官，作爲文化自身的目的並不存在。試卷上的詩賦固然只是手段而已，平日有感而發的吟詠也常常脫離文學本體，因爲他們的人生感觸往往與落第和入仕有關，許多吟詠成了攀援政治的文字印痕。一旦攀上政治的台階，吟詠便從一種手段變更爲一種消遣，一種自身文化修養的標誌，官吏間互相唱和，宴集時聊作談資。文化的尊嚴、知識分子的使命，只有偶爾閃光，未能一呼百應。結果，圍繞著科舉，政治和文化構成了一個糾纏不清的怪圈：不太嫻熟政治，說是因爲文化；未能保全文化，說是爲了政治。文化和政治都只是用狂熱的假相裝點起來的標幟，兩面標幟又互爲表裏：從政治角度看是文化，從文化角度看是政治，文人耶？官吏耶？均無以定位，皆不著邊際，都無所謂政治品格，也無所謂文化良知。「百無一用是書生」，這或許是少數自省書生的自我嘲謔，但在中國，常常因百無一用而變得百無禁忌，雖萎弱卻圓通，圓通在沒有支點的無所作爲中。

其三，矯情傾向。科舉既然把讀書當作手段，把做官當作目的，文化學和政治學上的人性內核也就被抽離；科舉的成敗關及家族倫理的全部榮譽，於是家族倫理的親情牽累也就必須顧全大局，暫時割捨，奉獻給那種沒有期限的苦讀、別離、期待。一來二去，科舉便與正常人情格格不入，上文所引一系列家庭悲劇，皆是例證。那些不敢回家的讀書人，可以置年邁的雙親於不顧，可以將新婚的妻子扔鄉間，只怕面子不好看，這樣做開始是出於無奈，但在這種無奈中必然也會滋生出矯情和自私。《西廂記》雖然描摹了張生一旦科舉高中，終於與鶯鶯門當戶對地結合的遠景，卻也冷靜地估計到此間希望的渺茫，因此爲張生別離愛人去參加科舉考試的那個場景，動用了最爲悲涼的詞句：「曉來誰染霜林醉？總是離人淚！」然而《西廂記》長久被目爲不經的淫書，只有鐵石心腸地癡想金榜的男人才被充分讚揚。鐵石心腸不要感情，卻並不排斥肉慾，那位王泠然開口向老朋友提的要求，第一項就是要一個女人。俗諺謂「書中自有顏如玉」，也是這個意思。要肉慾而不要感情，又把不要感情妝扮得堂而皇之，這便是矯情中的矯情，中國書生中的僞君子習氣，也大多由此而生。在我看來，科舉制度對社會生活的損害，也是從它離間普通的倫常人情開始的。一種制度，倘若勢必要以損害多方面的正常人情爲代價，那麼它就不會長久是一種良性的社會存在。終有一天，要嘛因它而阻礙社會的健康發展，要嘛由健康發展的社會來戰勝它，別無他途。同樣，一批與正常人情相背逆的人，那怕是萬人矚目的成功者，也無以眞正地自立歷史，並面對後代。應該說，這是科舉制度在中國書生身上留下的又一遺憾。

不知道當年升沉於落第和及第狂潮中的書生，有幾個曾突然領悟到科舉對自己的人格損害？我相信一定會有不少，否則我們就讀不到那麼多鞭辟入裏的記載了。但是，一種由巨大的政治權力所支撐的國家行爲，怎麼會被少數明白人的抱怨所阻遏呢？而這少數明白人的明白，又能到什麼程度呢？

我曾注意到，當年唐代新及第的不少進士，一高興就到長安平康里的妓院玩樂。平康里的妓女，也樂意結交進士，但交談之下，新科進士常常發覺這些妓女才貌雙全，在詩文修養、歷史知識、人物評論等方面不比自己差，當然，她們沒有資格參加科舉考試。面對這些妓女，新科進士們多年苦求、一朝得意的全部內容都立即褪色。唯一剩下的優越只不過自己是個男人。男人以知識求官職，妓女以美色求生存，而男人的那一點知識，她們卻在談笑中一一降伏。我不知道這些男人，是否因此而稍感無聊？

男人有家眷而拋捨親情，妓女有感情而無以實現，兩相對視，誰的眼睛會更坦然一點？幸好發現一條史料，說福建泉州晉江人歐陽詹，進士及第後到山西太原遊玩，與一妓女十分投合，相約返京後略加處置便來迎娶。由於在京城有所拖延，女子苦思苦等終於成疾，臨終前剪髻留詩。歐陽詹最後見到這一切，號啕大哭，也因悲痛而死亡。①這件事，好像可以成爲戲曲作家編劇的題材，而我感興趣的只是，終於有一位男人，一個進士，在他的人格結構深處，進士的分量不重，官職的價值不高，卻可以爲愛情付出生命的代價，即便這種愛情的外部形象並不高雅。他的死

① 參見《太平廣記》卷二七四、《全唐詩》卷四七三孟簡《詠歐陽行周事》、傅璇琮《唐代科舉與文學》第十五章。

亡，以一種正常人情的力量，構成了對許多進士殘缺人格的嘲笑。

科舉制度在人格構建上的諸多弊端，至少不可能被當時的決策者徹底洞悉。他們中有不少人也是從科舉的路途而踏上高位的，無法看透自己和同道們身上的根本性隱疾，但是他們卻感覺到了科舉制度所遇到的痲煩。就像一屋子喝醉酒的人誰也沒有意識到自己喝醉了，只感到桌面的傾斜、杯盤的搖晃。他們開始整治科舉制度，只在具體操作規程上著眼，出了很多新點子，又遇到很多新障礙，消消停停千餘年，終於沒有走通。

5

縱觀歷史，對科舉制度弊病的發現和整治，大致可分爲兩大截：唐宋爲良性整治階段，明清爲惡性整治階段。在良性整治階段也有惡性衝撞，但就整體而言當時的科舉制度還瑕不掩瑜，種種整治或多或少都帶有試驗性和創建性；在惡性整治階段也有明智的舉措，但機制性的痼疾已多方面發作，任何一種整治都會帶來一系列更嚴重的毛病，於是整治越來越嚴，毛病卻越來越深，再也解脫不了。

如前所述，科舉制度本身是一個嚴肅而深刻的構思，並不像後人所渲染的那樣荒誕不經；那麼，它所暴露出來的弊病也同樣是嚴肅而深刻的，並不像我們想像的那樣易於避免。我在閱讀有關史料時一再地想，如果我們現在要推行一種在全國範圍內定期選拔行政官員的社會考試制度，許多問題照樣會遇到，照樣難於解決。

爲此，我想帶著讀者一起回到古代，站在那些頭腦清晰、智力充裕的宰相、內閣大學士、吏部尚書、禮部侍郎和諸多考官的立場上，看看他們在執掌科舉制度時究竟會遇到那些逃不開的麻煩，然後再設身處地地爲他們想想有沒有排解的辦法。

當頭遇到的一個麻煩，是科舉考試要不要與推薦結合起來。粗粗一想，我們也許會斷然反對推薦，以保證考試的純淨性，但實際上考試的純淨性遠不是選拔的準確性。如果選拔不準確，考試的純淨性又有什麼意義？考試很像西方戲劇中的「三一律」，必須把一個漫長的活體生命擠壓在特定時間、特定地點、特定程序之中，而這種擠壓又是書面化的。考試前的社會經驗和生命狀態究竟如何？應考者對自己的判斷和期望是什麼？這實在是比書面答卷更爲重要的事，需要靠別人推薦和自我推薦來解決。因此在唐代，推薦在科舉考試中佔據很大的地位，算不得作弊。

公元八二八年，崔郾受朝廷之命離長安赴洛陽主持科舉考試，臨行前公卿百官盛宴餞送，太學博士吳武陵在席間向崔郾推薦杜牧，而且當場朗讀了杜牧的《阿房宮賦》。崔郾聽了也大爲讚賞，吳武陵就直截了當地說：「那就請您讓他做頭名狀元吧。」崔郾也不隱瞞，說：「頭名狀元已經有人了。」一問下來，不僅頭名有了，第二、第三、第四名也有了，杜牧就成了第五名。這事使主考官崔郾很高興，他當卽在席間宣布：「剛才太學博士吳武陵先生送來一位第五名。」②

公元八三七年，高鍇主持科舉考試，他平日在當朝高官中最佩服的是令狐綯，於是在一次上朝時便問令狐綯：「您的朋友中誰最好？」令狐綯不假思索地脫口而出：「李商隱。」這一年，李商隱及第。連李商隱也知道自己及第主要是因爲令狐綯推薦，就把這一事實寫在《與陶進士書》中。③

② 見《唐摭言》卷六《公薦》。

③ 見《樊南文集評注》卷八。

這兩件事，現在說起來實在有點要不得。考試尚未開始，一至五名全定了；主考官不僅接受推薦，而且主動打聽推薦線索。有趣的是，當時大家並沒有覺得這樣做有什麼不好，可以朗聲推舉，可以坦然磋商，可以當衆宣布，可以詳細記述。當然這裏會夾雜著大量的不公平，但如果不是這樣，主考官就不知道杜牧寫過《阿房宮賦》，就不會對李商隱的名字產生特別的注意，這兩位大詩人也就有可能名落孫山。好在我們直到今天還都了解杜牧和李商隱，知道沒有任何一種考試能把他們那樣美麗的才華考出來，因此誰都願意站出來推薦他們。這種推薦究竟是公平還是不公平的呢？照我說，與其是失落了杜牧和李商隱去追求公平，寧肯要保留著杜牧和李商隱的不公平。

事實上，那種拒絕試卷之外的其他信息，只憑試卷決定一切的做法，毛病更多。來應考的人成百上千，試卷堆積如山，閱卷人能夠仔細品鑑的程度是十分有限的。閱卷人都上了年歲，時間趕得又那麼緊，看不了多久就會陷於疲憊和麻木，不會從他們眼裏漏掉一個人才的說法，只是騙騙局外人罷了。在這種情況下，連考官和閱卷人也極想知道一些推薦信息，使他們在試卷的汪洋中抓摸到一些重點審讀對象。對此，在這方面有深刻體驗的柳宗元說得最好，他認爲朝廷取士，不妨讓考官們在閱卷前對出色的應試者有所聞（卽所謂「先聲」）：

所謂先聲後實者，豈惟兵用之，雖士亦然。若今由州郡抵有司求進士者，歲數百人，咸多爲文辭，道今語古，角誇麗，務富厚。有司一朝而受者幾千萬言，讀不能十一，卽偃仰疲耗，目眩而不欲視，心廢而不欲營，如此而曰吾不能遺士者，僞也。惟聲先焉者，讀至其文辭，心目必專，以故少不勝。④

柳宗元是我們所信賴的，他的這種說法當然不是在爲私通關節辯護。

如果允許推薦，那麼順理成章也應接受應試者的自薦。一般說來，他們比別人更知道自己的優勢所在，在考試之前，打理一下平生最得意的作品，尋找社會名流中最能賞識自己的人，搭建與上層社會溝通的橋樑，使自己成爲比較引人注意的科

④《河東先生集》卷二十三，《送章七秀才下第求益友序》。

舉候選人，在唐代屬於正常之舉。唐代科舉考試中所風行的「行卷」，便是應試者們自我推薦的一種方式。程千帆先生說：

所謂行卷，就是應試的舉子將自己的文學創作加以編輯，寫成卷軸，在考試以前送呈當時在社會上、政治上和文壇上有地位的人，請求他們向主司卽主持考試的禮部侍郎推薦，從而增加自己及第的希望的一種手段。這也就是一種憑藉作品進行自我介紹的手段；而這種手段之所以能夠存在和盛行，則是和當時的選舉制度分不開的。⑤

一度，主考機構也要求應試者把自認爲滿意的舊作上繳以供選拔時參考，自我推薦也就變得更加合法。士子們在選編自薦材料的時候不經意地爲中國文學史編出了不少珍貴的文集，否則好多詩文有可能早就失散了。例如皮日休的《文藪》和元結的

⑤《唐代進士行卷與文學》，上海古籍出版社一九八〇年版第三頁。

《文編》當初都是爲自薦編成的，他們兩人分別都在編定自己文集的第二年進士及第，看來自薦的作用不小。

大詩人王維因自薦而成爲頭名狀元的故事載於《集異記》，明代傳奇《鬱輪袍》也講這個故事，聽起來很有趣味。故事說，當初年輕的王維以驚人的文學天賦和音樂才華遊歷於長安上層社會，特別爲岐王所看重。科舉考試將至，誰若能成爲長安京兆府的第一名人選上送，則極有希望奪魁狀元。王維知道對此事有決定權的公主心中已另有人選，請岐王幫忙。岐王深知王維的才學有競爭力，要他準備好舊詩十篇、琵琶一曲，五天後再來。五天後王維如期而至，岐王拿出鮮麗華貴的衣服要他穿上，共赴公主府第，名義上是向公主奉獻酒樂，王維充作樂師。公主見王維風姿超羣，奏曲精妙，大爲讚賞，岐王便說，「他不只精通音樂，文詞更是無人可比。」王維當即把準備的詩卷獻給公主，公主一看更爲驚異，說：「這些詩，都是我平常反覆誦讀的，一直以爲是古人佳作，沒想到竟然出之於你的手筆！」於是以上賓之禮，與王維暢談。王維言談間風流蘊藉，詼諧幽默，不能不讓在座的其他賓客深深欽佩。岐王便對公主說：「如果今年京兆府第一名由這位青年來承當，就會十分風光。」公主說：「那爲什麼不讓他去應試呢？」岐王說：「這位老弟心氣頗高，不作爲第一人選上送他是絕不會去應試的，但聽說貴公主已決定了別的人作爲第一人選。」公主笑道：「那算什麼呀，也是別人托的。」等岐王和王維一離開，公主就召來了當年的考官。於是，王維不僅成了京兆府上報的第一人選，而且果眞成了狀元。

歷史學家認爲，這個故事在具體情節上的眞實性雖然很可懷疑，但《集異記》在記述中所傳達出來的社會氛圍和上層交往關係卻是十分可信的。

我對唐代士子自我推薦最感性的了解，來自白居易所寫的一封自薦信。這封信是貞元十六年（公元八〇〇年）應進士試前寫給當時任給事中的陳京的，所以名爲《與陳給事書》，現收在《白居易集》卷四十四內。白居易這封信的大意是：

> 這些天，您府上拜謁者如林，自薦者如雲，他們的目的很簡單，就是希望您為他們吹噓張揚。我不來拜謁，只差遣家僮送一封信給您，說明我的目的與他們不一樣，就憑這一點，您也該特別關注一下了。我只想誠懇求教，因為無

數事實證明，一個人了解別人容易，了解自己困難。很傑出的人，往往自信不足，很糟糕的人，卻又自以為是，幸好有明白的考官，讓他們各歸其位。您是天下文宗，當代權威，因此願意向您袒露我的內心：我白居易是個平民，上無朝廷援助，下無鄉紳抬舉，敢於到京城來應試完全是憑了文章，到時候等考官作出公平裁斷；但我的文章究竟是可進還是可退，自己卻不甚清楚，因此請您幫我裁定一下。特送上雜文二十篇、詩一百首，請您在公餘之暇隨手翻翻。如果覺得可進，請發一句話，我一定加倍努力；如果覺得不可進，也請發一句話，我就甘心退藏。是進是退，我心中已鬥爭多時，現在就等您一句話了。

白居易的這封信寫得不卑不亢。考試在即，究竟自己是不是一塊材料，該不該繼續努力，請名人裁斷一下，即使落第也落個明白，這番理由，說得很得體。但是，詩文就此送上去了，而白居易對自己詩文的自信並不像他信中說的那樣薄弱。請陳京發一句話，我想更多的是希望陳京在讀了詩文之後把話發給主考官。到底發了沒有我們並不清楚，所知道的只是白居易當年果眞進士及第。

把以上所舉的杜牧、李商隱、柳宗元、皮日休、元結、王維、白居易的例子加在一起可以得出一個印象，在他們那些年代，科舉考試的文章有很大一部分不做在考場內。考試只是一個契機，圍繞著它，進行一場選拔人才的大動員。人才們自己也踴躍起來，走出苦讀的書房，離別偏僻的鄉邑，踏入京城的社交圈，試著用文化爲軸心進行多方面的生命呈示和精神溝通。做法上確實很不規範，但時代的魅力也就在這種不規範之中。有許多事情，規範一旦精密和完滿就不再有讓人喜悅的生命力，科舉制度顯然也是如此；但是能不能因此而永遠拒絕規範呢？又不能，因爲原始性的可喜很容易因無序而轉化爲可惡，不設置足夠的規範必然會把事情徹底搞糟。這便是人類經常要遇到的兩難：總要告別生氣勃勃的無序狀態，總要迎來防微杜漸的嚴整格局，結果，又總是因整體性失落而走向新的無序。

以科舉考試中推薦的問題爲例，既被允許，久而久之自然會有大量陰暗伎倆產生，而即便是王維、白居易、杜牧、李商隱他們那樣的上好詩文也是敵不過陰暗伎倆的，因此當初像他們那樣大大咧咧地自我推薦和被人推薦也就會完全失效，唯一的辦法是制訂嚴密規範來與陰暗伎倆作鬥爭，這是令人沮喪又不得不爲之的事。創業之初的健康與大方，終於被警覺和瑣碎所代替。到了宋代，推薦理所當然地被阻止了，爲了防止考官接受試卷外的信息，實行「鎖院」制度，卽考官一旦被任命就須住入貢院，斷絕與外界的一切來往，直到放榜的那一天。長的時候，一鎖就是五十來天，也夠悶人的。唐代試卷不糊名，敞敞亮亮地讓考官知道這是那位考生的卷子，宋代就把名字糊起來了，再後來，怕考官認出筆跡，乾脆雇一幫子人把所有的考卷重抄一遍再交給考官，以杜絕作弊的可能。

其實作弊是杜絕不了的。科舉考試決定著一個人的全部升沉榮辱，總會引得不少人拚著性命來做手腳，官方發現後立卽採取相應的對策，而一切對策又很快激發出更高明的作弊手段，眞是循環往復，日臻精微。我曾參觀過一個中國古代科舉考試的展覽，面對那些實物，強烈感受到自宋以後，作弊和反作弊成了一場士子和官方層層遞進的智力競賽，而競賽的結果是兩方面都走向卑微。士子作弊的最常用方式是挾帶，把必然要考到的《四書》、《五經》、前科中舉範文和自己的猜題習作縮小抄寫後塞在鞋底、腰帶、褲子、帽子裏，一切可以想得到的角角落落都塞，有的乾脆密密麻麻地寫在麻布襯衣裏。堂皇的經典踏在腳底，抖索的肉體纏滿墨跡，一旦淋雨或者出汗，爛紙汚黑也就與可憐書生的絕望心情混作一團，一團由中國文字、中國文明、中國文人混合成的悲苦造型。

作弊挾帶的也不見得全是投機取巧的無能之輩。例如一〇一二年的一次考試，搜出挾帶者十八人，於是重考，十八人中還是有十二人合格。由此我一直懷疑，許多主持著考試的考官說不定當年也有未被查出的作弊歷史，儘管他們在文化才能上還是合格的。作過弊的考官對作弊的防範只會更嚴，也許是爲了掩飾自己，也許是因爲深諳訣竅，他們會想出許多搜查挾帶的機智辦法；未曾作過弊的考官則會對作弊者保留著一種眞誠的氣惱，一旦有權，氣惱也就化作了峻厲。無論是機智還是峻厲，最終還是要交給看守考場的士兵來操作，有時還公開懸賞，搜出一個挾帶者獎賞一兩銀子。士兵們受此刺激，立時變成凶神惡煞，向全體考生撲來。據說連明太祖朱元璋知道士兵們對應考士子渾身上下細細摸查的做法也大不以爲然，對大臣們說：這些都是讀過聖人詩文的人，怎麼能像對付盜賊一樣來對付他們？但是卽便朱元璋也無法阻止一種整體機制的必然惡果，明代的搜查更加嚴格。考場門口出現的情景是：「上久冰凍，解衣露立，搜檢軍二名，上窮髮際，下至膝踵，裸腹赤趾，防懷挾也。」⑥到清代，考生頭上的辮子也要解開來查過，甚至還要察看肛門，實在有辱斯文。爲了防止在羊皮襖裏挾帶，規定考生進考場穿的羊皮襖不能有面子，只能把單張羊皮穿在身上，一眼看去，考場內外一片白花花，宛若一大堆紛亂的羊羣。⑦這景象在我想來是觸目驚心的，這兒究竟發生了什麼事？一羣讀書人，只能以動物的形態，來表白自己對文化的坦誠？只能以最醜陋的儀仗，來比賽自己的文明？

說起來作弊在唐代也有很多，但那時既然允許推薦和自薦，整體氣氛寬鬆，不太把這種小手小腳當一回事。詩人溫庭筠就是一個作弊的高手，老是在考試中替別的考生寫文章，當「槍手」，遠近聞名。公元八五八年會試，考官們爲了防止他再一次作弊，故意把他的座位另行擺出，直瞪瞪地注視著他，看到他寫完一千多字的文章早早交卷退場了，也就鬆了一口氣。但是萬萬沒有想到，就在這一次，他竟然在

⑥ 見《霞外捃屑》卷五《應試文》。

⑦ 見魯威：《科舉奇聞》第一四九頁，遼寧教育出版社。

考官注視下的不長時間內，爲八位考生完成了試卷！這件事聽起來太有傳奇性了，我們怎麼也想不出他是如何完成這項極其艱難的操作的，但這種作弊在當時並沒有懲處得要死要活，在今天聽起來還十分有勁。事情到了清代就不同了，如果有人做「槍手」替別人考試，查出後在考場門外戴枷示衆三個月，然後再萬里流放。我想，能夠有膽量替別人考試，別人也可以信託他代試的那些人，學問和寫作能力一定高於大多數考生吧，他們應該是有把握中舉而又未能中舉的一羣。爲什麼有把握中舉而又未能中舉呢？我們完全不得而知，只知道現在這羣懷才不遇的讀書人戴著木枷站在考場門外了。天很冷，考場設在北方，時間又是殘冬早春，這些讀書人凍得瑟瑟發抖，他們眼前，一大片穿著白花花單層羊皮的考生在蠕動。

6

一種巨大的不信任，橫亙在考場內外。

由於不信任，推薦和自薦行不通了，代之以越來越苛嚴的防範措施。科舉本是朝廷與文人之間秋波對接、文化與政治之間情緣初訂，但是，這種好不容易開始建立的信任竟然消解得如此快速，如此不留情面！乍一看，考場門口如狼似虎的兵士顯示著考官對考生的不信任，實際上這只是整體不信任的一部分。在我看來，推薦和自薦的行不通，首先不在於考官對考生的不信任，而在於社會對考官的不信任。

宋代曾有人正確地指出，推薦人才之所以具有可信度，是因爲敢於推薦別人的熱心人和敢於接受推薦的官員都是有社會地位的人，「其取人畏於譏議，多公而審」（《容齋隨筆》卷五《韓文公薦士》）。推薦錯了人，整個社會都會譏議，這是任何自愛的正派人都不願意領受的，因此必然力求公正和愼審。只要珍惜自己的社會聲譽，也就有了整體意義上的默契和保證，一切推薦、擔保、允諾都因有效而變得合理，反之，則會因無效而破碎。但是，我們的考官是很難長久地維護住自己的聲譽的，原因不在於品質而在於機制。品質再好的考官，在社會存在方式上有多方面的可攻擊性，因此在根子上不僅是脆弱的，而且是難於徹底信任的。

其一，權力網絡上的可攻擊性。

考官在考場以文化知識裁斷考卷，但在官場卻又是不大不小的官員。是官員就有上下左右需要顧及和忌避的地方，這與以文化知識爲至高標準的考場法則有根本性的矛盾。他當然可以宣言只顧考場不顧官場，但如果眞是這樣，他裁斷考卷的權力是誰給的？反過來，倘使太顧官場，他作爲考場主宰者的文化形象又會汚漬斑斑。多數考官是想在兩相平衡中稍稍偏向於文化形象的，但事實上卻很難做到。唐德宗貞元年間，禮部侍郎權德輿知貢舉主持考政，皇帝的寵信李實暗示他幾個必須照顧的人選，權德輿拒絕了，李實大怒，乾脆公開提出二十個人的名單要權德輿接受，而且二十個人的前後名次也排定了。李實大言不慚地對權德輿說：「你可以按照我排的名次一一錄取，否則，你就會貶謫到外地，到那時後悔無及！」這下權德輿不能不陷於矛盾之中了：按照李實的話辦，必然被社會恥笑；但不按他的意思，他一定會到皇帝那裏誣奏，如何是好。⑧幸好不久後皇帝死了，李實不能再胡作非爲。但李實對權德輿說的那番話，歷來有很多考官都可能聽到過，他們不可能都正巧遇到改朝換代。他們怎麼做，可想而知。

⑧ 見《舊唐書》卷一三五《李實傳》。

其實，比權德輿受到李實威脅再早些年，另一位主持考政的禮部侍郎令狐峘的遭遇更能說明問題。令狐峘擔任主考官以來，高官中薦託的人很多，但名次數額有定，當然不能全部滿足，因此很有一些人力圖扳倒他作爲報復。就在這種情況下，他收到當朝宰相楊炎的一封信，要他照顧一位有背景的考生。他怕照宰相的意思做了被別的官員揭露（甚至可能也怕宰相是否有意試探），想來想去不知所措，只得把宰相的來信上繳給皇帝。皇帝見信後把宰相找來問了一下，宰相楊炎見自己寫給令狐峘的信竟在皇帝手裏，十分氣憤，就向皇帝反訴令狐峘，皇帝總是更相信宰相的，聽完之後就罵令狐峘是奸人，把他貶了。⑨在這裏，作爲主考官的權力不堪一擊。

在朝廷各位高官中，相比之下，好像考官的是非特別多，特別需要照顧前後左右的關係。（公元八二〇年禮部侍郎李建主持科舉考試，事後朝廷認爲他沒有主持好，理由是「人情不洽」，讓他改任刑部侍郎。而事實上並不是「人情不洽」而是

⑨見《唐摭言》卷十四、《舊唐書》卷一四九，轉述自《唐代科舉與文學》第九章。

他堅持以文化知識標準取士，反對請託。白居易後來說他「在禮部時，以文取生，不聽譽，不信毀」；徐松說他「蓋不聽毀譽，故不免於遭謗也」。但白居易、徐松說這些話的時候，他已蓋棺。

令狐峘們一個個被貶了，李建們一個個調任了，只有那些絕不像他們那樣做的考官們誠惶誠恐地在考場上正襟危坐。他們明白，考場只是官場的附庸，自己的基本身分只能是馴順的官員而不能是剛正的學者。既然最要命的是「人情不洽」，那麼，沉下心，換成人情練達。練達是爲了自我安全而機敏地斂藏，是爲了避謗躲毀而察顏觀色，是爲了左右逢源而多方溝通。練達、精明在無奈中，勞累在靈活中，失落在機巧中，消融在網絡中。

其二，座主聲譽上的可攻擊性。

一個文官由朝廷任命而主持全國選拔人才的科舉考試，社會聲譽之高簡直無與倫比。朝廷爲了強調科舉考試的權威性，也有意抬高考官的聲譽，上文提到過的唐代進士及第後有「拜謝座主」的儀式，便是其中一個措施。座主就是主考官，進士拜謝座主既有眞誠的感激也有實利的考慮。座主既受朝廷任命，及第進士自稱門生必爲自己增光，而且也會出現更多提携的機會。也許心底眞正在感謝的是某位鄉間啓蒙教師，但鄉間教師無法提供這種機會。於是，考官們在狀元、進士們的拜揖中顯現出一種特殊的重要。

拜謝那天，及第進士們由狀元帶頭，騎馬來到考官宅前，下馬後恭敬而立，把名紙呈進去通報，被迎進庭院後，列隊向東而立，主考官則向西而立面對他們，接受拜謝。集體拜揖、狀元致辭、各別拜揖，然後每位進士一一自報家門，「我是某某家族的什麼人」、「我是某某人的重表弟」、「我是某某人的表甥孫」，盡量把自己家族親戚中有點名堂的人物一起扯上而引起主考大人的關注。碰巧，也會有主考官同宗同族的親戚中了進士，而這位親戚在輩分上恰恰又是主考官的叔叔，那可怎麼辦呢？按照慣例，反一反，進士必須自稱爲侄，而尊主考官爲叔。⑩家族輩分在這裏要服從座主和門生的關係。讓叔叔張口叫侄子一聲叔叔，他們兩人都會震顫，但震顫得最強烈的是封建宗法秩序：僅僅做了一任考官，竟然可以讓社會最基

---

⑩ 見《唐語林》卷八補遺。

元的家族倫理結構爲他而顛倒！

不僅如此，門生對座主的報答是終身性的，而且若有需要，甚至以死相報。連柳宗元都說：「凡號門生而不知恩之所自出者，非人也。」⑪柳宗元等人都十分厭惡門生中那種一開始畢恭畢敬，到後來忘恩負義的投機取巧之徒，而他們的厭惡在當時幾乎也成爲一種社會共識，絕大多數門生是會永久地效忠座主的，不願被大家目爲「非人也」的渣滓。因此，作爲座主也就擁有一筆比什麼都要貴重的生命財富。以賢明著稱的唐代主考官崔羣與夫人的一段對話很能說明這個問題。夫人勸他什麼時候爲子孫置幾處莊園，崔羣笑著說：「別擔心，我已在全國各地置下了三十處最美的莊園。」夫人大爲驚訝，崔羣解釋道：「前年我做主考官時，錄取了全國各地的考生三十人，他們每人都是一所最美的莊園啊！」把一個個門生比作一座座莊園，實在將座主和門生的關係表達得淋漓盡致。當然這裏多少也包含著座主一廂情願的成分，因爲崔羣本人對自己的座主陸贄就比較冷淡，做主考官時也沒有錄取

⑪ 見《河東先生集》卷三十，《與顧十郎書》。

過陸家後代。爲此，聰明而幽默的崔羣夫人接過丈夫的比喻一嘆：「可惜陸贄先生的莊園荒蕪了。」

不管荒蕪不荒蕪，這些有趣的談論顯然掩蓋了一個最根本的前提：科舉考試是國家行爲，考試的結果怎麼轉眼成了主考官的私有財產？這種考試爲主考官創造了一種必不可少的社會聲譽，但這種超濃度的社會聲譽和背後所編織起來的座主——門生網絡無疑與國家行爲的主旨南轅北轍。一種帶有幫會性質的社會小結構產生了，以結構內的無原則糾聚，來對付結構外的一切，彼此名聲大、地位高，成爲上層政治生活中一團團根深蒂固的病灶，世稱「朋黨」。朋黨從總體說來是社會的禍害，當然並非全由座主和門生的關係滋生出來，但這重關係顯然起了提綱挈領式的點化作用，至少爲全社會的低層幫會提供了存在的上層理由。柳宗元不是主張過門生對座主的忠誠嗎，但他又討厭文壇上那些拉幫結派之徒，憤怒地指斥他們「交貴勢，倚親戚，合則掎羽翮，生風濤」、「有不諾者，以氣排之」。⑫柳宗元的好惡

---

⑫見《河東先生集》卷二十五，《送婁圖南秀才遊淮南將入道序》。

很能代表當時文化界一批高品格文人的心態，然而他們不知道，他們所厭惡的幫派之風恰恰與他們所稱頌的座主和門生的關係直接牽連。

唐代名相李德裕已經發現了這個問題。這位政治家的仕途十分坎坷，一直處於大起大落之中，但他只要復出當權，總要對科舉制度作一些實質性的改革，而改革中的重要一項就是努力消解座主和門生之間的膠固關係。他在《停進士宴會題名疏》中指出，及第進士是國家挑選的「國器」，「豈可懷賞拔之私惠，忘教化之根源，自謂門生，遂成膠固。所以時風寖薄，臣節何施，樹黨背公，靡不由此。」⑬為此，他提出：不要再叫座主、門生這些名號，進士們錄取後可以去參見一次主考官，今後再也不允許成羣結隊地去拜謁了，曲江宴、雁塔題名之類立即停止，及第進士三五人自己慶賀宴樂一下可以，但不許把當年所有及第者全都集中起來盛宴。李德裕的這些措施，顯然是針對由科舉考試所形成的幫派的。但隨著李德裕的又一次被貶，這些措施也就煙消雲散。

⑬ 見《會昌一品集·補遺》。

好在一切有頭腦的政治家或遲或早都會重新發現李德裕發現過的問題，因此試圖阻遏座主和門生之間膠固狀態的呼籲和措施歷代不斷。北宋建隆年間朝廷明確下詔，不准把主考官稱爲「恩門」、「師門」，錄取考生也不准自稱是某某考官的「門生」，⑭違者就算犯法。可以代表歷史對這個歷時久遠的問題下結論的是清代大學者顧炎武，他說：「貢舉之士，以有司爲座主，而自稱門生，遂有朋黨之禍。」⑮既然如此，那麼，歷代整治這個問題也就無可厚非了。

雖屬機制性整治，但諸多考官顯然也要承擔一定的道義責任。史籍中對他們最常用的批判詞總是這樣八個字：「受命公朝，拜恩私室」。在這一點上，不僅朝廷，而且連歷史和社會也對他們表示出很大的不信任。清代一再出現的酷烈的科場案，便是朝廷的這種不信任的病態表現。想當初，朝廷正是想借幾雙最值得信任的眼睛考察一下社會上有那些士子可以信任，才推出科舉考試的，沒想到最終連那幾

⑭ 見《宋會要輯稿》，《選舉》三之一。

⑮ 見《日知錄》卷十七。

雙眼睛也無法信任。在一切都無法信任的氣氛中，什麼事情都會變質。最可憐的是那些考官，自己的眼睛早已被多年詩書和成堆考卷磨成昏花，偶一抬頭，竟發現上上下下有那麼多不信任的眼睛逼視著，這算怎麼一回事啊？

其三，文化資格上的可攻擊性。

考官們在權力和聲譽上既然都難於自立，那麼就只剩下文化上的資格了，但可悲的是，他們作爲一個龐大帝國遴選行政管理官員的主要執行者，在文化資格上也是十分脆弱的。

中國文化發展的歷史那麼長，涉及的範圍那麼廣，包羅的內容那麼多，一個再刻苦用功、博聞強記的人窮其一生也只能把握其中極有限的一些塊面，而對其他塊面只有一些影影綽綽的印象罷了，這種情形，科舉考試的主持者、命題者和閱卷者也未能例外。但考生來自全國各地，各有不同的教育背景，即使在同一文化模式裏也會有不同的記憶側重，因此考試中湧現出來的文化信息之紛亂繁雜往往超越考官們的可控範圍。更要命的是，不知從什麼時候開始，也不知出於什麼原因，中國文人互相評鑑文化知識水平的標尺往往不在於宏觀識見而在於細節記憶，一有細節上的記憶失誤，立即哄傳爲笑柄。中國文化擁集著多少細節啊，但人們總是在一筆之誤、一字之差、一名之混、一典之錯中來否定一個人的整體文化程度。考官對考生是這樣，社會對考官也是這樣。這種傳統一直延伸下來，直到今天，有些歷史學家在嘲謔科舉考試是一場不學無術的騙局時，往往也動用了一些文化細節，這應該說是不公正的；由此可以設想在古代，考官們爲了免使自己暴露那怕一丁點兒的文化缺漏將會承受多大的心理磨難。

《明史紀事本末》記載，明正德六年（公元一五一一年）的一次會試，考試後公布的一份優秀考卷中有一個知識性的誤差，即在行文中不小心把孔子生前褒揚的十個弟子和孔子身後人們祭祀時配享的十個弟子有點混淆。考官閱卷時可能只欣賞立意和文詞，也沒有注意到這一點。落第考生知道後大嘩，寫出大字報到處張貼，所有的考官都覺得丢了臉，自認晦氣不敢吭聲。這件事很能說明一種過於沉重的文化傳統與一種選拔人才的考試之間的深刻矛盾，考官只不過是這場矛盾中的潤滑劑和犧牲品。他們隨時會被一個不知什麼時候會冒出來的文化細節噎得喘不過氣來，不能不始終如履薄冰。

在這種心態下，可能產生的笑話反而更多。乾隆年間一個考生在考試前外出遊玩，在路邊見到過兩棵槐樹之間一口井這樣一種普通的景象，不知怎麼就記住了。臨到考試，他怨恨自己肚子裏典故太少，寫出文章來容易被人覺得沒有學問，便決定杜撰幾個出來，靈機一動寫出一句「自兩槐夾井以來」，如此等等，他寫得那麼從容，閱卷的考官緊張了，心想一定是我沒有讀到過的典故，爲了掩飾，給予佳評，這位考生竟被取爲解元。我們可以設身處地爲這位考官想一想，即便他大體猜測這位考生有可能是杜撰典故，他也不能保證浩如煙海的中國文化典籍中絕對沒有「兩槐夾井」一說，不怕一萬只怕萬一，因而只能閉一隻眼睛算他「用典有據」。

這種麻煩連一些大學問家也經常遇到。一八九二年廷試，閱卷大臣發現一份優秀考卷中有「閶面」二字不可解，問主持其事的宰相翁同龢是否可能是「閶闔」的筆誤，翁同龢以知識廣博聞名，低頭一想說，以前在書中見過以「閶面」對「簷牙」，應該算對。事後問那位考生，確是筆誤，這一下翁同龢鬧了笑話。但我們在笑翁同龢的時候不會太暢快，因爲我們相信他確實看到過「閶面」。深不可測又朦朧混沌的中國文化幾乎能爲任何一種勉強自圓其說的答案提供可能性，因此學問越大越會遇到判斷的困惑。照理像翁同龢這樣的大學者是最有文化資格來主持考試的，但這次他錯了，錯在不知道某位考生對中國典章文辭把握的範圍。那麼主考者應該以那一條水平線來與考生對位？誰也不清楚。在這種情況下，有的考官甚至完全不相信科舉考試有客觀標準，不相信自己閱卷判斷的準確性，只相信有一種神祕的力量在左右著棄取，便暗暗地用抓鬮的辦法來領悟「文昌帝君」的旨意。據說清道光年間的穆彰阿就是這麼幹的。這實際上是對考官職責的全面放棄。

主考官們在文化資格上還會受到更惡性的挑戰，並按中國慣例，由文化而直接誘發政治威懾和政治迫害。考官們不僅避不開朝廷的斧鉞，而且也躲不過考生的利劍。最典型的例子是公元七三六年李昂任主考官，考生李權通過親戚鄰居的關係來走門路，性子剛直的李昂大怒，招集起考生當衆責斥李權，而且把李權文章中不通的句子摘抄出來貼在街上。於是李權決定報復，他找到李昂，出現了以下一段對話——

李權：古人說過，來而不往非禮也。我的文章不好，現在大家都知道了；

主考大人也有不少文章在外界傳流，我也想切磋一下，可以嗎？

李昂：有何不可！請吧。

李權：有兩句詩，「耳臨清渭洗，心向白雲閒」，是主考大人寫的嗎？

李昂：是的。

李權：您詩中用了「洗耳」的典故。大家都知道，這個典故是說古代的堯在他的衰老之年不想再統治天下了，要把自己的權位禪讓給許由，沒想到許由不僅不想掌權，而且根本不想聽讓他做官的話，認爲是最壞的話，聽到後還到水邊去洗耳朵。

李昂：……

李權：今天我們的皇上年富力強，還遠沒有衰老到退位的年歲，而且皇上好像也沒有把皇位讓給主考大人的意思，您洗耳朵幹什麼呢？

聽了李權這番話，李昂身爲主考官卻惶駭萬狀，一下子軟了下來。⑯

---

⑯　參見劉肅《大唐新語》卷十《厘革》，《通鑑》卷二一四。

是啊，考官也是文人，而且又比較有名，文章流播世間，考生爲揣摩他們的好惡又曾仔細研讀過，要在他們的文詞找一點岔子是再容易不過的。岔子的入口點總是典故，而終點總是政治。當你一旦成了考官，你曾經引爲自豪的全部學問背後，可能都掩藏著一個個陷阱。

從以上所述考官們可被攻擊的三個方面，我們大體可以看到科舉考試在主持者和操作者一面所遇到的一系列巨大痲煩。以前我們更多地關注考生們的悲哀，結果造成一種印象，似乎是一羣邪惡而又愚蠢的考官大臣在胡鬧。這種誤解容易讓人得出一個結論：科舉制度的痼疾是可以避免的，只不過歷朝主持者不好罷了。但是，當我們把視線一旦停留在科舉考試主持者們身上，發現他們如何處在一種極其脆弱又難於被人信任的困境中，而這種困境的造成基本上又不是因爲他們個人品格上的問題，那麼我們就會憬悟：科舉考試本身是一個巨大的悲劇行爲。對中國來說，這是一種千年的需要，又是一種千年的無奈。抓住它，滿手芒刺；丟棄它，步履艱難。

7

科舉考試最終的徹底敗落，在於它的考試內容。

其實這也是一個千餘年傷透了腦筋的老問題，歷來很多有識之士一而再、再而三地爲此而唇槍舌劍，激烈爭論。考試主持者們也曾做過一系列試驗，一次次地改革考試內容，力圖使它更符合選拔管理人才這一根本目的。我在傅璇琮先生的《唐代科舉與文學》一書中反覆讀到，考試中究竟是側重詩文經典，還是側重聯繫社會實際的時務策，是人們討論的一個難點。在唐代有很長一段時間是十分重視時務策的，例如元結任州試考官時曾出過這樣幾個試題：

一、你認爲應該如何消解當前的強藩割據？

二、你認爲應該如何使官吏清廉，斷絕他們的僥倖所得？

三、你認爲應該如何使戰亂中流離失所的百姓重新耕種？

四、你知道粟帛估錢的情況嗎？在大詩人杜甫出的試卷中，有「華陰的漕渠如何開築爲宜」、「兵卒如何輪休」等題目。白居易則問考生「如何改進各級官員的薪俸制度」、「如何解決當前社會上出現的農貧商富的問題」等等，都非常切於實用。

這些試題今天看起來仍然覺得不錯，但我們也不能褒揚過甚。沉溺於詩賦考試固然太局限、太沒有現實意義了，但是能對身邊的現實問題發表一點議論的也未必是人才，因爲議論和操作完全是兩回事。更何況，在考試中討論身邊的具體問題，閱卷的困難很大，考官自己對這些具體問題的看法很容易成爲一種取捨標準，從而對看法與考官相左的考生帶來不公正。與詩賦考試相比，時務策的考試當然不大會重視考生整體文化素養方面的水準，答題成敗的偶然性更大。也許正因爲這樣，一些大學者倒並不傾心於這方面的改革，他們覺得科舉考試也就這麼回事了，靠幾道試題來斷定什麼考試有用，什麼考試無用，未免顯得武斷。蘇東坡說：

> 自文章而言，則策論為有用，詩賦為無益。自政事言之，則策論、詩賦均為無用。雖知其無用，然自祖宗以來莫之廢者，以為設科取士，不過如此而

已。⑰

「均爲無用」、「不過如此而已」，眞是大家口吻。柳宗元說得更透徹，他認爲試題的變來變去並不會改變取士的方向，不要企望試題出現了什麼方面的內容就會選拔到什麼方面的人才。考生總是那些讀書人，朝廷側重考什麼內容，他們就作什麼方面的準備，好像很對應，卻未必是人才。關鍵是要找到眞正的人才。⑱

蘇東坡和柳宗元的看法高人一籌，但作爲稀世大才他們對人才的要求與科舉考試想選拔的人才有較大的距離。就一般人才的選拔而言，考試內容還是很重要的。一定的試題定向標誌著國家對人才的需求重點，也會對全國應試者的自我塑造起一個引導作用。可惜自宋代至明淸，國家對人才的需求標準越來越不明確，只靠著一種歷史慣性消極地維持著科舉，爲了堵塞種種堵不勝堵的漏洞，考試規則越來越嚴

---

⑰ 見《東坡奏議集》卷一。

⑱ 參見《河東先生文集》卷二十三，《送崔子符罷舉詩序》。

格；為了符合上下古今多方位的意識形態要求，考試內容越來越僵硬。終於，出現了八股文。

用八股文取士，不僅內容限定、格式限定，而且許多聯接虛詞也是限定的，這至少對考官閱卷帶來了很大的方便，使各種不同的考生納入了一種相同話題和固定格式下的充分可比性。我們前面說過，考試不比創作，不能離開了可比性規範任意發揮，就是要看考生在不自由的程序中如何表現。從這個意義上講，當今美國的「托福」考試也是一種「八股」。八股文的毛病首先不在形式而在內容。這是一種毫無社會責任和歷史激情，不知究竟要選擇什麼樣的人的昏庸考試方式。全國士子為通過這項考試一年又一年地鑽研八股文的寫法，結果造成了大量的廢物。對此，清代醫學家徐靈胎隨手寫的一首道情表達得很清楚（文中「時文」即指八股文）：

讀書人，最不濟。背時文，爛如泥。國家本為求才計，誰知道變做了欺人技。三句破題，兩句承題。搖頭擺尾，便道是聖門高第。可知道三通、四史是何等文章？漢祖、唐宗是那一朝皇帝？案頭放高頭講章，店裏買新科利器。讀得來肩背高低，口角噓唏。甘蔗渣兒嚼了又嚼，有何滋味。辜負光陰，白白昏迷一世。就教他騙得高官，也是百姓朝廷的晦氣！⑲

整個九州大地都是這個景象，幾乎一切稍稍有點文化良知的人都已看不下去。事情到了十九世紀後期，國際社會的參照系生楞楞地出現在中國文人前面，無情的多方位對比強烈到讓人眩暈。一千多年前當科舉制度剛剛盛行的時候，中國在世界上是一個什麼樣的形象啊！科舉制度不就是要爲這個形象增色添彩的嗎，怎麼增添了一千多年反而成了這副模樣？是中國上了科舉制度的當？或是科舉制度上了中國的當？或是它們彼此上當？或是大家都上了一種莫名的歷史魔力的當？

十九世紀晚期的世界已是一個什麼樣的世界，我們現在已經不必說了，眞正值得關注的倒是當時仍在科舉制度控制下的中國。據齊如山先生回憶，直到十九世紀晚期，中國大地仍然愚蠢地以科舉制度抵拒著商業文明。一個人參加了一次那怕是

⑲ 見商衍鎏《清代科舉考試述錄》，轉引自《中國古代文化史》，北京大學出版社。

等級最低的科舉考試，連秀才也沒有考上，在當時也算是「文童」了，有事見知縣時可以有座，也可以與官員們同桌用餐。與此相反，一個商人，即便是海內巨賈、富甲一方，見知縣時卻不會有座，也不准與官員們同桌用餐。⑳於是在我眼前出現了一個有象徵意義的歷史造像：一個讀了幾年死書而沒有讀出半點門道的失敗者傻乎乎地端坐著，一個已經創造了大量財富而且有可能給中國帶來新的活力的實踐者像僕役一樣侍立著。這一歷史造像，離我們並不遙遠。

那麼，享有社會特權的科舉考試參加者到了十九世紀晚期還在以一種什麼樣的方式參加考試呢？周作人先生回憶道，那是大寒季節，半夜起牀，到考場早早坐定，在前後左右一片喧囂中等到天亮，天亮後有人舉著一塊木板過來，上面寫著考題，於是一片喧囂變成了一片咿唔，考生們邊咿唔邊琢磨怎麼寫八股文了。一直咿唔到傍晚，時間顯得緊張，咿唔也就變成呻吟：

⑳ 見《齊如山回憶錄》第一章，中國戲劇出版社。

在暮色蒼茫之中，點點燈火逐漸增加，望過去真如許多鬼火，連成一片；在這半明不滅的火光裏，透出呻吟似的聲音來，的確要疑非人境。㉑

齊如山先生對此還作了一個小小的補充，即整整一天的考試是無法離座大小便的，於是可想而知，場內汚穢橫流，惡臭難聞。

讀到這類回憶我總是驀然發呆：燦爛的中國文明，繁密的華夏人才，究竟中了什麼邪，要一頭鑽進這種鬼火、呻吟和惡臭裏邊？

出於時代的壓力、國際的對比，一九〇一年慈禧下令改革科舉。考試內容中加中外政治歷史、藝學，四書五經仍考，但不再用八股文程式。同時，開設新式學堂，派遣學生到國外留學。

這個彎轉得既沒有基礎又不徹底，而轉彎的指揮者自己又極不情願，結果怪事連連。據說爲了迎合要考中外政治歷史的旨意，有一次考官出題時把法國的拿破

㉑ 見《知堂回想錄》。

崙塞進去了，而且因爲粗粗地知道他與中國項羽一樣是一位以失敗而告終的勇猛戰將，便出了一道中外比較的試題：《項羽拿破輪論》（當時譯名初設，把拿破崙譯成拿破輪）。出題的考官趕時髦，但來自全國各地的考生怎麼跟得上呢？一位考生一開筆就寫道：

夫項羽，拔山蓋世之雄，豈有破輪而不能拿哉？使破輪自修其政，又焉能為項羽所拿者？拿全輪而不勝，而況於拿破輪也哉？㉒

這位考生理所當然地把「拿破輪」看成是一個行爲短語：什麼人伸手去拿一個破輪子。項羽有沒有拿過破輪子他不知道，但八股文考試鼓勵空洞無物的瞎議論，文章也就做下去了。當我讀到這則史料時像其他讀者一樣不能不啞然失笑，我想，這位

㉒ 見舒蕪《項羽拿破輪論》，吳小如《〈項羽拿破輪論〉及其他》，《文匯讀書周報》一九九四年四月三十日。

考生敢於做這篇文章倒也眞有一點「豈有破輪而不能拿哉」的氣概，科舉考試在當時確實已成爲一個破輪，它無論如何不能再向前滾動了。爲了不讓這個破輪使整個大車傾翻，在喊聲鼎沸中，科舉終於廢除。

科舉廢除後新式學校一所接一所辦起來了，這不僅釋放了一大批原先已經走上科舉之途的讀書人如上文提到的齊如山、周作人他們，而且實實在在地造就了一大批自然科學和社會科學方面的新型人才，二十世紀中國的光明面，基本上是由這些新型人才造就的。如果科舉制度再延續一些年月，那麼中國在二十世紀將會更加死氣沉沉、無所作爲。

但是，廢除了科舉制度的中國有了新式教學，卻沒能從制度上解決管理人才的選拔問題。我們記得，科舉制度在它產生之初首先是一個人才選拔制度而不是教學制度，它在教學上的惡果只是它後期發展的副產品。副產品的惡果被阻遏了，而千餘年前這一制度的設計者們的宏偉初衷卻一直沒有找到一種更有效的制度去替代。新型的學者在成批地產生，留學外國的科學家在一船船地回來，但管理他們的官員又是從何產生的呢？而如果沒有優秀的行政管理者，一切學者、科學家都會在無序狀態中磨耗終身，都會在逃難、傾軋、改行中折騰得精疲力竭，這已被歷史反覆證明。

科舉制度給過我們一種遠年的浪漫，一種理性的構想，似乎可以用一種穩定而周全的制度長年不斷地爲中華民族選拔各級管理人員。儘管這種浪漫的構想最終不成樣子，但當二十世紀的人們還沒有構建起一種科學的選拔機制，那就還沒有資格來嘲笑它。

8

科舉實在累人。考生累、考官累，整個歷史和民族都被它搞累，我寫它也實在寫累了。我估計，讀者也一定已經讀得很累，那就到此爲止吧。這是一種沒有結論的回顧，沒有終點的敍述，走筆至此，滿心悵然。

眼前突然浮現一個舞台場面，依稀是馬科導演、陳亞先編劇的《曹操和楊修》。曹操新當政，急需管理人才，下令在全國招賢，一個年輕的差役，像更夫一樣滿街敲鑼，敲一下喊一聲：「招賢囉！哐！……招賢囉！哐！……」曹操的時代還沒有科舉，但那幾下鑼聲足可概括千年科舉的默默呼喊。

戲一場場演下去，招來的人才捲入了紛爭的漩渦，困頓、後悔，直至死亡。但在每一場幕間，招賢的鑼依然在敲，一聲比一聲怪異，一聲比一聲淒涼。記得最後一場，年輕的差役早已鬚髮皓然，步履蹣跚，鑼破了，嗓子啞了，但那聲音分明還在一聲聲傳來：「招賢囉！哐！……招賢囉！哐！……」

那個場面好像下了雪吧？積雪的土地仍然埋藏著對人才的渴望吧？打鑼老人的腳印深一腳、淺一腳地排過去，凜冽的寒風捲走了鑼聲和喊聲。這一齣中國政治的幕間戲演得好長，最後是悲劇是滑稽很難分辨。應該劇終了，我們站起身回頭再看一眼，然後離場。

遙遠的絕響

1

對於那個時代、那些人物，我一直不敢動筆。

豈只不敢動筆，我甚至不敢逼視，不敢諦聽。有時，我懷疑他們是否眞的存在過。如果不予懷疑，那麼我就必須懷疑其他許多時代的許多人物。我曾暗自判斷，倘若他們眞的存在過，也不能代表中國。但當我每次面對世界文明史上那些讓我們汗顏的篇章時，卻總想把有關他們的那些故事告訴異邦朋友。異邦朋友能眞正聽懂這些故事嗎？好像很難，因此也唯有這些故事能代表中國。能代表中國卻又在中國顯得奇罕和落寞，這是他們的毛病還是中國的毛病？我不知道。

像一陣怪異的風，早就吹過去了，卻讓整個大地保留著對它的驚恐和記憶。連歷代語言學家贈送給它的辭彙都少不了一個「風」字：風流、風度、風神、風情、風姿……確實，那是一陣怪異的風。

說到這裏讀者已經明白：我是在講魏晉。

我之所以一直躲避著它，是因為它太傷我的精神。那是另外一個心靈世界和人格天地，即便僅僅是仰望一下，也會對比出我們所習慣的一切的平庸。平庸既然已經習慣也就會帶來安定，安安定定地談論著自己的心力能夠駕馭的各種文化現象似乎已成為我們的職業和使命。有時也疑惑，既然自己的心力能夠駕馭，再談來談去又有什麼意義？但真正讓我進入一種震驚和陌生，依我的脾性和年齡，畢竟會卻步、遲疑。

半年前與一位研究生閒談，不期然地談到了中國文化中堪稱「風流」的一脈，我突然向他提起前人的一種說法：能稱得上真風流的，是「魏晉人物晚唐詩」。這位研究生眼睛一亮，似深有所悟。我帶的研究生，有好幾位在報考前就是大學教師，文化功底不薄，因此以後幾次見面，魏晉人物就成了一個甩不開的話題。每次談到，心中總有一種異樣的湧動，但每次都談不透。

前不久收到台灣中國文化大學副教授唐翼明博士賜贈的大作《魏晉清談》，唐先生在書的扉頁上寫道，他在台北讀到我的一本書，「驚喜異常，以爲正始之音復聞於今。」唐先生所謂「正始之音」，便是指魏晉名士在正始年間的淋漓玄談。唐先生當然是過獎，但我捧著他的題詞不禁呆想：或許不知什麼時候，我們已經與自己所驚恐的對象產生了默默的交流？

那麼，乾脆讓我們稍稍進入一下吧。我在書桌前直了直腰，定定神，輕輕鋪開稿紙。沒有那一篇文章使我如此拘謹過。

2

這是一個眞正的亂世。

出現過一批名副其實的鐵血英雄，播揚過一種烈烈揚揚的生命意志，普及過「成者爲王、敗者爲寇」的政治邏輯，即便是冉冷僻的陋巷荒陌，也因震懾、崇拜、窺測、興奮而變得炯炯有神。突然，英雄們相繼謝世了，英雄和英雄之間龍爭虎鬥了大半輩子，他們的年齡大致相仿，因此也總是在差不多的時間離開人間。像驟然掙脫了條條綳緊的繩索，歷史一下子變得輕鬆，卻又劇烈搖晃起來。英雄們留下的激情還在，後代還在，部下還在，親信還在，但統制這一切的巨手卻已在陰陽的墓穴裏枯萎；與此同時，過去被英雄們的偉力所掩蓋和制服著的各種社會力量又猛然湧起，爲自己爭奪權利和地位。這兩種力量的衝撞，與過去英雄們的威嚴抗衡相比，低了好幾個社會價値等級，於是，宏謀遠圖不見了，壯麗的鏖戰不見了，歷史的詩情不見了，代之以明爭暗鬥、上下其手、投機取巧，代之以權術、策反、謀害。當初的英雄們也會玩弄這一切，但玩弄僅只於玩弄，他們的奮鬥主題仍然是響亮而富於人格魅力的。當英雄們逝去之後，手段性的一切成了主題，歷史失去了放得到桌面上來的精神魂魄，進入到一種無序狀態。專制的有序會釀造黑暗，混亂的無序也會釀造黑暗。我們習慣所說的亂世，就是指無序的黑暗。

魏晉，就是這樣一個無序和黑暗的「後英雄時期」。

曹操總算是個強悍的英雄了吧，但正如他自己所說，「神龜雖壽，猶有竟時，騰蛇乘霧，終爲土灰」，六十六歲便撒手塵寰。照理，他有二十五個兒子，其中包括才華橫溢的曹丕和曹植，應該可以放心地延續一代代的曹氏基業了，但衆所周知，事情剛到曹丕、曹植兩位親兄弟身上就已經鬧得連旁人看了也十分心酸的地步，那有更多的力量來對付家族外部的政治對手？沒隔多久，司馬氏集團戰勝了曹氏集團，曹操的功業完全煙飛灰滅。這中間，最可憐的是那些或多或少有點政治熱情的文人名士了，他們最容易被英雄人格所吸引，何況這些英雄及他們的家族中有一些人本身就是文采斐然的大知識分子，在周圍自然而然地形成了文人集團，等到政治鬥爭一激烈，這些文人名士便紛紛成了刀下之鬼，比政治家死得更多更慘。

我一直在想，爲什麼在魏晉亂世，文人名士的生命會如此不值錢。思考的結果是：看似不值錢恰恰是因爲太值錢。當時的文人名士，有很大一部分人承襲了春秋戰國和秦漢以來的哲學、社會學、政治學、軍事學思想，無論在實際的智能水平還是在廣泛的社會聲望上都能有力地輔佐各個政治集團。因此，爭取他們，往往關及政治集團的品位和成敗；殺戮他們，則是因爲確確實實地害怕他們，提防他們爲其他政治集團效力。

相比之下，當初被秦始皇所坑的儒生，做爲知識分子的個體人格形象還比較模糊，而到了魏晉時期被殺的知識分子，無論在那一個方面都不一樣了。他們早已是眞正的名人，姓氏、事蹟、品格、聲譽，都隨著他們的鮮血，滲入中華大地，滲入文明史册。文化的慘痛，莫過於此；歷史的恐怖，莫過於此。

何晏，玄學的創始人、哲學家、詩人、謀士，被殺；

張華，政治家、詩人、《博物志》的作者，被殺；

潘岳，與陸機齊名的詩人，中國古代最著名的美男子，被殺；

謝靈運，中國古代山水詩的鼻祖，直到今天還有很多名句活在人們口邊的橫跨千年的第一流詩人，被殺；

范曄，寫成了煌煌史學巨著《後漢書》的傑出歷史學家，被殺；

……

這個名單可以開得很長。置他們於死地的罪名很多，而能夠解救他們、爲他們辯護的人卻一個也找不到。對他們的死，大家都十分漠然，也許有幾天曾成爲談資，但濃重的殺氣壓在四周，誰也不敢多談。待到事過境遷，新的紛亂又雜陳在人們眼前，翻舊帳的興趣早已索然。於是，在中國古代，文化名人的成批被殺歷來引不起太大的社會波瀾，連後代史册寫到這些事情時筆調也平靜得如古井靜水。

眞正無法平靜的，是血泊邊上低眉躲開的那些僥倖存活的名士。嚇壞了一批，嚇得庸俗了、膽怯了、圓滑了、變節了、噤口了，這是自然的，人很脆弱，從肢體結構到神經系統都是這樣，不能深責；但畢竟還有一些人從驚嚇中回過神來，重新思考哲學、歷史以及生命的存在方式，於是，一種獨特的人生風範，便從黑暗、混亂、血腥的擠壓中飄然而出。

3

當年曹操身邊曾有一個文才很好、深受信用的書記官叫阮瑀，生了個兒子叫阮籍。曹操去世時阮籍正好十歲，因此他注定要面對「後英雄時期」的亂世，目睹那麼多鮮血和頭顱了。不幸他又充滿了歷史感和文化感，內心會承受多大的磨難，我們無法知道。

我們只知道，阮籍喜歡一個人駕著木車遊蕩，木車上載著酒，沒有方向地向前行駛。泥路高低不平，木車顛簸著，酒罈搖晃著，他的雙手則抖抖索索地握著繮繩。突然馬停了，他定睛一看，路走到了盡頭。眞的沒路了？他啞著嗓子自問，眼淚已奪眶而出。終於，聲聲抽泣變成了號啕大哭，哭夠了，持繮驅車向後轉，另外找路。另外那條路走著走著也到盡頭了，他又大哭。走一路哭一路，荒草野地間誰也沒有聽見，他只哭給自己聽。

一天，他就這樣信馬由繮地來到了河南滎陽的廣武山，他知道這是楚漢相爭最激烈的地方。山上還有古城遺蹟，東城屯過項羽，西城屯過劉邦，中間相隔二百步，還流淌著一條廣武澗。澗水汩汩，城基廢弛，天風浩蕩，落葉滿山，阮籍徘徊良久，嘆一聲：「時無英雄，使豎子成名！」

他的這聲嘆息，不知怎麼被傳到了世間。也許那天出行因路途遙遠他破例帶了個同行者？或是他自己在何處記錄了這個感嘆？反正這個感嘆成了今後千餘年許多既有英雄夢、又有寂寞感的歷史人物的共同心聲。直到二十世紀，寂寞的魯迅還引用過，毛澤東讀魯迅書時發現了，也寫進了一封更有寂寞感的家信中。魯迅憑記憶引用，記錯了兩個字，毛澤東也跟著錯。

遇到的問題是，阮籍的這聲嘆息，究竟指向著誰？

可能是指劉邦。劉邦在楚漢相爭中勝利了，原因是他的對手項羽並非眞英雄。在一個沒有眞英雄的時代，只能讓區區小子成名；

也可能是同時指劉邦、項羽。因爲他嘆息的是「成名」而不是「得勝」，劉、項無論勝負都成名了，在他看來，他們都不值得成名，都不是英雄；

甚至還可能是反過來，他承認劉邦、項羽都是英雄，但他們早已遠去，剩下眼前這些小人徒享虛名。面對著劉、項遺蹟，他悲嘆著現世的寥落。好像蘇東坡就是這樣理解的，曾有一個朋友問他：阮籍說「時無英雄，使豎子成名」，其中「豎子」是指劉邦嗎？蘇東坡回答說：「非也。傷時無劉、項也。豎子指魏晉間人耳。」①

① 見《東坡志林》一、《東坡題跋》二。

既然完全相反的理解也能說得通，那麼我們也只能用比較超拔的態度來對待這句話了。茫茫九州大地，到處都是爲爭做英雄而留下的斑斑瘡痍，但究竟有那幾個時代出現了眞正的英雄呢？既然沒有英雄，世間又爲什麼如此熱鬧？也許，正因爲沒有英雄，世間才如此熱鬧的吧？

我相信，廣武山之行使阮籍更厭煩塵囂了。在中國古代，憑弔古蹟是文人一生中的一件大事，在歷史和地理的交錯中，雷擊般的生命感悟甚至會使一個人脫胎換骨。那應是黃昏時分吧，離開廣武山之後，阮籍的木車在夕陽衰草間越走越慢，這次他不哭了，但仍有一種沉鬱的氣流湧向喉頭，湧向口腔，他長長一吐，音調渾厚而悠揚。喉音、鼻音翻捲了幾圈，最後把音收在唇齒間，變成一種口哨聲飄灑在山風暮靄之間，這口哨聲並不尖利，而是婉轉而高亢。

這也算一種歌吟方式吧，阮籍以前也從別人嘴裏聽到過，好像稱之爲「嘯」。嘯不承擔切實的內容，不遵循既定的格式，只隨心所欲地吐露出一派風致，一腔心曲，因此特別適合亂世名士。盡情一嘯，什麼也抓不住，但什麼都在裏邊了。這天阮籍在木車中眞正體會到了嘯的厚味，美麗而孤寂的心聲在夜氣中迴翔。

對阮籍來說，更重要的一座山是蘇門山。蘇門山在河南輝縣，當時有一位有名的隱士孫登隱居其間，蘇門山因孫登而著名，而孫登也常被人稱之爲蘇門先生。阮籍上山之後，蹲在孫登面前，詢問他一系列重大的歷史問題和哲學問題，但孫登好像什麼也沒有聽見，一聲不吭，甚至連眼珠也不轉一轉。

阮籍傻傻地看著泥塑木雕般的孫登，突然領悟到自己的重大問題是多麼沒有意思。那就快速斬斷吧，能與眼前這位大師交流的或許是另外一個語彙系統？好像被一種神奇的力量催動著，他緩緩地嘯了起來。嘯完一段，再看孫登，孫登竟笑瞇瞇地注視著他，說：「再來一遍。」阮籍一聽，連忙站起身來，對著羣山雲天，嘯了好久。嘯完回身，孫登又已平靜入定，他知道自己已經完成了與這位大師的一次交流，此行沒有白來。

阮籍下山了，有點高興又有點茫然。但剛走到半山腰，一種奇蹟發生了。如天樂開奏，如梵琴撥響，如百鳳齊鳴，一種難以想像的音樂突然充溢於山野林谷之間。阮籍震驚片刻後立即領悟了，這是孫登大師的嘯聲，如此輝煌和聖潔，把自己的嘯不知比到那裏去了。但孫登大師顯然不是要與他爭勝，而是在回答他的全部歷史問題和哲學問題。阮籍仰頭聆聽，直到嘯聲結束。然後急步回家，寫下了一篇《大人先生傳》。

他從孫登身上，知道了什麼叫做「大人」。他在文章中說，「大人」是一種與造物同體、與天地並生、逍遙浮世、與道俱成的存在，相比之下，天下那些束身修行、足履繩墨的君子是多麼可笑。天地在不斷變化，君子們究竟能固守住什麼禮法呢？說穿了，躬行禮法而又自以爲是的君子，就像寄生在褲襠縫裏的蝨子。爬來爬去都爬不出褲襠縫，還標榜說是循規蹈矩；餓了咬人一口，還自以爲找到了什麼風水吉宅。

文章辛辣到如此地步，我們就可知道他自己要如何處世行事了。

4

平心而論，阮籍本人一生的政治遭遇並不險惡，因此，他的奇特舉止也不能算是直捷的政治反抗。直捷的政治反抗再英勇、再激烈也只屬於政治範疇，而阮籍似乎執意要在生命形態和生活方式上鬧出一番新氣象。

政治鬥爭的殘酷性他是親眼目睹了，但在他看來，既然沒有一方是英雄的行爲，他也不想去認眞地評判誰是誰非。鮮血的教訓，難道一定要用新的鮮血來記述嗎？不，他在一批批認識和不認識的文人名士的新墳叢中，猛烈地憬悟到生命的極度卑微和極度珍貴，他橫下心來伸出雙手，要以生命的名義索回一點自主和自由。他到過廣武山和蘇門山，看到過廢墟聽到過嘯聲，他已是一個獨特的人，正在向他心目中的「大人」靠近。

人們都會說他怪異，但在他眼裏，明明生就了一個大活人卻像蝨子一樣活著，才叫眞正的怪異，做了蝨子還洋洋自得地冷眼瞧人，那是怪異中的怪異。

首先讓人感到怪異的，大概是他對官場的態度。對於歷代中國人來說，垂涎官場、躲避官場、整治官場、對抗官場，這些都能理解，而阮籍給予官場的卻是一種遊戲般的灑脫，這就使大家感到十分陌生了。

阮籍躲過官職任命，但躲得並不徹底。有時心血來潮，也做做。正巧遇到政權更迭期，他一躲不僅保全了生命，而且被人看做是一種政治遠見，其實是誤會了他。例如曹爽要他做官，他說身體不好隱居在鄉間，一年後曹爽倒台，牽連很多名士，他安然無恙；但勝利的司馬昭想與他聯姻，每次到他家說親他都醉著，整整兩個月都是如此，聯姻的想法也就告吹。

有一次他漫不經心地對司馬昭說，「我曾經到山東的東平遊玩過，很喜歡那兒的風土人情。」司馬昭一聽，就讓他到東平去做官了。阮籍騎著驢到東平之後，察看了官衙的辦公方式，東張西望了不多久便立即下令，把府舍衙門重重疊疊的牆壁拆掉，讓原來關在各自屋子裏單獨辦公的官員們一下子置於互相可以監視、內外可以溝通的敞亮環境之中，辦公內容和辦公效率立即發生了重大變化。這一著，即便用一千多年後今天的行政管理學來看也可以說是抓住了「牛鼻子」，國際間許多現代化企業的辦公場所不都在追求著一種高透明度的集體氣氛嗎?但我們的阮籍只是騎在驢背上稍稍一想便想到了。除此之外，他還大刀闊斧地精簡了法令，大家心悅誠服，完全照辦。他覺得東平的事已經做完，仍然騎上那頭驢子，回到洛陽來了。一算，他在東平總共逗留了十餘天。

後人說，阮籍一生正兒八經地上班，也就是這十餘天。

唐代詩人李白對阮籍做官的這種瀟灑勁頭欽佩萬分，曾寫詩道：

阮籍為太守，
乘驢上東平。
判竹十餘日，
一朝化風清。

只花十餘天，便留下一個官衙敞達、政通人和的東平在身後，而這對阮籍來說，只是玩了一下而已。玩得如此漂亮，讓無數老於宦海而毫無作為的官僚們立刻顯得狼狽。

他還想用這種迅捷高效的辦法來整治其他許多地方的行政機構嗎？在人們的這種疑問中，他突然提出願意擔任軍職，並明確要擔任北軍的步兵校尉。但是，他要求擔任這一職務的唯一原因是步兵校尉兵營的廚師特別善於釀酒，而且打聽到還有三百斛酒存在倉庫裏。到任後，除了喝酒，一件事也沒有管過。在中國古代，官員貪杯的多得很，貪杯誤事的也多得很，但像阮籍這樣堂而皇之純粹是爲倉庫裏的那幾斛酒來做官的，實在絕無僅有。把金印做爲敲門磚隨手一敲，敲開的卻是一個芳香濃郁的酒窖，所謂「魏晉風度」也就從這裏飄散出來了。

除了對待官場的態度外，阮籍更讓人感到怪異的，是他對於禮教的輕慢。

例如衆所周知，禮教對於男女間接觸的防範極嚴，叔嫂間不能對話，朋友的女眷不能見面，鄰里的女子不能直視，如此等等的規矩，成文和不成文地積累了一大套，中國男子，一度幾乎成了最厭惡女性的一羣奇怪動物，可笑的不自信加上可惡的淫邪推理，既裝模作樣又戰戰兢兢。對於這一切，阮籍斷然拒絕。有一次嫂子要回娘家，他大大方方地與她告別，說了好些話，完全不理叔嫂不能對話的禮教。隔壁酒坊裏的小媳婦長得很漂亮，阮籍經常去喝酒，喝醉了就在人家腳邊睡著了，他不避嫌，小媳婦的丈夫也不懷疑。

特別讓我感動的一件事是：一位兵家女孩，極有才華又非常美麗，不幸還沒有出嫁就死了。阮籍根本不認識這家的任何人，也不認識這個女孩，聽到消息後卻莽撞趕去弔唁，在靈堂裏大哭一場，把滿心的哀悼傾訴完了才離開。阮籍不會裝假，毫無表演意識，他那天的滂沱淚雨全是眞誠的。這眼淚，不是爲親情而灑，不是爲冤案而流，只是獻給一具美好而又速逝的生命。荒唐在於此，高貴也在於此。有了阮籍那一天的哭聲，中國數千年來其他許多死去活來的哭聲就顯得太具體、太實在，也太自私了。終於有一個眞正的男子漢像模像樣地哭過了，沒有其他任何理由，只爲美麗，只爲青春，只爲異性，只爲生命，哭得抽象又哭得淋漓盡致。依我看，男人之哭，至此盡矣。

禮教的又一個強項是「孝」。孝的名目和方式疊牀架屋，已與子女對父母的實際感情沒有什麼關係。最驚人的是父母去世時的繁複禮儀，三年服喪、三年素食、三年寡歡，甚至三年守墓，一分眞誠擴充成十分僞飾，讓活著的和死了的都長久受罪，在最不該虛假的地方大規模地虛假著。正是在這種空氣中，阮籍的母親去世了。

那天他正好和別人在下圍棋，死訊傳來，下棋的對方要求停止，阮籍卻鐵青著臉不肯歇手，非要決個輸贏。下完棋，他在別人驚恐萬狀的目光中要過酒杯，飲酒兩斗，然而才放聲大哭，哭的時候，口吐大量鮮血。幾天後母親下葬，他又吃肉喝酒，然後才與母親遺體告別，此時他早已因悲傷過度而急遽消瘦，見了母親遺體又放聲痛哭，吐血數升，幾乎死去。

他完全不拘禮法，在母喪之日喝酒吃肉，但他對於母親死亡的悲痛之深，又有那個孝子比得上呢？這眞是千古一理了：許多叛逆者往往比衞道者更忠於層層外部規範背後的內核。阮籍衝破「孝」的禮法來眞正行孝，與他的其他作爲一樣，只想活得眞實和自在。

他的這種做法，有極廣泛的社會啓迪作用。何況魏晉時期因長年戰亂而早已導致禮教日趨懈弛，由他這樣的名人用自己轟傳遐邇的行爲一點化，足以移風易俗。據《世說新語》所記，阮籍的這種行爲卽便是統治者司馬昭也樂於容納。阮籍在安葬母親後不久，應邀參加了司馬昭主持的一個宴會，宴會間自然免不了又要喝酒吃肉，當場一位叫何曾的官員站起來對司馬昭說：「您一直提倡以孝治國，但今天處於重喪期內的阮籍卻坐在這裏喝酒吃肉，大違孝道，理應嚴懲！」司馬昭看了義憤塡膺的何曾一眼，慢悠悠地說：「你沒看到阮籍因過度悲傷而身體虛弱嗎？身體虛弱吃點喝點有什麼不對？你不能與他同憂，還說些什麼！」

魏晉時期的一大好處，是生態和心態的多元。禮教還在流行，而阮籍的行爲又被允許，於是人世間也就顯得十分寬闊。記得阮籍守喪期間，有一天朋友裴楷前去弔唁，在阮籍母親的靈堂裏哭拜，而阮籍卻披散著頭髮坐著，旣不起立也不哭拜，只是兩眼發直，表情木然。裴楷弔唁出來後，立即有人對他說：「按照禮法，弔唁時主人先哭拜，客人才跟著哭拜。這次我看阮籍根本沒有哭拜，你爲什麼獨自哭拜？」說這番話的大半是挑撥離間的小人，且不去管它了，我對裴楷的回答卻很欣賞，他說：「阮籍是超乎禮法的人，可以不講禮法；我還在禮法之中，所以遵循禮法。」我覺得這位裴楷雖是禮法中人卻又頗具魏晉風度。他自己不圓通卻願意讓世界圓通。

旣然阮籍如此乾脆地扯斷了一根根陳舊的世俗經緯而直取人生本義，那麼，他當然也不會受制於人際關係的重負。他是名人，社會上要結交他的人很多，而這些人中間有很大一部分是以吃食名人爲生的：結交名人爲的是分享名人，邊分享邊覬覦，一有風吹草動便告密起鬨、興風作浪，刹那間把名人圍啄得纍纍傷痕。阮籍身處亂世，在這方面可謂見多識廣。他深知世俗友情的不可靠，因此絕不會被一個似眞似幻的朋友圈所迷惑。他要找的人都不在了，劉邦、項羽只留下一座廢城，孫登大師只留下滿山長嘯，親愛的母親已經走了，甚至像才貌雙全的兵家女兒那樣可愛的人物，在聽說的時候已不在人間。難耐的孤獨包圍著他，他厭煩身邊虛情假意的來來往往，常常白眼相向。時間長了，阮籍的白眼也就成了一種明確無誤的社會信號，一道自我衞護的心理障壁。但是，當阮籍向外投以白眼的時候，他的內心也不痛快。他多麼希望少翻白眼，能讓自己深褐色的瞳仁去誠摯地面對另一對瞳仁！他一直在尋找，找得非常艱難。在母喪守靈期間，他對前來弔唁的客人由衷地感謝，但感謝也僅只於感謝而已，人們發現，甚至連官位和社會名聲都不低的嵇喜前來弔唁時，閃爍在阮籍眼角裏的，也仍然是一片白色。

人家弔唁他母親他也白眼相向！這件事很不合情理，嵇喜和隨員都有點不悅，回家一說，被嵇喜的弟弟聽到了。這位弟弟聽了不覺一驚，支頤一想，猛然憬悟，急速地備了酒、挾著琴來到靈堂。酒和琴，與弔唁靈堂多麼矛盾，但阮籍卻站起身來，迎了上去。你來了嗎，與我一樣不顧禮法的朋友，你是想用美酒和音樂來送別我操勞一生的母親？阮籍心中一熱，終於把深褐色的目光濃濃地投向這位青年。

這位青年叫嵇康，比阮籍小十三歲，今後他們將成爲終身性的朋友，而後代一切版本的中國文化史則把他們倆的名字永遠地排列在一起，怎麼也拆不開。

5

嵇康是曹操的嫡孫女婿，與那個已經逝去的英雄時代的關係，比阮籍還要直接。

嵇康堪稱中國文化史上第一等的可愛人物，他雖與阮籍並列，而且又比阮籍年少，但就整體人格論之，他在我心目中的地位要比阮籍高出許多，儘管他一生一直欽佩著阮籍。我曾經多次想過產生這種感覺的原因。想來想去終於明白，對於自己反對什麼追求什麼，嵇康比阮籍更明確、更透徹，因此他的生命樂章也就更清晰、更響亮了。

他的人生主張讓當時的人聽了觸目驚心：「非湯武而薄周孔」、「越名教而任自然」。他完全不理會種種傳世久遠、名目堂皇的教條禮法，徹底地厭惡官場仕途，因爲他心中有一個使他心醉神迷的人生境界。這個人生境界的基本內容，是擺脫約束、回歸自然、享受悠閒。羅宗強教授在《玄學與魏晉士人心態》一書中說，嵇康把莊子哲學人間化，因此也詩化了，很有道理。嵇康是個身體力行的實踐者，長期隱居在河南焦作的山陽，後來到了洛陽城外，竟然開了個鐵匠鋪，每天在大樹下打鐵。他給別人打鐵不收錢，如果有人以酒肴做爲酬勞他就會非常高興，在鐵匠鋪裏拉著別人開懷痛飲。

一個稀世的大學者、大藝術家，竟然在一座大城市的附近打鐵！沒有人要他打，只是自願；也沒有實利目的，只是覺得有意思。與那些遠離人寰、瘦骨伶仃的隱士們相比，與那些皓首窮經、弱不禁風的書生們相比，嵇康實在健康得讓人羨慕。

嵇康長得非常帥氣，這一點與阮籍堪稱伯仲。魏晉時期的士人爲什麼都長得那麼挺拔呢？你看嚴肅的《晉書》寫到阮籍和嵇康等人時都要在他們的容貌上花不少筆墨，寫嵇康更多，說他已達到了「龍章鳳姿、天質自然」的地步。一位朋友山濤曾用如此美好的句子來形容嵇康（叔夜）：

叔夜之為人也，岩岩若孤松之獨立。其醉也，巍峨若玉山之將崩。

現在，這棵岩岩孤松，這座巍峨玉山正在打鐵，強勁的肌肉，愉悅的吆喝，爐火熊熊，錘聲鏗鏘。難道，這個打鐵佬就是千秋相傳的《聲無哀樂論》、《太師箴》、《難自然好學論》、《管蔡論》、《明膽論》、《釋私論》、《養生論》和許多美妙詩歌的作者？這鐵，打得眞好。

嵇康打鐵不想讓很多人知道，更不願意別人來參觀。他的好朋友、文學家向秀知道他的脾氣，悄悄地來到他身邊，也不說什麼，只是埋頭幫他打鐵。說起來向秀也是了不得的人物，文章寫得好，精通《莊子》，但他更願意做一個最忠實的朋友，趕到鐵匠鋪來當下手，安然自若。他還曾到山陽幫另一位朋友呂安種菜灌園，呂安也是嵇康的好友。這些朋友，都信奉回歸自然，因此都幹著一些體力活，向秀奔東走西地多處照顧，怕朋友們太勞累，怕朋友們太寂寞。

嵇康與向秀在一起打鐵的時候，不喜歡議論世人的是非曲直，因此話並不多。唯一的話題是談幾位朋友，除了阮籍和呂安，還有山濤。呂安的哥哥呂巽，關係也不錯。稱得上朋友的也就是這麼五、六個人，他們都十分珍惜。在野樸自然的生態中，他們絕不放棄親情的慰藉。這種親情彼此心照不宣，濃烈到近乎淡泊。

正這麼叮叮噹噹地打鐵呢，忽然看到一支華貴的車隊從洛陽城裏駛來。為首的是當時朝廷寵信的一個貴公子叫鍾會。鍾會是大書法家鍾繇的兒子，鍾繇做過魏國太傅，而鍾會本身也博學多才。鍾會對嵇康素來景仰，一度曾到敬畏的地步，例如當初他寫完《四本論》後很想讓嵇康看一看，又缺乏勇氣，只敢悄悄地把文章塞在嵇康住處的窗戶裏。現在他的地位已經不低，聽說嵇康在洛陽城外打鐵，決定隆重拜訪。鍾會的這次來訪十分排場，照《魏氏春秋》的記述，是「乘肥衣輕，賓從如雲」。

鍾會把拜訪的排場搞得這麼大，可能是出於對嵇康的尊敬，也可能是為了向嵇康顯示一點什麼，但嵇康一看卻非常抵拒。這種突如其來的喧鬧，嚴重地侵犯了他努力營造的安適境界，他掃了一眼鍾會，連招呼也不打，便與向秀一起埋頭打鐵了。他掄錘，向秀拉風箱，旁若無人。

這一下可把鍾會推到了尷尬的境地。出發前他向賓從們誇過海口，現在賓從們都疑惑地把目光投向他，他只能悻悻地注規著嵇康和向秀，看他們不緊不慢地幹活。看了很久，嵇康仍然沒有交談的意思，他向賓從揚了揚手，上車驅馬，回去了。

剛走了幾步，嵇康卻開口了：「何所聞而來？何所見而去？」

鍾會一驚，立即回答：「聞所聞而來，見所見而去。」

問句和答句都簡潔而巧妙，但鍾會心中實在不是味道。鞭聲數響，龐大的車馬隊回洛陽去了。

嵇康連頭也沒有抬，只有向秀怔怔地看了一會兒車隊後揚天的塵土，眼光中泛起一絲擔憂。

6

對嵇康來說，眞正能從心靈深處干擾他的，是朋友。友情之外的造訪，他可以低頭不語，揮之卽去，但對於朋友就不一樣了，那怕是一丁點兒的心理隔閡，也會使他焦灼和痛苦。因此，友情有多深，干擾也有多深。

這種事情，不幸就在他和好朋友山濤之間發生了。

山濤也是一個很大氣的名士，當時就有人稱讚他的品格「如璞玉渾金」。他與阮籍、嵇康不同的是，有名士觀念卻不激烈，對朝廷、對禮教、對前後左右的各色人等，他都能保持一種溫和而友好的關係。但他並不庸俗，又忠於友誼，有長者風，是一個很靠得住的朋友。他當時擔任著一個很大的官職：尚書吏部郎，做著做著不想做了，要辭去，朝廷要他推薦一個合格的人繼任，他眞心誠意地推薦了嵇康。

嵇康知道此事後，立即寫了一封絕交信給山濤。山濤字巨源，因此這封信名爲《與山巨源絕交書》。我想，說它是中國文化史上最重要的一封絕交書也不過分吧，反正只要粗涉中國古典文學的人都躲不開它，直到千餘年後的今天仍是這樣。

這是一封很長的信。其中有些話，說得有點傷心——

聽說您想讓我去接替您的官職，這事雖沒辦成，從中卻可知道您很不了解我。也許您這個廚師不好意思一個人屠宰下去了，拉一個祭師做墊背吧？……

阮籍比我醇厚賢良，從不多嘴多舌，也還有禮法之士恨他；我這個人比不上他，慣於傲慢懶散，不懂人情物理，又喜歡快人快語，一旦做官，每天會招來多少麻煩事！……我如何立身處世，自己早已明確，卽便是在走一條死路也咎由自取，您如果來勉強我，則非把我推入溝壑不可！

我剛死了母親和哥哥，心中淒切，女兒才十三歲，兒子才八歲，尚未成人，又體弱多病，想到這一些，真不知該說什麼。現在我只想住在簡陋的舊屋裏教養孩子，常與親友們敍敍離情、說說往事，濁酒一杯，彈琴一曲，也就夠了。不是我故作清高，而是實在沒有能力當官，就像我們不能把貞潔的美名加在閹人身上一樣。您如果想與我共登仕途，一起歡樂，其實是在逼我發瘋，我想您對我没有深仇大恨，不會這麼做吧？

我說這些，是使您了解我，也與您訣別。

這封信很快在朝野傳開，朝廷知道了嵇康的不合作態度，而山濤，滿腔好意卻換來一個斷然絕交，當然也不好受。但他知道，一般的絕交信用不著寫那麼長，寫那麼長，是嵇康對自己的一場坦誠傾訴。如果友誼眞正死亡了，完全可以冷冰冰地三言兩語，甚至不置一詞，了斷一切。總之，這兩位昔日好友，訣別得斷絲飄飄，不可名狀。

嵇康還寫過另外一封絕交書，絕交對象是呂巽，即上文提到過的向秀前去幫助種菜灌園的那位朋友呂安的哥哥。本來呂巽、呂安兩兄弟都是嵇康的朋友，但這兩兄弟突然間鬧出了一場震驚遠近的大官司。原來呂巽看上了弟弟呂安的妻子，偷偷地佔有了她，爲了掩飾，竟給弟弟安了一個「不孝」的罪名上訴朝廷。

呂巽這麼做，無異是衣冠禽獸，但他卻是原告！「不孝」在當時是一個很重的罪名，哥哥控告弟弟「不孝」，很能顯現自己的道德形象，朝廷也樂於藉以重伸孝道；相反，做爲被告的呂安雖被冤屈卻難以自辯，一個文人怎麼能把哥哥霸佔自己妻子的醜事公諸士林呢？而且這樣的事，證據何在？妻子何以自處？家族門庭何以避羞？

面對最大的無恥和無賴，受害者往往一籌莫展。因爲製造無恥和無賴的人早已把受害者不願啓齒的羞恥心、社會公衆容易理解和激憤的罪名全都考慮到了，受害者除了淚汪汪地引項就刎，別無辦法。如果說還有最後一個辦法，最後一道生機，那就是尋找最知心的朋友傾訴一番。在這種情況下，許多平日引爲知己的朋友早已一一躲開，朋友之道的脆弱性和珍罕性同時顯現。有口難辯的呂安想到了他心目中最尊貴的朋友嵇康。嵇康果然是嵇康，立即拍案而起。呂安已因「不孝」而獲罪，嵇康不知官場門路，唯一能做的是痛罵呂巽一頓，宣布絕交。

這次的絕交信寫得極其悲憤，怒斥呂巽誣陷無辜、包藏禍心；後悔自己以前無原則地勸呂安忍讓，覺得自己對不起呂安；對於呂巽，除了決裂，無話可說。我們一眼就可看出，這與他寫給山濤的絕交信，完全是兩回事了。

「朋友」，這是一個多麼怪異的稱呼，嵇康實在被它搞暈了。他太看重朋友，因此不得不一次次絕交。他一生選擇朋友如此嚴謹，沒想到一切大事都發生在他僅有的幾個朋友之間。他想通過絕交來表白自身的好惡，他也想通過絕交來論定朋友的含義。他太珍惜了，但越珍惜，能留住的也就越稀少。

儘管他非常憤怒，他所做的事情卻很小：在一封私信裏爲一個蒙冤的朋友說兩句話，同時識破一個假朋友，如此而已。但僅僅爲此，他被捕了。

理由很簡單：他是不孝者的同黨。

從這個無可理喻的案件，我明白了在中國一個寃案的構建爲什麼那麼容易，而構建起來的寃案又爲什麼會那麼快速地擴大株連面。上上下下並不太關心事件的眞相，而熱衷於一個最通俗、最便於傳播，又最能激起社會公憤的罪名；這個罪名一旦建立，事實的眞相更變得無足輕重，誰還想提起事實來掃大家的興，立即淪爲同案犯一起掃除。成了同案犯，發言權也就被徹底剝奪。因此，請原諒古往今來所有深知寃情而閉口的朋友吧，他們敵不過那種並不需要事實的世俗激憤，也擔不起同黨、同案犯等等隨時可以套在頭上的惡名。

現在，輪到爲嵇康判罪了。

一個「不孝者的同黨」，該受何種處罰？

統治者司馬昭在宮廷中猶豫。我們記得，阮籍在母喪期間喝酒吃肉也曾被人控告爲不孝，司馬昭當場保護了阮籍，可見司馬昭內心對於孝不孝的罪名並不太在意。他比較在意的倒是嵇康寫給山濤的那封絕交書，把官場仕途說得如此厭人，總要給他一點顏色看看。

就在這時，司馬昭所寵信的一個年輕人求見，他就是鍾會。不知讀者是不是還記得他，把自己的首篇論文誠惶誠恐地塞在嵇康的窗戶裏，發跡後帶著一幫子人去拜訪正在鄉間打鐵的嵇康，被嵇康冷落得十分無趣的鍾會？他深知司馬昭的心思，便悄聲進言：

嵇康，臥龍也，千萬不能讓他起來，陛下統治天下已經沒有什麼可以擔憂的了，我只想提醒您稍稍提防嵇康這樣傲世的名士。您知道他為什麼給他的好朋友山濤寫那樣一封絕交信嗎？據我所知，他是想幫助別人謀反，山濤反對，因此沒有成功，他惱羞成怒而與山濤絕交。陛下，過去姜太公、孔夫子都誅殺過那些危害時尚、擾亂禮教的所謂名人，現在嵇康、呂安這些人言論放蕩，誹謗聖人經典，任何統治天下的君主都是容不了的。陛下如果太仁慈，不除掉嵇康，可能無以淳正風俗、清潔王道。②

② 參見《晉書・嵇康傳》、《世說新語・雅量》註引《文士傳》。

我特地把鍾會的這番話大段地譯述出來，望讀者能仔細一讀。他避開了孝不孝的具體問題，幾乎每一句話都打在司馬昭的心坎上。在道義人格上，他是小人；在誹謗技巧上，他是大師。

鍾會一走，司馬昭便下令：判處嵇康、呂安死刑，立卽執行。

7

這是中國文化史上最黑暗的日子之一，居然還有太陽。

嵇康身戴木枷，被一羣兵丁，從大獄押到刑場。

刑場在洛陽東市，路途不近。嵇康一路上神情木然而縹緲。他想起了一生中好些奇異的遭遇。

他想起，他也曾像阮籍一樣，上山找過孫登大師，並且跟隨大師不短的時間。大師平日幾乎不講話，直到嵇康臨別，才深深一嘆：「你性情剛烈而才貌出衆，能避免禍事嗎？」

他又想起，早年曾在洛水之西遊學，有一天夜宿華陽，獨個兒在住所彈琴。夜半時分，突然有客人來訪，自稱是古人，與嵇康共談音律，談著談著來了興致，向嵇康要過琴去，彈了一曲《廣陵散》，聲調絕倫，彈完便把這個曲子傳授給了嵇康，並且反覆叮囑，千萬不要再傳給別人了。這個人飄然而去，沒有留下姓名。

嵇康想到這裏，滿耳滿腦都是《廣陵散》的旋律。他遵照那個神祕來客的叮囑，沒有向任何人傳授過。一個叫袁孝尼的人不知從那兒打聽到嵇康會演奏這個曲子，多次請求傳授，他也沒有答應。刑場已經不遠，難道，這個曲子就永久地斷絕了？——想到這裏，他微微有點慌神。

突然，嵇康聽到，前面有喧鬧聲，而且鬧聲越來越響。原來，有三千名太學生正擁擠在刑場邊上請願，要求朝廷赦免嵇康，讓嵇康擔任太學的導師。顯然，太學生們想以這樣一個請願向朝廷提示嵇康的社會聲譽和學術地位，但這些年輕人不知道，他們這種聚集三千人的行為已構成一種政治示威，司馬昭怎麼會退讓呢？

嵇康望了望黑壓壓的年輕學子，有點感動。孤傲了一輩子的他，因僅有的幾個朋友而死的他，把誠懇的目光投向四周。一個官員銜過人羣來到刑場高台上宣布：

宮廷旨意，維護原判！

刑場上一片山呼海嘯。

但是，大家的目光都注視著已經押上高台的嵇康。

身材偉岸的嵇康抬起頭來，眯著眼睛看了看太陽，便對身旁的官員說：「行刑的時間還沒到，我彈一個曲子吧。」不等官員回答。便對在旁送行的哥哥嵇喜說：「哥哥，請把我的琴取來。」

琴很快取來了，在刑場高台上安放妥當，嵇康坐在琴前，對三千名太學生和圍觀的民衆說：「請讓我彈一遍《廣陵散》。過去袁孝尼他們多次要學，都被我拒絕。《廣陵散》於今絕矣！」

刑場上一片寂靜，神祕的琴聲鋪天蓋地。

彈畢，從容赴死。

這是公元二六二年夏天，嵇康三十九歲。

8

有幾件後事必須交代一下——

嵇康被司馬昭殺害的第二年，阮籍被迫寫了一篇勸司馬昭進封晉公的《勸進箋》，語意進退含糊。幾個月後阮籍去世，終年五十三歲；

幫著嵇康一起打鐵的向秀，在嵇康被殺後心存畏懼，接受司馬氏的召喚而做官。在赴京城洛陽途中，繞道前往嵇康舊居憑弔。當時正值黃昏，寒冷徹骨，從鄰居房舍中傳出嗚咽笛聲，向秀追思過去幾個朋友在這裏歡聚飲宴的情景，不勝感慨，寫了《思舊賦》。寫得很短，剛剛開頭就煞了尾。向秀後來做官做到散騎侍郎、黃門侍郎和散騎常侍，但據說他在官位上並不做實際事情，只是避禍而已；

山濤在嵇康被殺害後又活了二十年，大概是當時名士中壽命最長的一位了。嵇康雖然給他寫了著名的絕交書，但臨終前卻對自己十歲的兒子嵇紹說：「只要山濤伯伯活著，你就不會成爲孤兒！」果然，後來對嵇紹照顧最多、恩惠最大的就是山濤，等嵇紹長大後，由山濤出面推薦他入仕做官；

阮籍和嵇康的後代，完全不像他們的父親。阮籍的兒子阮渾，是一個極本分的官員，竟然平生沒有一次酒醉的紀錄。被山濤推薦而做官的嵇紹，成了一個爲皇帝忠誠保駕的馴臣，有一次晉惠帝兵敗被困，文武百官紛紛逃散，唯有嵇紹衣冠端正地以自己的身軀保護了皇帝，死得忠心耿耿；

……

9

還有一件後事。

那曲《廣陵散》被嵇康臨終彈奏之後，淼不可尋。但後來據說在隋朝的宮廷中發現了曲譜，到唐朝又流落民間，宋高宗時代又收入宮廷，由明代朱元璋的兒子朱權編入《神祕曲譜》。近人根據《神祕曲譜》重新整理，於今還能聽到。然而，這難道眞是嵇康在刑場高台上彈的那首曲子嗎？相隔的時間那麼長，所歷的朝代那麼多，時而宮廷時而民間，其中還有不少空白的時間段落，居然還能傳下來？而最本源的問題是，嵇康那天的彈奏，是如何進入隋朝宮廷的？

不管怎麼說，我不會去聆聽今人演奏的《廣陵散》。《廣陵散》到嵇康手上就結束了，就像阮籍和孫登在山谷裏的玄妙長嘯，都是遙遠的絕響，我們追不回來了。

然而，爲什麼這個時代、這批人物、這些絕響，老是讓我們割捨不下？我想，這些在生命的邊界線上艱難跋涉的人物似乎爲整部中國文化史做了某種悲劇性的人格奠基。他們追慕寧靜而渾身焦灼，他們力求圓通而處處分裂，他們以昂貴的生命代價，第一次標誌出一種自覺的文化人格。在他們的血統系列上，未必有直接的傳代者，但中國的審美文化從他們的精神酷刑中開始屹然自立。在嵇康、阮籍去世之後的百年間，大書法家王羲之、大畫家顧愷之、大詩人陶淵明相繼出現，二百年後，大文論家劉勰、鍾嶸也相繼誕生，如果把視野再拓寬一點，這期間，化學家葛洪、天文學家兼數學家祖沖之、地理學家酈道元等大科學家也一一湧現，這些人，在各自的領域幾乎都稱得上是開天闢地的巨匠。魏晉名士們的焦灼掙扎，開拓了中國知識分子自在而又自爲的一方心靈祕土，文明的成果就是從這方心靈祕土中蓬勃地生長出來的。以後各個門類的千年傳代，也都與此有關。但是，當文明的成果逐代繁衍之後，當年精神開拓者們的奇異形象卻難以復見。嵇康、阮籍他們在後代眼中越來越顯得陌生和乖戾，陌生得像非人，乖戾得像神怪。

有過他們，是中國文化的幸運，失落他們，是中國文化的遺憾。一切都難於彌補了。

我想，時至今日，我們勉強能對他們說的親近話只有一句當代熟語：不在乎天長地久，只在乎曾經擁有。

我們，曾經擁有！

——寫作此文，與嵇康彈完《廣陵散》而赴死的日子同樣是炎熱的八月，其間相隔一千七百三十二年。

歷史的暗角

1

在中國歷史上，有一大羣非常重要的人物肯定被我們歷史學家忽視了。

這羣人物不是英雄豪傑，也未必是元凶巨惡。他們的社會地位可能極低，也可能很高。就文化程度論，他們可能是文盲，也可能是學者。很難說他們是好人壞人，但由於他們的存在，許多鮮明的歷史形象漸漸變得癱軟、迷頓、暴躁，許多簡單的歷史事件一一變得混沌、曖昧、骯髒，許多祥和的人際關係慢慢變得緊張、尷尬、凶險，許多響亮的歷史命題逐個變得黯淡、紊亂、荒唐。他們起到了如此巨大的作用，但他們並沒有明確的政治主張，他們的全部所作所爲並沒有留下清楚的行爲印記，他們絕不想對什麼負責，而且確實也無法讓他們負責。他們是一團驅之不散又不見痕跡的腐濁之氣，他們是一堆飄忽不定的聲音和眉眼。你終於憤怒了，聚集起萬鈞雷霆準備轟擊，沒想到這些聲音和眉眼也與你在一起憤怒，你突然失去了轟擊的對象。你想不予理會，掉過頭去，但這股腐濁氣卻又悠悠然地不絕如縷。

我相信，歷史上許多鋼鑄鐵澆般的政治家、軍事家最終悲愴辭世的時候，最痛恨的不是自己明確的政敵和對手，而是曾經給過自己很多膩耳的佳言和突變的臉色、最終還說不清究竟是敵人還是朋友的那些人物。處於彌留之際的政治家和軍事家死不瞑目，顫動的嘴唇艱難地吐出一個辭彙：「小人……」

——不錯，小人。這便是我這篇文章要寫的主角。

小人是什麼？如果說得清定義，他們也就沒有那麼可惡了。小人是一種很難定位和把握的存在，約略能說的只是，這個「小」，既不是指年齡，也不是指地位。小人與小人物是兩碼事。

在一本雜誌上看到歐洲的一則往事。數百年來一直親如一家的一個和睦村莊，突然產生了鄰里關係的無窮痲煩，本來一見面都要真誠地道一聲「早安」的村民們，現在都怒目相向。沒過多久，幾乎家家戶戶都成了仇敵，挑釁、毆鬥、報復、詛咒天天充斥其間，大家都在想方設法準備逃離這個可怖的深淵。可能是教堂的神父產生了疑惑吧，花了很多精力調查緣由，終於真相大白，原來不久前剛搬到村子裏來的一位巡警的妻子是個愛搬弄是非的長舌婦，全部惡果都來自於她不負責任的竊竊私語。村民知道上了當，不再理這個女人，她後來很快也搬走了。但是萬萬沒有想到，村民間的和睦關係再也無法修復。解除了一些誤會，澄清了一些謠言，表層關係不再緊張，然而從此以後，人們的笑臉不再自然，即便在禮貌的言詞背後也有一雙看不見的疑慮眼睛在晃動。大家很少往來，一到夜間，早早地關起門來，誰也不理誰。

我讀到這個材料時，事情已過去了幾十年，作者寫道，直到今天，這個村莊的人際關係還是又僵又澀、不冷不熱。

對那個竊竊私語的女人，村民們已經忘記了她講的具體話語，甚至忘記了她的容貌和名字。說她是壞人吧，看重了她，但她實實在在地播下了永遠也清除不淨的罪惡的種子。說她是故意的吧，那也強化了她，她對這個村莊也未必有什麼爭奪某種權力的企圖。說她僅僅是言詞失當吧，那又過於寬恕了她，她做這些壞事帶有一種近乎本能的衝動。對於這樣的女人，我們所能給予的還是那個辭彙：小人。

小人的生存狀態和社會後果，由此可見一斑。

這件歐洲往事因爲有前前後後的鮮明對比，有那位神父的艱苦調查，居然還能尋找到一種答案。然而誰都明白，這在「小人事件」中屬於罕例。絕大多數「小人事件」是找不到這樣一位神父、這麼一種答案的。我們只要稍稍閉目，想想古往今來、遠近左右，有多少大大小小、有形無形的「村落」被小人蹧蹋了而找不到事情的首尾？

由此不能不由衷地佩服起孔老夫子和其他先秦哲學家來了，他們那麼早就濃濃地劃出了「君子」和「小人」的界限。誠然，這兩個概念有點模糊，互間的內涵和外延都有很大的彈性，但後世大量新創立的社會範疇都未能完全地取代這種古典劃分。

孔夫子提供這個劃分當然是爲了弘揚君子、提防小人，而當我們長久地放棄這個劃分之後，小人就會像失去監視的盜賊、沖決堤岸的洪水，洶湧氾濫。結果，不願再多說小人的歷史，小人的陰影反而越來越濃。他們組成了道口路邊上密密層層的許多暗角，使得本來就已經十分艱難的民族跋涉步履，在那裏趑趄、錯亂，甚至回頭轉向，或拖地不起。卽便是智慧的光亮、勇士的血性，也對這些霉苔斑斑的角落無可奈何。

2

然而，眞正偉大的歷史學家是不會放過小人的。司馬遷在撰寫《史記》的時候就發現了這個歷史癥結，於是他冷靜的敍述中不能不時時迸發出一種激憤。衆所周知，司馬遷對歷史情節的取捨大刀闊斧，但他對於小人的所作所爲卻常常工筆細描，以便讓歷史記住這些看起來最無關重要的部位。

例如，司馬遷寫到過發生在公元前五二七年的一件事。那年，楚國的楚平王要爲自己的兒子娶一門媳婦，選中的姑娘在秦國，於是就派出一名叫費無忌的大夫前去迎娶。費無忌看到姑娘長得極其漂亮，眼睛一轉，就開始在半道上動腦筋了。

——我想在這裏稍稍打斷，與讀者一起猜測一下他動的是什麼腦筋，這會有助於我們理解小人的行爲特徵。看到姑娘漂亮，估計會在太子那裏得寵，於是一路上百般奉承，以求留下個好印象，這種腦筋，雖不高尚卻也不邪惡，屬於尋常世俗心態，不足爲奇，算不上我們所說的小人；看到姑娘漂亮，想入非非，企圖有所沾染，暗結某種私情，這種腦筋，竟敢把一國的太子當情敵，簡直膽大妄爲，但如果付諸實施，倒也算是人生的大手筆，爲了情欲無視生命，即便荒唐也不是小人作爲。費無忌動的腦筋完全不同，他認爲如此漂亮的姑娘應該獻給正當權的楚平王。

儘管太子娶親的事已經國人皆知，儘管迎娶的車隊已經逼近國都，儘管楚宮裏的儀式已經準備妥當，費無忌還是騎了一匹快馬搶先直奔王宮，對楚平王描述了秦國姑娘的美麗，說反正太子此刻與這位姑娘尚未見面，大王何不先娶了她，以後再爲太子找一門好的呢。楚平王好色，被費無忌說動了心，但又覺得事關國家社稷的形象和承傳，必須小心從事，就重重拜託費無忌一手操辦。三下兩下，這位原想來做太子夫人的姑娘，轉眼成了公公楚平王的妃子。

事情說到這兒，我們已經可以分析出小人的幾條重要的行爲特徵了：

其一，小人見不得美好。小人也能發現美好，有時甚至發現得比別人還敏銳，但不可能對美好投以由衷的虔誠。他們總是瞇縫著眼睛打量美好事物，眼光時而發紅時而發綠，時而死盯時而躲閃，只要一有可能就忍不住要去擾亂、轉嫁（費無忌的行爲眞是「轉嫁」這個辭彙的最佳注腳），竭力作爲某種隱潛交易的籌碼加以利用。美好的事物可能遇到各種各樣的災難，但最消受不住的卻是小人的作爲。蒙昧者可能致使明珠暗投，強蠻者可能致使玉石俱焚，而小人則鬼鬼祟祟地把一切美事變成醜聞。因此，美好的事物可以埋沒於荒草黑夜間，可以展露於江湖莽漢前，卻斷斷不能讓小人染指或過眼；

其二，小人見不得權力。不管在什麼情況下，小人的注意力總會拐彎抹角地繞向權力的天平，在旁人看來根本繞不通的地方，他們也能飛簷走壁繞進去。他們表面上是歷盡艱險爲當權者著想，實際上只想著當權者手上的權力，但作爲小人他們對權力本身又不迷醉，只迷醉權力背後自己有可能得到的利益。因此，乍一看他們是在投靠誰、背叛誰、效忠誰、出賣誰，其實他們壓根兒就沒有人的概念，只有實際私利。如果有人的概念，那麼楚平王是太子的父親，有父親應有的尊嚴和禁忌，但費無忌只把他看成某種力量和利益的化身，那也就不在乎人倫關係和人際後果了。對別人沒有人的概念，對自己也一樣，因此千萬不能以人品和人格來要求他們，小人之小，就小在人品人格上，小在一個人字上，這可能就是小人這一命題的原始含義所在；

其三，小人不怕麻煩。上述這件事，按正常邏輯來考慮，即便想做也會被可怕的麻煩所嚇退，但小人是不怕麻煩的，怕麻煩做不了小人，小人就在麻煩中成事。小人知道越麻煩越容易把事情搞渾，只要自己不怕麻煩，總有怕麻煩的人。當太子終於感受到與秦國姑娘結婚的麻煩，當大臣們也明確覺悟到阻諫的麻煩，這件事也就辦妥了；

其四，小人辦事效率高。小人急於事功又不講規範，有明明暗暗的障眼法掩蓋著，辦起事來幾乎遇不到阻力，能像游蛇般靈活地把事情迅速搞定。他們善於領會當權者難於啓齒的隱憂和私欲，把一切化解在頃刻之間，所以在當權者眼裏，他們的效率更是雙倍的。有當權者支撐，他們的效率就更高了。費無忌能在爲太子迎娶的半道上發起一個改變皇家婚姻方向的駭人行動而居然快速成功，便是例證。

暫且先講這四項行爲特徵吧，司馬遷對此事的敍述還沒有完，讓我們順著他的目光繼續看下去——

費無忌辦成了這件事，既興奮又慌張。楚平王越來越寵信他了，這使他滿足，但靜心一想，這件事上受傷害最深的是太子，而太子是遲早會掌大權的，那今後的日子怎麼過呢？

他開始在楚平王耳邊遞送小話：「那件事情之後，太子對我恨之入骨，那倒罷了，我這麼個人也算不得什麼，問題是他對大王您也怨恨起來，萬望大王戒備。太子已握兵權，外有諸侯支持，內有他的老師伍奢幫著謀劃，說不定那一天要兵變呢！」

楚平王本來就覺得自己對兒子做了虧心事，兒子一定會有所動作，現在聽費無忌一說，心想果不出所料，立即下令殺死太子的老師伍奢、伍奢的長子伍尚，進而又要捕殺太子，太子和伍奢的次子伍員只得逃離楚國。

從此之後，連年的兵火就把楚國包圍了。逃離出去的太子是一個擁有兵力的人，自然不會甘心，伍員則發誓要爲父兄報仇，曾一再率吳兵伐楚，許多連最粗心的歷史學家也不得不關注的著名軍事征戰此起彼伏。

然而楚國人民記得，這場彌天大火的最初點燃者，是小人費無忌，大家咬牙切齒地用極刑把這個小人處死了，但整片國土早已滿目瘡痍。

——在這兒我又要插話。順著事件的發展，我們又可把小人的行爲特徵延續幾項了：

其五，小人不會放過被傷害者。小人在本質上是膽小的，他們的行動方式使他們不必害怕具體操作上的失敗，但卻不能不害怕報復。設想中的報復者當然是被他們傷害的人，於是他們的使命注定是要連續不斷地傷害被傷害者。你如果被小人傷害了一次，那麼等著吧，第二、第三次更大的傷害在等著你，因爲不這樣做小人缺少安全感。楚國這件事，受傷害的無疑是太子，費無忌深知這一點，因此就無以安生，必欲置之死地才放心。小人不會憐憫，不會懺悔，只會害怕，但越害怕越凶狠，一條道走到底；

其六，小人需要博取同情。明火執仗的強盜、殺人不眨眼的劊子手是惡人而不是小人，小人沒有這般膽氣，需要掩飾和躲藏。他們反覆向別人解釋，自己是天底下受損失最大的人，自己是弱者，弱得不能再弱了，似乎生就是被別人欺侮的料。在他們企圖囫圇吞食別人產權、名譽乃至身家性命的時候，他們甚至會讓低沉的喉音、含淚的雙眼、顫抖的臉頰、欲說還休的語調一起上陣，邏輯說不圓通時便哽哽咽咽地糊弄過去，你還能不同情？而費無忌式的小人則更進一步，努力把自己打扮成一心爲他人、爲上司著想而遭致禍殃的人，那自然就更值得同情了。職位所致，無可奈何，一頭是大王，一頭是太子，我小小一個侍臣有什麼辦法？苦心斡旋卻兩頭受氣，眞是何苦來著？——這樣的話語，從古到今我們聽到的還少嗎？

其七，小人必須用謠言製造氣氛。小人要藉權力者之手或起鬨者之口來衞護自己，必須繪聲繪色地謊報「敵情」。費無忌謊報太子和太子的老師企圖謀反攻城的情報，便是引起以後巨大歷史災禍的直接誘因。說謊和造謠是小人的生存本能，但小人多數是有智力的，他們編製的謊言和謠言要取信於權勢和輿情，必須大體上合乎淺層邏輯，讓不習慣實證考察的人一聽就立即產生情緒反應。因此，小人的天賦，就在於能熟練地使謊言和謠言編製得合乎情理。他們是一羣有本事誘使偉人和庸人全都沉陷進謊言和謠言迷宮而不知回返的能工巧匠；

其八，小人最終控制不了局勢。小人精明而缺少遠見，因此他們在製造一個個具體的惡果時並沒有想到這些惡果最終組接起來將會釀發出一個什麼樣的結局。當他們不斷挑唆權勢和輿情的初期，似乎一切順著他們的意志在發展，而當權勢和輿情終於勃然而起揮灑暴力的時候，連他們也不能不瞠目結舌、騎虎難下了。小人沒有大將風度，完全控制不了局面，但不幸的是，人們不會忘記他們這些全部災難的最初責任者。平心而論，當楚國一下子陷於鄰國攻伐而不得不長年以鐵血爲生的時候，費無忌也已經束手無策，做不得什麼好事也做不得什麼壞事了。但最終受極刑的仍然是他，司馬遷以巨大的厭惡使之遺臭萬年的也是他。小人的悲劇，正在於此。

3

解析一個費無忌，我們便約略觸摸到了小人的一些行爲特徵，但這對了解整個小人世界，還是遠遠不夠的。小人，還沒有被充分研究。

我理解我的同道，誰也不願往小人的世界深潛，因爲這委實是一件氣悶乃至噁心的事。既然生活中避小人唯恐不遠，爲何還要讓自己的筆去長時間地沾染他們呢？

但是迴避顯然不是辦法。既然歷史上那麼多高貴的靈魂一直被這團陰影罩住而欲哭無淚，既然我們民族無數百姓被這堆污穢毒害而造成整體素質的嚴重下降，既然中國在人文領域曾經有過的大量精雅構建都已被這個泥淖搞髒或沉埋，既然我們好不容易重新喚起的慷慨情懷一次次被這股陰風吹散，既然我們不僅從史册上，而且還能在大街和身邊經常看到這類人的面影，既然過去和今天的許多是非曲直還一直被這個角落的嘈雜所擾亂，既然我們不管白天還是黑夜只要一想起社會機體的這個部位就情緒沮喪，既然文明的力量在與這種勢力的較量中常常成不了勝利者，既然直到下世紀我們在社會發展的各個方面還不能完全排除這樣的暗礁，既然人們都遇到了這個夢魘卻缺少人來呼喊，既然呼喊幾下說不定能把夢魘暫時驅除一下，既然暫時的驅除有助於增強人們與這團陰影抗衡的信心，那麼，爲什麼要迴避呢？

我認爲，小人之爲物，不能僅僅看成是個人道德品質的畸型。這是一種帶有巨大歷史必然性的社會文化現象，值得文化人類學家、社會心理學家和政治學家們共同注意。這種現象在中國歷史上的充分呈現，體現了中國封建社會的人治專制和社會下層的低劣羣體的微妙結合。結合雙方雖然地位懸殊，卻互爲需要，相輔相成，終於化合成一種獨特的心理方式和生態方式。

封建人治專制隱祕多變，需要有一大批特殊的人物，他們既能詭巧地遮掩隱祕又能適當地把隱祕裝飾一下昭示天下，既能靈活地適應變動又能莊嚴地在變動中翻臉不認人，既能從心底裏蔑視一切崇高又能把封建統治者的心緒和物欲洗刷成光潔的規範。這一大批特殊的人物，需要有敏銳的感知能力，快速的判斷能力，周密的聯想能力和有效的操作能力，但卻萬萬不能有穩定的社會理想和個人品格。從這個意義上說，政治上的小人實在不是自然生成的，而是對一種體制性需要的塡補和滿足。

《史記》中的《酷吏列傳》記述到漢武帝的近臣杜周，此人表面對人和氣，實際上壞得無可言說。他管法律，只要探知皇帝不喜歡誰，就千方百計設法陷害，手段毒辣；相反，罪大惡極的犯人只要皇帝不討厭，他也能判個無罪。他的一個門客覺得這樣做太過分了，他反詰道：「法律誰定的？無非是前代皇帝的話罷了，那麼，後代皇帝的話也是法律，那裏還有什麼別的法律？」由此可見，杜周固然是糟踐社會秩序的宮廷小人，但他的邏輯放在專制體制下看並不荒唐。

杜周不聽前代皇帝只聽後代皇帝，那麼後代皇帝一旦更換，他又聽誰呢？當然又得去尋找新的主子仰承鼻息。照理，如果有一個以理性爲基礎的相對穩定的行政構架，各級行政官員適應多名不斷更替的當權者是再正常不過的事，但在習慣於你死我活、不共戴天的政治惡鬥的中國，情況就完全不同了。每一次主子的更換就意味著對以前的徹底毀棄，意味著對自身官場生命的脫胎換骨，而其間的水平高下就看能否把這一切做得乾脆俐落、毫無痛苦。閉眼一想，我腦子裏首先浮現的是五代亂世的那個馮道，不知爲什麼我會把他記得那麼牢。

馮道原在唐閔帝手下做宰相，公元九三四年李從珂攻打唐閔帝，馮道立即出面懇請李從珂稱帝，別人說唐閔帝明明還在，你這個做宰相的怎麼好請叛敵稱帝？馮道說，我只看勝敗，「事當務實」。果然不出馮道所料，李從珂終於稱帝，成了唐末帝，便請馮道出任司空，專管祭祀時掃地的事，別人怕他惱怒，沒想到他與高采烈地說：只要有官名，掃地也行。

後來石敬瑭在遼國的操縱下做了「兒皇帝」，要派人到遼國去拜謝「父皇帝」，派什麼人呢？石敬瑭想到了馮道，馮道作爲走狗的走狗，把事情辦妥了。

遼國滅晉之後，馮道又誠惶誠恐地去拜謁遼主耶律德光，遼主略知他的歷史，調侃地問：「你算是一種什麼樣的老東西呢？」馮道回答：「我是一個無才無德的癡頑老東西。」遼主喜歡他如此自辱，給了他一個太傅的官職。

身處亂世，馮道竟然先後爲十個君主幹事，他的本領自然遠不只是油滑而必須反覆叛賣了。被他一次次叛賣的舊主子，可以對他恨之入骨卻已沒有力量懲處他，而一切新主子大多也是他所說的信奉「事當務實」的人，只取他的實用價值而不去預想他今後對自己的叛賣。因此，馮道還有長期活下去不斷轉向、叛賣的可能。

我舉馮道的例子只想說明，要充分地適應中國封建社會的政治生活，一個人的人格支出會非常徹底，徹底到幾乎不像一個人。與馮道、杜周、費無忌等人相比，許多忠臣義士就顯得非常痛苦了。忠臣義士平日也會長時間地卑躬屈膝，但到實在忍不下去的時候會突然慷慨陳詞、拚命死諫，這實際上是一種「不適應反應」，證明他們還保留著自身感知系統和最終的人格結構。後世的王朝也會表揚這些忠臣義士，但這只是對封建政治生活的一個追認性的微小補充，至於封建政治生活的正常需要，那還是馮道、杜周、費無忌他們。他們是眞正的適應者，把自身的人格結構踩個粉碎之後獲得了一種輕鬆，不管幹什麼事都不存在心理障礙了，人性、道德、信譽、承諾、盟誓全被徹底丟棄，朋友之誼、骨肉之情、羞恥之感、惻隱之心都可一一拋開，這便是極不自由的封建專制所哺育出來的「自由人」。

這種「自由人」在中國下層社會的某些羣落獲得了呼應。我所說的這些羣落不是指窮人，勞苦大衆是被物質約束和自然約束壓得透不過氣來的一羣，不能不循規蹈矩，並無自由可言，貧窮不等於高尙卻也不直接通向邪惡；我甚至不是指強盜，強盜固然邪惡卻也有自己的道義規範，否則無以合夥成事，無以長久立足，何況他們時時以生命作爲行爲的代價，馮道、杜周、費無忌他們根本無法與之相比；我當然也不是指娼妓，娼妓付出的代價雖然不是生命卻也是夠具體夠痛切的，在人生的絕大多數方面，她們都要比官場小人貞潔。與馮道、杜周、費無忌這些官場小人呼應得起來並能產生深刻對位的，是社會下層的那樣一些低劣羣落：惡奴、乞丐、流氓、文痞。

除了他們，官場小人再也找不到其他更貼心的社會心理基礎了。而惡奴、乞丐、流氓、文痞一旦窺知堂堂朝廷要員也與自己一般行事處世，也便獲得了巨大的鼓舞，成了中國封建社會中最有資格自稱「朝中有人」的皇親國戚。

這種遙相對應，產生了一個遼闊的中間地帶。就像電磁的兩極之間所形成的磁場，一種巨大的小人化、卑劣化的心理效應強勁地在中國大地上出現了。上有朝廷楷模，下有社會根基，那就滋生蔓延吧，有什麼力量能夠阻擋呢？人們後來處處遇到的小人，大多不是朝廷命官，也不是職業性的惡奴、乞丐、流氓、文痞，而是中間地帶非職業意義上的存在，人數多，範圍廣，滲透力強，幾乎無所不在。上層的社會制度可以改變，下層的社會渣滓可以清除，而這種中間地帶的存在將會是一種幅員廣闊的惡性遺傳，難以阻遏。

據我觀察，中間地帶的大量小人，就性質而言也可分爲惡奴型、乞丐型、流氓型、文痞型這幾類，試分述之。

惡奴型小人：

本來，爲人奴僕也是一種社會構成，並沒有可羞恥或可炫耀之處，但其中有些人，成了奴僕便依仗主子的聲名欺侮別人，主子失勢後卻對主子本人惡眼相報，甚至平日在對主子低眉順眼之時也不斷窺測著掀翻和吞沒主子的各種可能，這便是惡奴了，而惡奴則是很典型的一種小人。謝國楨先生的《明清之際黨社運動考》一書中有一篇《明季奴變考》，詳細敍述了明代末年江南一帶仕宦縉紳之家的家奴鬧事的情景，其中還涉及到我們熟悉的張溥、錢謙益、顧炎武、董其昌等文化名人的家奴。這些家奴或是仗勢欺人，或是到官府誣告主人，或是鼓噪生事席捲財物，使政治大局本來已經夠混亂的時代更其混亂。爲此，孟森先生曾寫過一篇《讀明季奴變考》的文章，說明這種奴變其實說不上階級鬥爭，因爲當時江南固然有不少做了奴僕而不甘心的人，卻也有很多明明不必做奴僕而一定要做奴僕的人，這便是流行一時的找豪門投靠之風。本來生活已經挺好，但想依仗豪門逃避賦稅、橫行鄉里，便成羣結隊地來簽訂契約賣身爲奴。「賣身投靠」這個詞，就是這樣來的。孟森先生說，前一撥奴僕剛剛狠狠地鬧過事，後一撥人又樂呵呵地前來投靠爲奴，這算什麼階級鬥爭呢？

人們尋常接觸的是大量並未簽訂過賣身契約的惡奴型小人。他們的特點，是永久地在尋找投靠和巴結的對象。投靠之初什麼好話都說得出口，一旦投靠成功便充分、徹底地利用投靠對象的社會勢力和公衆效能以求一逞，與此同時又搜尋投靠對象的弱項和隱憂，作爲鉗制、要挾、反叛、出賣的資本，只不過反叛和出賣之後仍然是個奴才。這樣的人，再凶狠毒辣，再長袖善舞，也無法抽離他們背後的靠山，在人格上，他們完全不能在世間自立，他們不管做成多大的事也只能算是小人。

乞丐型小人：

因一時的災荒行乞求生是值得同情的，但當行乞成爲一種習慣性職業，進而滋生出一種羣體性的心理文化方式，則必然成爲社會公害，沒有絲毫積極意義可言了。乞丐心理的基點，在於以自穢、自弱爲手段，點滴而又快速地完成著對他人財物的佔有。乞丐型小人的心目中沒有明確的所有權概念，他們認爲世間的一切都不是自己的，又都是自己的，只要捨得犧牲自己的人格形象來獲得人們的憐憫，不是自己的東西有可能轉換成自己的東西。他們的腳永遠踩踏在轉換所有權的滑輪上，獲得前，語調誠懇得讓人流淚，獲得後，立卽翻臉不認人。這種做法當然會受到人們的詰難，面對詰難他們的辦法是靠耍無賴以自救。他們會指天發誓，硬說剛剛乞討來的東西天生就是他們的，反誣施捨者把它弄壞了，施捨者想旣然如此那就不施捨了吧，他們又會大聲叫喊發生了搶劫事件。叫喊召來了圍觀，無聊的圍觀者喜歡聽違背常理的戲劇性事件，於是，一個無須搶劫的搶劫者搶劫了一個無可被劫的被劫者，這是多麼不可思議而又聳人聽聞的故事啊。乞丐型小人作爲這個故事的主角與懊喪的施捨者一起被長久圍觀著，深感滿足。與街市間的惡少不同的是，乞丐型小人始終不會丟棄可憐相，或炫示殘肢，或展現破衣，或強調衰老，一切似乎都到了生命的盡頭，騙賺著善良人們在人道上的最後防線。

乞丐一旦成羣結幫，誰也不好對付。《清稗類鈔·乞丐類》載：「江蘇之淮、徐、海等處，歲有以逃荒爲業者，數百成羣，行乞於各州縣，且至鄰近各省，光緒初爲最多。」最古怪的是，這幫浩浩蕩蕩的蘇北乞丐還携帶著蓋有官印的護照，到了一個地方行乞簡直成了一種堂堂公務。行完乞，他們又必然會到官府賴求，再蓋一個官印，成爲向下一站行乞的「簽證」。官府雖然也皺眉，但經不住死纏，旣是可憐人，行乞又不算犯法，也就一一蓋了章。由這個例證聯想開去，生活中只要有人肯下決心用乞丐手法來獲得什麼，遲早總會達到目的。貌似可憐卻欲眼烱烱，低三下四卻貪得無饜，一旦獲得便立卽耍賴，這便是乞丐型小人的基本生態。

流氓型小人：

凡小人無不帶有流氓氣，當惡奴型小人終於被最後一位主子所驅逐，當乞丐型小人終於有一天不願再扮可憐相，當這些小人完全失去社會定位，失去那怕是假裝的價值原則的時候，他們便成爲對社會秩序最放肆、又最無邏輯的騷擾者，這便是流氓型小人。

流氓型小人的活力來自於無恥。西方有人說，人類是唯一有羞恥感的動物，這句話對流氓型小人不適合。《明史》中記述過一個叫曹欽程的人，明明自己已經做了吳江知縣，還要託人認宦官魏忠賢做父親，獻媚的醜態最後連魏忠賢本人也看不下去了，把他說成敗類，撤了他的官職，他竟當場表示：「君臣之義已絕，父子之恩難忘。」不久魏忠賢陰謀敗露，曹欽程被算做同黨關入死牢，他也沒什麼，天天在獄中搶掠其他罪犯的伙食，吃得飽飽的。這個曹欽程，起先無疑是一個惡奴型小人，但失去主子、到了死牢，便自然地轉化為流氓型小人。我做過知縣怎麼著？照樣敢把殺人犯嘴邊的飯食搶過來塞進嘴裏！你來打嗎？我已經嚥下肚去了，反正遲早要殺頭，還怕打？——人到了這一步，也眞可以說是進入一定的境界了。

尚未進牢獄的流氓型小人比其他類型的小人顯得活躍，他們像玩雜耍一樣在手上交替玩弄著誣陷、造謠、離間、偷聽、恫嚇、欺詐、出爾反爾、背信棄義、引蛇出洞、聲東擊西等等技法，別人被這一切搞得淚血斑斑，他們卻談笑自若，全然不往心裏放。他們的一大優勢在於，不僅精通流氓技法，而且也熟悉人世間的正常規矩，因此善於把兩者故意攪渾，誘使不知底裏的善良人誤認為有講理的餘地，來與他們據理力爭。以為他們不明眞相，其實他們早就明白；以為他們一時誤會，其實他們從來沒有誤會過。你給他們講道理，而他們想鄙棄的就是一切道理。當你知道了這個祕密，剛想回過頭去，他們又熱乎乎地遞過來一句最正常的大道理，使人覺得最終要鄙棄大道理的竟然是你。曲彥斌先生的《中國乞丐史》曾引述雷君曜先生《繪圖騙術奇談》裏搜集的許多事例，結論是：「對這類人不理無事，一沾邊就無論如何難免要上圈套的。」此話大概能感應許多讀者。反觀我們身邊，有的人，相處多少年都平安無事，而有的人，親親熱熱自稱門生貼上來，沒過多久便滋生出沒完沒了的惱心事，那很可能就是流氓型小人了。

流氓型小人乍一聽似乎多數是年輕人，其實未必。他們的所作所爲是時間積累的惡果，因此大抵倒是上了一點年歲的。謝國楨先生曾經記述到明末江蘇太倉沙溪一個叫顧慎卿的人，做過家奴，販過私鹽，也在衙門裏混過事，人生歷練極爲豐富，到老在鄉間組織一批無賴子不斷騷擾百姓，史書對他的評價是三個字：「老而黠」，簡潔地概括了一個眞正到位的流氓型小人的典型。街市間那些有流氓氣息的年輕人，大體不在我們論述的範疇。

文痞型小人：

當上述各種小人獲得了一種文化載體或文化面具，那就成了文痞型小人。我想，要在中國歷史上舉出一大串文才很好的小人是不困難的。宋眞宗釣了半天魚釣不上來正在皺眉，一個叫丁謂的文人立卽吟出一句詩來：「魚畏龍顏上釣遲。」詩句很聰明，宋眞宗立卽高興了。在宮廷裏做文化侍從，至少要有這樣的本事。至於這樣的文化侍從是不是文痞，還要看他做多少壞事。

文痞其實也就是文化流氓。與一般流氓不同的是他們還要注意修飾文化形象，時不時願意寫幾筆書法，打幾本傳奇，冒充一下學術輩分，拂拭一塊文化招牌，僞稱自己是那位名人的師長，宣揚自己曾和某位大師有過結交。更重要的是，他們知道一點文化品格的基本經緯，因而總要花費不少力氣把自己打扮得慷慨激昂，好像他們是民族氣節和文化品格的最後代表，是路見不平、拔刀相助的今日義士。他們有時還會包攬詞訟，把事情搞顚倒了還能蒙得一個主持正義的美名。作爲文人，他們特別知道輿論的重要，因而把很大的注意力花費在謠言的傳播方式和傳播手段上。在古代，造出野心家王莽是天底下最廉潔奉公的人，並把他推上皇帝寶座的是這幫人；在現代，給弱女子阮玲玉潑上很多髒水而使她無以言辯，只得寫下「人言可畏」的遺言自盡的也是這幫人。這幫人無德、無行、無恥，但偏偏隔三差五地要打扮成道德捍衛者的形象，把自己身上最怕別人說的特點倒栽在別人身上。他們手上有一支筆，但幾乎沒有爲中華民族的文化建設像模像樣地做過什麼，除了阿諛就是誹謗。記得一位閱世極深的當代藝術大師臨終前曾經頗有感觸地說：「一個文化人，如果一輩子沒有做成任何一件實實在在的文化事業而居然還在文化界騙得一點小名，那他到老也只能靠投機過日子，繼續忙忙顛顛地做文痞。」文痞型小人腳跨流氓意識和文化手段之間，在中國這樣一個文化落後的國家裏特別具有僞裝，也特別具有破壞性，因爲他們把其他類型小人的局部性惡濁，經過裝潢變成了一種廣泛的社會污染。試想，一羣街邊流氓看到服飾齊整一點的行人就丟石子、潑髒水、瞎起鬨，這種很容易看出來的惡行如果由幾個舞文弄墨的人在那本雜誌上換成文縐縐的腔調來幹，有多少人能看出來呢？說不定都被看成是文藝批評和藝術討論了。

4

上文曾經說過，封建專制制度的特殊需要爲小人的產生和活動提供了廣闊的空間，這種現象久而久之也就給全社會帶來一種心理後果：對小人只能防，只能躲，不能糾纏。於是小人如入無人之境，滋生他們的那塊土壤總是那樣肥沃豐美。

值得研究的是，有不少小人並沒有什麼權力背景、組合能力和敢死精神，爲什麼正常的社會羣體對他們也失去了防禦能力呢？如果我們不把責任全部推給封建王朝，在我們身邊是否也能找到一點原因呢？

好像能找到一些。

第一，觀念上的缺陷。不知從什麼時候開始，我們社會上特別痛恨的都不是各種類型的小人。我們痛恨不知天高地厚、口出狂言的青年，我們痛恨敢於無視親友鄰里的規勸死死追求對象的情種，我們痛恨不顧一切的激進派或巋然不動的保守派，我們痛恨跋扈、妖冶、窮酸、迂腐、固執，我們痛恨這痛恨那，卻不會痛恨那些沒有立場的遊魂、轉瞬即逝的笑臉、無法驗證的美言、無可檢收的許諾。很長時間我們都太政治化，以某種政治觀點決定自己的情感投向，而小人在政治觀點上幾乎是無可無不可的，因此容易同時討好兩面，至少被兩面都看成中間狀態的友鄰。我們厭惡愚昧，小人智商不低；我們厭惡野蠻，小人在多數情況下不幹血淋淋的蠢事。結果，我們極其嚴密的社會觀念監察網絡疏而不漏地垂顧著各色人等，卻獨獨把小人給放過了。

第二，情感上的牽扯。小人是善於做情感遊戲的，這對很多勞於事功而深感寂寞的好人來說正中下懷。在這個問題上小人與正常人的區別是，正常人的情感交往是以袒示自我的內心開始的，小人的情感遊戲是以揣摩對方的需要開始的。小人往往揣摩得很準，人們一下就進入了他們的陷阱，誤認他們爲知己。小人就是那種沒有一個眞正的朋友卻曾有很多人把他誤認爲知己的人。到後來，人們也會漸漸識破他們的眞相，但既有舊情牽連，不好驟然翻臉。

我覺得中國歷史上特別能在情感的迷魂陣中識別小人的是兩大名相：管仲和王安石。他們的千古賢名，有一半就在於他們對小人的防範上。管仲輔佐齊桓公時，齊桓公很感動地對他說：「我身邊有三個對我最忠心的人，一個人爲了侍候我自願做太監，把自己閹割了；一個人來做我的臣子後整整十五年沒有回家看過父母；另一個人更厲害，爲了給我滋補身體居然把自己兒子殺了做成羹給我吃！」管仲聽罷便說：「這些人不可親近。他們的作爲全部違反人的正常感情，怎麼還談得上對你的忠誠？」齊桓公聽了管仲的話，把這三個小人趕出了朝廷。管仲死後，這三個小人果然鬧得天翻地覆。王安石一生更是遇到過很多小人，難於盡舉，給我印象最深的是諫議大夫程師孟，他有一天竟然對王安石說，他目前最恨的是自己身體越來越好，而自己的內心卻想早死。王安石很奇怪，問他爲什麼，他說：「我先死，您就會給我寫墓誌銘，好流傳後世了。」王安石一聽就掂出了這個人的人格重量，不再理會。有一個叫李師中的小人水平更高一點，在王安石推行新法而引起朝廷上下非議紛紛的時候，他寫了長長的十篇《巷議》，說街頭巷尾都在說新法好，宰相好。本來這對王安石是雪中送炭般的支持，但王安石一眼就看出了《巷議》的僞詐成分，開始提防他。只有像管仲、王安石這樣，小人們所布下的情感迷魂陣才能破除，但對很多人物來說，幾句好話一聽心腸就軟，小人要俘虜他們易如反掌。

第三，心態上的恐懼。小人和善良人們往往有一段或短或長的情誼上的「蜜月期」，當人們開始有所識破的時候，小人的耍潑期也就來到了。平心而論，對於小人的耍潑，多數人是害怕的。小人不管實際上膽子多小，耍起潑來有一種玩命的外相。好人雖然不見得都怕死，但要死也死在戰爭、搶險或與匪徒的格鬥中，與小人玩命，他先潑你一身髒水，把是非顚倒得讓你成爲他的同類，就像拉進一個泥潭翻滾得誰的面目也看不清，這樣的死法多窩囊！因此，小人們用他們的骯髒，擺開了一個比世界上任何眞正的戰場都令人恐怖的混亂方陣，使再勇猛的鬥士都只能退避三舍。在很多情況下小人不是與你格鬥而是與你死纏，他們知道你沒有這般時間、這般口舌、這般耐心、這般情緒，他們知道你即便發火也有熄火的時候，只要繼續纏下去總會有你的意志到達極限的一刻，他們也許看到過古希臘的著名雕塑《拉奧孔》，那對強勁的父子被滑膩膩的長蛇終於纏到連呼號都發不出聲音的地步。想想那尊雕塑吧，你能不怕？

有沒有法律管小人？很難。小人基本上不犯法。這便是小人更讓人感到可怕的地方。《水滸傳》中的無賴小人牛二纏上了英雄楊志，楊志一躲再躲也躲不開，只能把他殺了，但犯法的是楊志，不是牛二。小人用卑微的生命黏貼住一具高貴的生命，高貴的生命之所以高貴就在於受不得汚辱，然而高貴的生命不想受汚辱就得付出生命的代價，一旦付出代價後人們才發現生命的天平嚴重失衡。這種失衡又倒過來在社會上普及著新的恐懼：與小人較勁犯不著。中國社會上流行的那句俗語「我惹不起，總躲得起吧」，實在充滿了無數次失敗後的無奈情緒。誰都明白，這句話所說的不是躲盜賊，不是躲災害，而是躲小人。好人都躲著小人，久而久之，小人被一些無知者所羡慕，他們的隊伍擴大了。

第四，策略上的失誤。中國歷史上很多不錯的人物在對待小人的問題上每每產生策略上的失誤。在道與術的關係上，他們雖然崇揚道卻因政治思想構架的大一統而無法眞正行道，最終都陷入術的圈域，名爲韜略，實爲政治實用主義。這種政治實用主義的一大特徵，就是用小人的手段來對付政敵，用小人的手段來對付小人。這樣做初看頗有實效，其實後果嚴重。政敵未必是小人，利用小人對付政敵，在某種意義上是利用小人來撲滅政治觀點不同的君子，在整體文明構建上是一大損失。利用小人來對付小人，使被利用的那撥小人處於合法和被弘揚的地位，一旦成功，小人的思維方式和行爲邏輯將邀功論賞、發揚光大。中國歷史上許多英明君主、賢達臣將往往在此處失誤，他們獲得了具體的勝利，但勝利果實上充滿了小人灌注的毒汁。他們只問果實屬於誰而不計果實的性質，因此，無數次即便是好人的成功也未必能構成一種正當的文明積累。

小人是不可多加利用的。雷君曜先生的《繪圖騙術奇談》中記述了不只一人先被小人利用，後來發覺後認爲有利可圖，將錯就錯地倒過來利用小人的事例，結果總是小人逃之夭夭，企圖利用小人的人成了最狼狽的民間笑柄。我覺得這些故事帶有寓言性質，任何歷史力量若要利用小人成事，最終自己必將以一種小人化的醜陋形態被歷史和人類所奚落。

第五，靈魂上的對應。有不少人，就整體而言不能算是小人，但在特定的情勢和境遇下，靈魂深處也悄然滲透出一點小人情緒，這就與小人們的作爲對應起來了，成爲小人鬧事的幫手和起閧者。謠言和謊言爲什麼有那麼大的市場？按照正常的理性判斷，大多數謠言是很容易識破的，但居然會被智力並不太低的人大規模傳播，原因只能說是傳播者對謠言有一種潛在的需要。只要想一想歷來被謠言攻擊的人大多是那些有理由被別人暗暗嫉妒、卻沒有理由被公開詆毀的人物，我們就可明白其中奧祕了。謠言爲傳謠、信謠者而設，按接受美學的觀點，謠言的生命扎根於傳謠、信謠者的心底。如果沒有這個根，一切謠言便如小兒夢囈、腐叟胡謅，會有什麼社會影響呢？一切正常人都會有失落的時候，失落中很容易滋長嫉妒情緒，一聽到某個得意者有什麼問題，心裏立卽獲得了某種竊竊自喜的平衡，也不管起碼的常識和邏輯，也不做任何調查和印證，立卽一哄而起，形成圍啄。更有一些人，平日一直遺憾自己在名望和道義上的欠缺，一旦小人提供一個機會能在攻擊別人過程中獲得這種補償，也會在猶豫再三之後探頭探腦地出來，成爲小人的同夥。如果僅止於內心的些微需要試圖滿足，這樣的陷落也是有限度的，良知的警覺會使他們拔身而走；但也有一些人，開始只是說不清道不明的內心對位而已，而一旦與小人合夥成事後又自恃自傲，良知痲木，越沉越深，那他們也就成了地地道道的小人而難以救藥了。從這層意義上說，小人最隱祕的土壤，其實在我們每個人的內心，即便是吃夠了小人苦頭的人，一不留神也會在自己的某個精神角落爲小人挪出空地。

5

那麼，到底該怎麼辦呢？

顯然沒有消解小人的良方。在這個棘手的問題上我們能做的事情很少。我認爲，文明的羣落至少應該取得一種共識：這是我們民族命運的暗疾和隱患，也是我們人生取向的分道所在，因此需要在心理上強悍起來，不再害怕我們害怕過的一切。不再害怕衆口鑠金，不再害怕招腥惹臭，不再害怕羣蠅成陣，不再害怕陰溝暗道，不再害怕那種時時企盼著新的整人運動的飢渴眼光，不再害怕幾個很想成名的人長久地纏著你打所謂名人官司，不怕偷聽，不怕恐嚇，不怕獰笑，以更明確、更響亮的方式立身處世，在人格、人品上昭示著高貴和低賤的界限。經驗證明，面對小人，越是退讓，麻煩越多。那麼，只好套用一句熟語了：我們死都不怕，還怕小人嗎？

此外，有一件具體的事可做，我主張大家一起來認認眞眞地研究一下從歷史到現實的小人問題。把這個問題狠狠地談下去，總有好處。

想起了寫《吝嗇鬼》的莫里哀。他從來沒有想過要根治人類身上自古以來就存在的吝嗇這個老毛病，但他在劇場裏把吝嗇解剖得那麼透徹、那麼辛辣、那麼具體，使人們以後再遇到吝嗇或自己心底產生吝嗇的時候，猛然覺得在那裏見過，於是，劇場的笑聲也會在他們耳邊重新響起，那麼多人的笑聲使他們明白人類良知水平上的是非。他們在笑聲中莞爾了，正常的人性也就悄沒聲兒地上升了一小格。

忘了是狄德羅還是柏格森說的，莫里哀的《吝嗇鬼》問世以來沒有治好過任何一個吝嗇鬼，這是毫無疑問的；但是只要經歷過演出劇場那暢快的笑，吝嗇鬼走出劇場後至少在兩三個星期內會收斂一點，不是吝嗇鬼而心底有吝嗇影子的人會把那個影子縮小一點，更重要的是，讓一切觀衆重見吝嗇行爲時覺得似曾相識，然後能快速給以判斷，這就夠了。

吝嗇的毛病比我所說的小人的痼疾輕微得多。鑑於小人對我們民族昨天和今天的嚴重荼毒，微薄如我們，能不能像莫里哀一樣把小人的行爲舉止、心理方式用最普及的方法祖示於世，然後讓人們略有所悟呢？既然小人已經糾纏了我們那麼久，我們何不壯壯膽，也對著他們鼓譟幾下呢？

二十世紀臨近末尾，新的世紀就要來臨。我寫《山居筆記》大多是觸摸自以爲本世紀未曾了斷的一些疑難文化課題，這是最後一篇，臨了的話題是令人沮喪的：爲了世紀性的告別和展望，請在關注一系列重大社會命題的同時，順便把目光注意一下小人。

是的，小人。

附錄

秋雨按：拙文《歷史的暗角》發表後，大陸報刊多方轉載，產生了有趣的反應。上海《文匯報》的編者曾給我看過著名作家張賢亮先生推薦拙文的一篇長文，後來不知怎麼我沒有看到該文的發表。張賢亮先生談了對小人問題的一系列精采看法後認爲，我對於如何對付小人，態度還嫌消極。他認爲，小人做盡壞事，但在今天卻難於剝奪我們的生存權，而只要我們的生存權未被剝奪，我們就應該聯合起來與他們鬥，萬不可退讓躲避。剛讀完張賢亮先生的文章，我又在《文匯讀書周報》上讀到了衞建民先生的《談「小人」》，他的意見正恰與張賢亮先生相反，認爲對小人完全不必理會，應該沉默以對。兩位先生的意見其實都很有道理，這是兩種不必統一的道理。我至今還在這兩種意見中徘徊，估計還會長久徘徊下去。對於一切最常見的社會歷史命題，深刻的答案往往是處於徘徊狀態的。如果答案簡單，它就早已解決，不可能常見了。

張賢亮先生的文章一時找不到，且附衞建民先生的文章供讀者參考。

談「小人」

衞建民

余秋雨先生的《山居筆記》，以「一個王朝的背影」始，以「歷史的暗角」終，確實使人感到意外——因爲筆記的最後一篇是在分析、怒斥一些歷史上的小人。我想，如果余先生在聲名日隆的今天不碰上現實中的小人的糾纏，是不會花費筆墨衝破山居的清幽的吧。

「小人」是什麼？其實很難定義。早在二千多年前先秦諸子的論著中，就出現了「小人」的提法，似乎是「君子」的反義詞。但我總感到，「小人」的提法雖模糊，卻在正常的人羣中有共同的認識：某人若被他人斥爲「小人」，那眞是莫大的恥辱了。我現在拈起這個詞，都感到是重量級的；似違君子之德。

正如余先生的分析，「小人」的產生，有其社會的、歷史的原因；也有心理方面的原因。「小人」的生存和繁衍，實際上與「君子」的行爲相伴隨，若光與陰，陰與陽。「小人」是不會滅絕的。

太久遠的歷史，不必說了。就說大陸近四十幾年的歷史吧，如果政治運動不斷，隔七、八年就來一次，那眞爲無數的「小人」提供了釋放能量的歷史機遇。現在不作興搞運動了，而「小人」不滅，總得想方設法宣洩，所以才形成曠日持久的社會污染。對搞權術的人來說，「小人」還是一支可依賴的別動隊，如孟嘗君不輕視鷄鳴狗盜之徒。

大凡受到「小人」糾纏的人，總是在一定的環境裏與衆不同的佼佼者。他們或是在學術研究上有建樹，或是在文藝創作上成績大，受到了社會的注意；同時也受到了「小人」的忌恨。在有些地方，甚至一位女子的美貌，也能成爲「小人」攻擊的動因。由於「小人」的存在，許多天才中途夭折；一些美麗的女子以死來宣告自己的淸白。「小人」在某種事件中是個人，在社會歷史中卻是一個類。

有沒有辦法消除「小人」存在的土壤，讓中華大地成為理想中的「君子國」呢？——近於幻想。俗話說：樹大招風。一個享有大名，或有所追求的人，其實無時無刻不在受「小人」的攻擊，這好像已成為必要的阻力。「小人」是永遠也不會消失的，重要的是如何來處置。讀完余先生《山居筆記》的最後一篇，我就想起當年胡適先生對待「罵」的態度。在《胡適來往書信選》「致楊杏佛」的信中，先生寫道——

「我受了十餘年的罵，從來不怨恨罵我的人。有時他們罵的不中肯，我反替他們著急。有時他們罵的太過火了，反損罵者自己的人格，我更替他們不安。如果罵我而使罵者有益，便是我間接於他有恩了，我自然很情願挨罵。」溫柔敦厚，豁達雍容如胡適先生，是這樣對待「小人」的辱罵。

三、四十年代，一直敏於行、訥於言的巴金先生，也曾受過無聊小報、社會小人的謠言攻擊。讀巴金研究資料時，我就記住了先生對待這些麻煩時，一句斬釘截鐵的話：「我唯一的態度，就是不理！」因為受害者若起而反擊，「小人」反倒高興了，以為他們編造的謠言發生了作用。

施蟄存先生，當年也受過攻擊。沈從文先生聞知後，曾給他寫信——

「上海方面大約習氣所在，故無中生有之消息乃特多，一時集中於兄，不妨處之以靜，待之以和，時間稍久，即無事矣。……弟於創作即素持此種態度，不求一時即面面周到，唯老老實實努力下去。他方面不得體之批評，無聊之造謠，則從不置辯，亦不究其來源，亦不亟圖說明，一切皆付之『時間』。」

遙想當年，沈從文先生也曾受過很大的衝擊；不少人合夥罵他，結果把他罵到了歷史博物館的一角；煌煌巨著《中國服裝史》誕生了。

古代明智的君子，對「小人」也沒辦法。他們對君主的進言，無非是：「親賢臣，遠小人。」余先生說：「既然小人已經糾纏了我們那麼久，我們何不壯壯膽，也對著他們鼓譟幾下呢？」

鼓噪不如沉默，息謗得於無言。

（載一九九五年二月四日《文匯讀書周報》）

台灣版後記

一九九二年十月，我應台北市立美術館和《聯合報》之邀，初次到台灣進行學術訪問。

台灣畢竟是台灣，臨行前我定下心來認眞想了一想。都是中國人，初次叩門，該帶點禮物的吧，帶什麼呢？天下最煩心的事，莫過於爲尚未確定的對象選禮物了，但很快就想到了書。當時我的《文化苦旅》在大陸讀書界正走俏，我不知道走俏的原因，也不知道這種走俏究竟是好事還是壞事。那些文章，只不過是一個長途跋涉者的自言自語，爲消解寂寞，想找幾個同路人談談沿途感受，如此而已。沒想到這種交談突然成了一個規模不小的報告會，山樹不見了，流雲不見了，泥徑不見了，只看到無數雙或是熱切、或是企盼、或是疑惑的眼睛在閃動。這種情景近似示衆，凶多吉少。趕緊逃離，我還是要尋找一條獨行的小路，或幾個可以隨意拉家常的旅伴。這次台灣之行又是我獨行，走到那裏，我這些把中國山水和中國文化當作家常來拉的閒言碎語，也許還有幾個人聽聽吧？既不是太熱鬧，又不是太寂寞，這正是我要尋找的路。於是我把幾疊大陸版的《文化苦旅》塞進行李箱，向台灣出發。

沒想到，這次獨行眞是艱難重重。到台灣必須轉香港，這倒不要緊，香港已去過多次，但香港移民局把大陸人士赴台灣的過境手續放在羅湖辦，那就沒法乘飛機到香港了，只能夜宿深圳，趁早出關，步行過羅湖橋，然後尋找辦手續的地方。這一些，照理也能忍受，問題是我提著一只裝滿了書的箱子，書的分量可想而知，箱子雖有小輪，但羅湖口岸的地面是如此凹凸不平，又要上下那麼多台階，到了辦手續的地方，我已經累得只知喘氣了。記得一位清潔女工試圖把我的箱子移動一下，只聽「嗶」地叫了一聲，沒有成功。羅湖口岸的手續，整整辦了六個小時，人並不多，手續也並不複雜，爲何要那麼久，至今沒有想明白。我的著急在於，台北的學術會議明天就要召開，這麼拖延，趕到香港還能買到當天去台北的機票嗎？更麻煩的是，據說還必須先到一座奔達大廈去辦台灣的入境手續。奔達大廈在那裏？我如何才能抵達？這一切，事先都未被告知，我只能問身邊不相識的旅客，終於搞清，我應該先坐火車，再換地鐵，在金鐘站下，然後找奔達大廈。記得後來訪問台灣的一批批科學家和電影藝術家回來都抱怨過境香港時的極度麻煩，我笑了，心想，你們成團結夥出去，麻煩總是有限，我是一個人，提著沉重無比的書箱，連上廁所請夥伴看管一下箱子都不可能，那才叫眞正的麻煩呢。

三返四折，終於找到了奔達大廈，但這座大廈從街道到門廳有很多很高的花崗石的台階，我當時早已渾身大汗，精疲力盡，如何一級一級地把箱子挪上去呢？我癡想，能不能冒一下險，把箱子留在大街上，趕快上樓辦完手續再來取，或者，狠狠心，這箱子書就不要了？我眞的用心察看了扔箱子的地方，但一轉念，如果這個令人疑惑的箱子終於被警察打開了，裏面是那麼多印有我一個人名字的書，其結果就有點狼狽。唯一的辦法只能是咬著牙齒，一步一步挨上去。車水馬龍間，我比匍匐在泰山絕頂、塞北荒原還要艱難。這次幾乎把我耗到了生命盡頭的攀援是以這樣幾句對話結束的：

「今天是星期六，下午不辦公。」

「那明天？」

「明天是星期天。」

「只能是後天？」

「不。後天是公共假期，也不上班。」

「可明天台北要開會，我必須趕到……」

「我沒有辦法，我是這兒看門的。」

我坐在奔達大廈的石階上，一手搭著箱子，箱子裏裝著《文化苦旅》，沒有人認識我，也沒有人可以說話，長長的苦旅，我從古代走到現代，一下子走上了絕路，沒有荊棘，沒有險谷，沒有陡坡，卻是眞正的絕路。一箱子的家常閒話，一箱子的竊竊私語，講的全是有關我們這個和我一般氣喘吁吁、體力不支的人種，想在大海的對岸，找到對談者，但人和話語都困住了，我坐在石階上，海闊浪高。

直到天色漸暗，石階漸涼，我才回過神來，考慮該怎麼辦。必須找旅館住下，然後設法與台灣聯繫，但視線所及，並沒有一個計程車停靠站。打電話找香港朋友？可是原來完全沒有考慮到此行要在香港停留，臨行也就未曾抽取香港朋友們的名片。獨行俠有時也會急需一個熟人，那怕是只點過一次頭的熟人，但越是急需越是落空。突然，我在上衣口袋裏觸到一塊小紙片，取出一看，胡亂塗畫中居然躲著幾個潦草的號碼，想起來了，那是不久前與一位同鄉朋友隨口談起家鄉的外出遊子，他說了幾個在香港工作的鄉人名字和電話，說有機會到香港可以一聚，但那幾個鄉人我完全不認識，當時隨手記下後也就忘了。我如獲至寶，記得附近地鐵站有投幣電話，便提著箱子一步一頓地挨下去，先在一家小店換了一大堆硬幣，開始打投幣電話。我的那些從沒見過面的同鄉啊，一旦電話接通，我該用什麼樣的語言向你們求援呢？你們會不會光憑「餘姚人」這樣一個自我介紹，就風風火火地趕來幫我？在這到處都是坑矇拐騙的世界裏，那怕是我用道地的餘姚話來呼喚，又會有多少信任度呢？還好，我沒有遇到難堪，不知是電話號碼錯了還是同鄉們都去度周末了，電話鈴全都空響著，響得空曠而荒涼。

但是最終我還是獲得了援救。我在空響的電話鈴聲中突然看到貼在電話機上的說明，投幣也能打國際長途，於是撥通了台灣的接待單位，他們正爲我著急呢，要我過半個小時再去電話聽取他們商議的結果，結果是我得到一個可以援救我的號碼，一聽名字我就笑了，那是多年的老朋友，楊世彭博士和他的太太韓惟全女士。有了朋友什麼都解決了，往後兩天，一起玩，一起聊，然後送上飛機。在台灣桃園機場，除了接待單位幾位極幹練的朋友在迎接，還見到了捧著鮮花的姚白芳女士，她說她是代表白先勇先生來接我的。趕到台北市區，學術會議已在舉行閉幕式，知我已到，都在等我，我蓬頭垢面來不及整理，直奔主席台報告了一路風塵，會議也便在一片笑聲和唏嘘中結束了。接下來我就沒有正事，參觀了故宮博物院，在台北市立美術館做了一次公開演講，會見了一批批新老朋友。在新朋友中有一位隱地先生，親切儒雅地坐在我下榻賓館的咖啡座裏，一見面就讓人產生莫大的信任感。這位作家兼出版家已經對我箱子裏的那本書產生興趣，是白先勇先生向他再三推薦的。他信賴白先生，因此也信賴了我，信賴了我在中華腹地跋涉時的自言自語，信賴了我如此狼狽地帶給這個海島上朋友們的簡陋禮物。

又是白先勇先生！我不知道該用什麼言詞來描述這位遠居在美麗寧靜的聖塔・

芭芭拉的傑出華文作家。多年前上海著名導演胡偉民先生執導他的《遊園驚夢》，邀我做文學顧問，便在廣州拜識了他，我熟讀過他的全部小說，而他的言動舉止又讓我看到了一種匯聚東西方人生精緻的高雅風範。他從一開始就熱心地向台灣的報刊、出版社介紹我，在當時，這種介紹件隨著一系列煩人的技術性勞作，他先從美國向上海取到我的文稿，再從美國寄到台灣，一切煩雜事務全由他包攬，台灣方面給我的稿酬、版稅也都寄給他，再由他親自一筆筆匯給我。每當我從郵局接到由這位萬人仰慕的作家用中英文仔細塡寫的匯款支票，總是深覺罪過。這次我來時他正巧也在台灣探親，還特地受《中國時報》之託與我進行了一次話題廣闊的深夜對談，眞是愉快。

經白先勇先生和隱地先生一努力，《文化苦旅》很快在台灣播揚開了，此間發生了許多簡直難以置信的事情，我也不時收到台灣讀者的一疊疊來信。台灣報刊上的有關評價文章我都一一拜讀了，其中最讓我感動的是歐陽子女士。當年她悉心撰寫的評論白先勇小說的文章和專著我曾仔細研讀過，早就知道她視力不好，那裏想得到她居然把《文化苦旅》一篇篇全讀完了，而且寫出了如此精到細密的長篇評論。讀她的評論，我像進入一種儀式，既有被理解的震顫，又有被剖析的痛快。我一直想給她寫一封信，卻不知怎麼落筆。對於一個太理解你的人，講任何話都顯得多餘。唯一可做的是繼續寫作，用作品來回答一切好意。這便是《山居筆記》十一篇的由來。這兩年來，我不僅沒有給歐陽子女士寫信，連以往通信頻繁的白先勇先生那裏也很少去信，許多台灣讀者的來信我也都沒有回。但我又幾乎天天在寫信，那便是《山居筆記》的寫作，這本書在大陸還沒有出版，我把它首先獻給白先勇先生、歐陽子女士和一切關愛我的台灣朋友。既然我已在你們那兒獲得如此深切的溝通，那麼就難免得寸進尺，想在更複雜的層面上拉著你們聊天了。

我是在香港中文大學的山間居舍裏開始這本書的寫作的。我顯然已經不在乎寫出來的東西算不算散文，只想藉著《文化苦旅》已開始的對話方式，把內容引向更巨大、更讓人氣悶的歷史難題。朋友初見面不妨談得輕鬆一點，但是談得知心了，就想把深埋心底的苦楚暢快一吐，吐露出來的一切可能會令朋友皺眉，然而這是朋友的義務、知心的代價。連已經習慣了《文化苦旅》表述風格的讀者也可能會對《山居筆記》不習慣，這沒有辦法了，既然我的文思已經無可奈何地進入了深秋，那麼只能讓不厭棄我的讀者一起來消受寒風和殘葉，眞對不起。

記得在香港中文大學的山道上曾巧遇余光中先生，我送他一册剛從台灣寄來的《文化苦旅》，請他教正，余先生第二天就寫信給我，過奬了我的文章在知性和感性上的結合，這一過奬，後來還出現在他在一個國際散文研討會的長篇報告中。我心中暗怕：正在手上的《山居筆記》可能會在知性和感性的比例上做一個邊緣性的試驗，這個試驗會不會讓余先生反感？一個人做事作文，不管觀看者有多少，心中忐忑不安地懼怕著的對象卻不會很多。對我來說，這些對象好幾個在台灣，余光中先生首當其衝。

《山居筆記》十一篇雖還沒有在大陸出版，卻在巴金先生主編的《收穫》雜誌上花兩年時間連載過，就社會反響而論，比《文化苦旅》更強烈，這大概與觸及問題的重要性以及這些問題與中國現實的呼應有關。當然，正像有些朋友已經知道的，其中《蘇東坡突圍》、《遙遠的絕響》和《歷史的暗角》等篇目發表後不知怎麼得罪了一些人，猜測或指陳我對現實人物的影射，然後用各種奇奇怪怪的文章對我形成圍攻之勢。這事很使我的朋友和學生憤怒，但我力勸他們切莫反擊。身處紛亂的當今，有誰眞正會把文人的嘮叨當一回事呢？我的文章居然引起如此反響，眞是出乎意外的驚喜，證明我在古代廢礦中拾揀至今仍有熱量的礦渣，竟有成果，要感謝才對。

不少朋友寫信問我，《山居筆記》之後還準備寫什麼，我的回答是：暫時擱筆，多看看，多想想；今後若再動筆，寫的東西一定又與《山居筆記》不同，我最怕重複，不管是內容還是形式。因此，如果有朋友氣忿：中國的散文都寫成這個樣子如何了得！我就說：絕不會都寫成這個樣子，連我自己也不了。

也許只有一點是延續的：今後的我，仍然或者「苦旅」，或者「山居」，不願沉入街市的喧囂。即便喧囂聲中夾雜進了我的名字，我的心也只在遠處飄忽，煙雨渺渺。

一九九五年六月八日夜，於上海

關於本書作者

余秋雨，大陸著名美學專家。一九四六年生，浙江餘姚人。曾任上海戲劇學院院長，現任上海寫作學會會長。上海市諮詢策劃專家、中國科技大學和上海交通大學兼職教授。著有「戲劇理論史稿」、「戲劇審美心理學」、「中國戲劇文化史述」、「藝術創造工程」、「文化苦旅」等書，爲當代中國傑出文化史學者、散文作家。一九八七年獲頒「國家級突出貢獻專家」榮譽稱號。一九九三年，獲「上海文學藝術大獎」（每兩年才由上海市政府頒發一次）。

「文化苦旅」一書在台北出版後，榮獲一九九二年聯合報「讀書人」最佳書獎；金石堂一九九二年度最具影響力的書；誠品書店一九九三年一月「誠品選書」。

余秋雨除在中國大陸教書，爲巴金先生主編的「收穫」雜誌長期寫稿之外，也經常到香港、新加坡、馬來西亞等地講學，一九九二年，和一九九六年底曾二度來台，特別是第二次接受代表國立歷史博物館館長黃光男的邀請，在台北、台中、高雄各地演講，均造成高潮，報章雜誌的文化版甚至稱爲是一種「余秋雨現象」。

余秋雨著作簡目

一、「**戲劇理論史稿**」，中國大陸第一部完整闡釋世界各國自遠古到現代的文化發展和戲劇思想的史論著作，一九八三年上海文藝出版社出版，次年獲北京全國首屆戲劇理論著作獎，十年後獲北京文化部全國優秀教材一等獎。

二、「**戲劇審美心理學**」，中國大陸第一部戲劇美學著作，一九八五年四川文藝出版社出版，次年獲上海市哲學社會科學著作獎。

三、「**中國戲劇文化史述**」，中國大陸第一部以文化人類學的觀念研究中國戲劇文化通史的著作，一九八五年湖南文藝出版社出版，一九八七年台灣駱駝出版社出版繁體字版。

四、「**藝術創造工程**」，自成體系的藝術學著作，一九八七年上海文藝出版社出版，一九九〇年台灣允晨文化實業股份有限公司出版繁體字版。

五、Some Observations On The Aesthetics of Primitive Chinese Theatre, Asian Theatre Journal, vol. 6, no. 1, Spring 1989, Published by University of Hawaii Press.

六、「文化苦旅」，文化系列散文集，一九九二年上海知識出版社出版，同年台灣爾雅出版社有限公司出版繁體字版。獲上海文學藝術優秀成果獎、一九九二年台灣《聯合報》「讀書人」最佳書獎等。

七、「山居筆記」，文化系列散文集，一九九五年台灣爾雅出版社有限公司出版。獲《聯合報》「讀書人」一九九五年最佳書獎，同年獲「大學生票選十大好書」。

八、「余秋雨　臺灣演講」，文化系列散文集，一九九八年臺灣爾雅出版社有限公司印行。

九、「霜冷長河」，散文集，一九九九年北京作家出版社出版，同年台灣時報文化出版公司出版繁體字版。

十、「掩卷沉思」，散文集，一九九九年台灣爾雅出版社有限公司出版繁體字版。

有關本書評介一覽表

篇名	作者	刊出日期	出處
吹面不寒楊柳風	賴祥雲	一九九五年八月十一日	中國時報「人間副刊」
別開生面的現代中國散文——評余秋雨「山居筆記」	陳曉林	一九九五年九月一日	聯合文學九月號
小人誤國——讀余秋雨「小人」長文後的體認	高希均	一九九五年九月	遠見雜誌九月號
幽邃的歷史縱深——簡評余秋雨散文集	焦　桐	一九九五年九月三日	中時晚報
蒼涼中的溫柔	南方朔	一九九五年九月七日	聯合報「讀書人版」
觸及文化癥結和歷史傷痕的「山居筆記」	康正果	一九九五年十月	明報月刊十月號

探照歷史的暗角　亮軒　一九九五年十月五日　中國時報「開卷版」

山居筆記　王錫璋　一九九五年十月十日　國語日報

中國文人的歷史命運
——閱讀余秋雨「山居筆記」　何歡　一九九五年十月二十八日　中國時報「人間副刊」

一些關於人的故事　林貴真　一九九六年一月五日　自立晚報副刊

山居一夜看「秋雨」　胡坤仲　一九九六年六月二十三日　台灣日報副刊

爾雅題字：王北岳　爾雅篆印：張慕漁

封面設計：曾堯生

山居筆記（爾雅叢書之298）

作　者：余秋雨

校　對：林貴真・沈美蓉・柯書湘

發行人：柯青華

出版・發行：爾雅出版社有限公司

臺北郵政三〇—一九〇號信箱

臺北市中正區一〇〇

廈門街一一三巷三十三之一號一樓

電話：二三六五四〇三六　傳真：二三六五七〇四七

郵政劃撥：〇一〇四九二五—一

網址：http://www.elitebooks.com.tw

法律顧問：蕭雄淋律師

臺北市師大路八十六巷十五號一樓

印刷者：崇寶印刷廠有限公司

三重市三和路四段八十九巷四號

一九九五(民八四)年八月十日初版・二〇〇四(民九三)年十月五日五十六印

行政院新聞局版臺業字第〇二六五號

定價280元

（如有破損或裝訂錯誤請寄回本社更換）

ISBN 957-639-183-0

國立中央圖書館出版品預行編目資料

山居筆記／余秋雨著.--初版.--臺北
市：爾雅,民84
面；　公分.--（爾雅叢書；298）

ISBN 957-639-183-0（平裝）

855　　84007679